D1173834

QUATRE SOURIS VERTES

DU MÊME AUTEUR

Le Masque de l'araignée, Lattès, 1993.
Et tombent les filles, Lattès, 1995.
Jack et Jill, Lattès, 1997.
La Diabolique, Lattès, 1998.
Au chat et à la souris, Lattès, 1999.
Souffle de vent, Lattès, 2000.
Le Jeu du furet, Lattès, 2001.
Rouges sont les roses, Lattès, 2002.
1er à mourir, Lattès, 2003.
Beach House, Lattès, 2003.
2e chance, Lattès, 2004.

www.editions-jclattes.fr

James Patterson

QUATRE SOURIS VERTES

Roman

Traduit de l'américain par Philippe Hupp

JC Lattès
17, rue Jacob 75006 Paris

Collection « Suspense & Cie »
dirigée par Sibylle Zavriew

Titre de l'édition originale
FOUR BLIND MICE
publiée par Little, Brown and Company, New York.

(Première édition avril 2005.)

Pour le Manhattan College, qui fête son siècle et demi d'existence et qui, j'espère, poursuivra sur sa lancée !
Ainsi que pour Mary Jordan, qui gère tout.
Et je n'exagère pas.

Avez-vous jamais vu pareil spectacle...

Prologue

L'AFFAIRE DES « FEMMES EN BLEU »

1.

Marc Sherman, district attorney du comté de Cumberland, Caroline du Nord, écarta son vieux fauteuil de la table des procureurs, et le crissement du bois sur le parquet cisailla le silence de la salle.

Sherman se leva et, lentement, s'approcha du box des jurés, où neuf femmes et trois hommes – six Blancs, six Noirs – attendaient impatiemment sa déclaration. Les jurés appréciaient Sherman, et Sherman le savait. Il n'en attendait pas moins. Il savait également qu'il avait déjà gagné cette terrible affaire de meurtre, avant même d'avoir fait ses réquisitions.

Il irait néanmoins jusqu'au bout. Il tenait à voir le sergent Ellis Cooper reconnu responsable de ses crimes ; c'était devenu pour lui un besoin presque physique. Ce sous-officier avait commis des meurtres d'une sauvagerie et d'une lâcheté inouïes. L'affaire des femmes en bleu, comme l'avait surnommée la presse. Les habitants du comté de Cumberland attendaient de Sherman qu'il punisse Ellis Cooper, qui se trouvait être un Noir, et Sherman n'allait pas les décevoir.

Le district attorney commença :

— Mesdames et messieurs les jurés, j'exerce mes fonctions depuis un certain temps déjà – dix-sept ans, pour être exact. Et durant ces dix-sept années, jamais je n'ai été confronté à de pareils crimes. Au mois de décembre dernier, l'accusé, le sergent Ellis Cooper, a tué Mme Tanya Jackson, puis deux de ses amies. Un meurtre commis sous l'empire de la jalousie a dégénéré en un odieux massacre. Les trois victimes étaient mariées, mères de famille. Elles laissent derrière elles onze orphelins, trois époux accablés de chagrin et d'innombrables proches, voisins et amis plongés dans une égale tristesse.

» Ce drame épouvantable a eu lieu un vendredi soir. Le vendredi soir, c'est le soir où Tanya Jackson, Barbara Green et Maureen Bruno se retrouvent entre femmes, pendant que leurs maris respectifs vont jouer aux cartes à Fort Bragg. Elles bavardent, elles s'amusent, elles sont heureuses d'être ensemble. Il faut savoir que Tanya, Barbara et Maureen étaient très proches, mesdames et messieurs les jurés. Ce soir-là, elles se retrouvent donc chez les Jackson, dans la maison où Tanya et Abraham élèvent leurs quatre enfants.

» Vers 10 heures, après avoir consommé au moins six verres d'alcool à la base, le sergent Cooper se rend chez les Jackson. Comme vous l'avez entendu déclarer sous serment, deux voisins ont vu le sergent Cooper, devant la porte, hurler à Mme Jackson de sortir.

» Là, le sergent Cooper se rue à l'intérieur de la maison. Muni d'un couteau de survie de type RTAK, une arme légère très prisée par les Forces spéciales de l'armée de terre, il attaque la jeune femme qui a eu le tort de refuser ses avances. Il tue Tanya Jackson sur-le-champ, d'un seul coup de couteau.

» Le sergent Cooper porte ensuite des coups mortels à Barbara Green, trente et un ans. Maureen Bruno tente de s'échapper, mais il la rattrape à la porte et lui fait subir le même sort. Ces trois jeunes femmes ont été victimes de coups portés par un homme puissant, qui a enseigné les techniques de combat au corps à corps au John F. Kennedy Special Warfare Center, le quartier général des Forces spéciales.

» Le couteau de survie a été identifié. Il appartient au sergent Cooper, qui le détient depuis son départ du Viêtnam, au début des années soixante-dix. On a retrouvé les empreintes digitales du sergent Cooper sur le manche et sur la lame.

» On les a également retrouvées sur les vêtements de Mme Jackson et de Mme Green. L'analyse des minuscules particules de peau relevées sous les ongles de Mme Jackson a confirmé qu'il s'agissait bien de l'ADN du sergent Cooper. On a retrouvé des cheveux lui appartenant sur la scène du crime. Et l'arme utilisée pour tuer les trois jeunes femmes a été découverte à son domicile, dissimulée dans le grenier. Ainsi que de pathétiques "lettres d'amour" qu'il avait adressées à Tanya Jackson, et qui lui avaient été retournées sans avoir été décachetées.

» Vous avez regardé, mesdames et messieurs les jurés, les photos indescriptibles de ce que le sergent Cooper a infligé aux trois malheureuses jeunes femmes. Après les avoir tuées, il leur a dessiné un masque macabre en leur barbouillant le visage de peinture bleue, ainsi que la poitrine et le ventre. Cette sinistre mise en scène dénote un esprit particulièrement pervers. Comme je vous l'ai dit, jamais je n'avais encore été confronté à des meurtres aussi épouvantables. Vous savez, mesdames et messieurs les jurés, que votre verdict ne peut être que : coupable ! Mettez définitivement ce monstre hors d'état de nuire !

Brusquement, le sergent Ellis Cooper bondit de sa place, à la table des accusés. Un murmure de stupéfaction parcourut la salle. C'était un homme au physique impressionnant. Un mètre quatre-vingt-quinze, du muscle à revendre, et le même tour de taille à cinquante-cinq ans qu'à dix-huit, âge où il s'était engagé dans l'armée. Vêtu de son uniforme, il arborait sur la poitrine des médailles parmi lesquelles on distinguait une Purple Heart, une Distinguished Service Cross, et une Silver Star. Sa voix claire et puissante emplit littéralement le tribunal :

— Ce n'est pas moi qui ai tué Tanya Jackson, ni ces autres femmes. Je ne suis jamais allé dans cette maison, ce soir-là. Je n'ai jamais barbouillé des corps avec de la peinture bleue. Je n'ai jamais tué personne, sauf pour mon pays. Je n'ai pas tué ces femmes. Je suis innocent ! Je suis un héros de guerre, merde !

D'un bond, le sergent Cooper franchit la balustrade et se jeta sur Marc Sherman. Il le plaqua au sol, le frappa au visage et à la poitrine.

— Tout ce que vous dites est faux ! hurlait-il. Pourquoi essayez-vous de me détruire ?

Quand les marshalls évacuèrent enfin Cooper, le district attorney avait le visage ensanglanté. Sa chemise et sa veste étaient en lambeaux.

Marc Sherman se releva tant bien que mal et se tourna vers les jurés.

— Est-il besoin d'ajouter quelque chose ? Le verdict est : coupable. Mettez ce monstre hors d'état de nuire. Définitivement.

2.

Les vrais coupables avaient pris un certain risque en assistant à la dernière journée du procès. Ils voulaient absolument voir comment tout cela allait se terminer. Ils ne pouvaient pas manquer un pareil spectacle.

Thomas Starkey était le chef de groupe. Il avait quitté les Army Rangers, il n'était plus colonel, mais rien n'avait changé : même look, même démarche, même discours.

Brownley Harris, son numéro deux, lui témoignait le même respect que s'ils étaient encore au Viêtnam, et ce serait ainsi jusqu'au jour où l'un des deux mourrait. Jusqu'au jour où, plus probablement, tous deux mourraient.

Warren Griffin était toujours « le gosse », ce qui était presque comique, car il avait quarante-neuf ans.

Les jurés avaient délibéré en deux heures et demie à peine, et rendu leur verdict. Le sergent Ellis Cooper, reconnu coupable d'un triple meurtre, allait être exécuté par l'État de la Caroline du Nord.

Le procureur avait accompli un magnifique travail. Un innocent venait d'être condamné.

Les trois tueurs s'engouffrèrent à l'intérieur d'un Suburban bleu marine garé dans une petite rue, non loin du tribunal.

Thomas Starkey mit le moteur en marche.

— Quelqu'un a envie de manger un morceau ?

— Moi, j'ai plutôt envie de boire un verre, fit Harris.

— Et moi, j'ai plutôt envie de baiser, croassa Griffin, avec un rire idiot, comme d'habitude.

— Bon, on va se trouver quelque chose à boire et à manger, et après, on fera peut-être un petit effort pour les filles. Qu'en dites-vous ? Pour fêter notre belle victoire. (Le colonel Starkey démarra.) À nous ! Aux trois souris vertes !

I

LA DERNIÈRE ENQUÊTE

3.

Vers 7 heures, ce matin-là, je descendis prendre le petit déjeuner dans la cuisine avec Nana et les enfants. Comme Alex Junior commençait à marcher, j'avais tout sécurisé, et il y avait des fixations, des verseurs, des loquets partout. Ça jacassait, les cuillers tintaient dans les bols, et Damon apprenait à son tout petit frère l'art de recracher les framboises. Il y avait un tel bruit dans cette pièce qu'on se serait presque cru dans un commissariat, un samedi soir.

Les enfants mangeaient des céréales soufflées aromatisées au chocolat, arrosées, c'était original, de chocolat au lait. Tout ce chocolat à 7 heures du matin, j'en avais des frissons. Pour Nana comme pour moi, ce fut œufs au plat et pain complet grillé.

— Sympa, ce petit déj', lançai-je en m'asseyant devant mon assiette et mon gobelet de café. Pour ne pas gâcher l'ambiance, je ne ferai même aucun commentaire sur l'overdose de chocolat qui guette deux de mes chers petits.

— Arrête, tu viens de le faire, rétorqua Jannie, qui ne s'en laisse pas conter.

Je lui fis un clin d'œil. Ce n'était pas elle qui, aujourd'hui, risquait d'assombrir ma belle humeur. Le tueur surnommé le Cerveau avait été arrêté et incarcéré dans une prison haute sécurité du Colorado. Mon petit Damon, douze ans, continuait de s'épanouir, en classe aussi bien qu'au sein de sa chorale. Jannie s'était mise à la peinture à l'huile, et elle tenait un journal qui renfermait des petits textes et des dessins humoristiques plutôt bien faits pour une fille de son âge. La personnalité d'Alex Junior émergeait peu à peu ; c'était un adorable petit bonhomme. Il avait treize mois, et il faisait ses premiers pas.

J'avais récemment fait la connaissance d'une femme inspecteur, Jamilla Hughes, et j'aurais aimé passer davantage de temps avec elle. Le problème, c'était qu'elle vivait en Californie, et moi à Washington, mais je me disais que ce ne devait pas être insurmontable.

J'avais encore le temps de réfléchir à la question. Aujourd'hui, j'avais rendez-vous avec le chef George Pittman. Je comptais lui remettre ma démission. Après quoi, je m'offrirais peut-être deux ou trois mois de vacances.

Ensuite, j'avais le choix entre ouvrir un cabinet de psy ou rejoindre les rangs du FBI. Le Bureau m'avait fait une proposition des plus tentantes, qui me laissait cependant perplexe.

On frappa à la porte de la cuisine, et fort. La porte s'ouvrit. C'était John Sampson. Il savait ce que je comptais faire aujourd'hui. Sans doute était-il venu me soutenir moralement.

Il y a des jours où je suis tellement poire...

4.

— Bonjour, oncle John ! clamèrent en chœur Damon et Jannie, avec ce petit sourire qu'ils ont toujours quand ils sont en présence de quelque chose de grand, ce qui était le cas avec Sampson.

John se dirigea droit sur le réfrigérateur pour admirer les dernières œuvres de Jannie. Jannie essayait de copier les personnages d'un nouveau dessinateur humoristique, Aaron McGruder, qui s'était fait connaître à l'université du Maryland et publiait aujourd'hui dans de nombreux quotidiens à travers tout le pays. Il y en avait partout, soigneusement scotchés.

— Tu veux des œufs, John ? Je peux te les faire brouillés, au fromage, comme tu les aimes.

Nana s'était déjà levée, prête à entrer en action. Elle avait toujours été aux petits soins pour Sampson, depuis que nous étions devenus copains, quand il avait dix ans. Sampson est un peu son deuxième fils. Il a passé presque toute son enfance sans voir ses parents, qui étaient en prison, et c'est surtout Nana qui l'a élevé.

— Oh, non, non, répondit-il en lui faisant signe de se rasseoir, mais en la voyant s'approcher de la cuisinière, il ajouta : D'accord, brouillés, Nana. Avec du pain au cumin grillé, ce serait bien. Je meurs de faim, et personne ne fait les petits déj' comme toi.

— C'est bien vrai, caqueta-t-elle, et elle alluma les brûleurs. Tu as de la chance, je suis une femme de la vieille école, moi. Vous avez tous de la chance.

— On le sait, Nana, fit Sampson avec un grand sourire. (Il se tourna vers les petits.) Il faut que je parle à votre père.

— Il prend sa retraite aujourd'hui, lui dit Jannie.

— C'est ce que je me suis laissé dire. On ne parle que de ça. Il y a la une du *Washington Post*, et je parie que ce matin, toutes les télés ont prévu des émissions spéciales.

— Vous avez entendu oncle John, dis-je aux enfants. Maintenant, du balai. Allez, je vous aime. On décampe !

Jannie et Damon levèrent les yeux au ciel et nous lancèrent des regards furibonds, mais ils quittèrent la table, mirent leurs livres et cahiers dans leurs sacs à dos et s'apprêtèrent à sortir. Ils n'avaient que cinq rues à traverser jusqu'à leur école, Sojourner Truth.

— J'espère que vous ne comptez pas vous en aller comme ça, grondai-je. Bisous !

Ils vinrent nous embrasser, comme il se devait. Nana, moi, et aussi Sampson. Peu m'importe comment fonctionne ce monde postmoderne si branché et si froid, mais chez nous, c'est ainsi que ça se passe. Ben Laden a sûrement dû manquer de bisous quand il était petit.

— J'ai un problème, commença Sampson sitôt les enfants partis.

— Vous préférez que je m'en aille ? demanda Nana.

— Bien sûr que non, lui répondit-il. Nana, Alex, je vous ai déjà parlé d'un de mes copains de l'armée, Ellis Cooper. Il est toujours militaire, d'ailleurs. Enfin, il l'était. On l'a condamné pour meurtre. Il aurait tué trois femmes, en dehors de la caserne. Je n'étais au courant de rien, mais des amis m'ont prévenu. Ellis n'a pas osé m'appeler, il ne voulait pas que je sois au courant. Il ne lui reste plus que trois semaines avant l'exécution, Alex.

Dans les yeux de Sampson, je vis une tristesse, un désarroi inhabituels.

— Que veux-tu, John ?

— Accompagne-moi en Caroline du Nord. Interroge Cooper. Ce n'est pas un assassin. Ce gars-là, je le connais presque aussi bien que toi. Ellis Cooper n'a tué personne.

— Il faut que tu y ailles, tu le sais bien, déclara Nana. Tu n'as qu'à dire que c'est ta dernière enquête. Mais tu dois me le jurer, hein ?

Promis, juré.

5.

À 11 heures, nous étions sur l'autoroute, cernés par des convois entiers de semi-remorques qui dépassaient allégrement la vitesse autorisée en faisant siffler les rapports et en crachant des flots de fumée noire. Ce petit voyage nous offrait au moins l'occasion de faire le point. Nous ne nous étions quasiment pas vus depuis plus d'un mois. Trop de boulot. Depuis que nous étions gosses, nous nous retrouvions régulièrement. Nous pouvions discuter pendant des heures. Nous n'avions connu qu'une seule longue séparation, quand Sampson avait effectué deux campagnes en Asie du Sud-Est, alors que moi, j'étais étudiant à Georgetown, puis à Johns Hopkins.

— Parle-moi de ton copain de l'armée.

J'étais au volant. Sampson avait reculé son siège aussi loin qu'il le pouvait, et ses genoux relevés touchaient encore la planche de bord. Bizarrement, il donnait presque l'impression d'être à l'aise.

— Cooper était déjà sergent quand je l'ai connu, et je crois qu'il savait qu'il n'irait jamais plus loin. Ça lui convenait, et il aimait bien l'armée. On était à Fort Bragg ensemble. Cooper était sergent-instructeur à l'époque. Une fois, il m'a consigné quatre week-ends de suite.

Je ne pus m'empêcher de ricaner.

— Et c'est là que vous êtes devenus potes ? En passant vos week-ends ensemble à la caserne ?

— Je l'aurais tué, à l'époque. J'avais l'impression qu'il s'acharnait sur moi, tu vois, que j'étais devenu sa tête de Turc, à cause de ma grande taille. Et plus tard, on s'est retrouvés au Viêtnam.

— Il s'était assoupli ? Quand tu es retombé sur lui au Viêtnam ?

— Non, Cooper, c'est Cooper. Il ne faut pas le prendre pour un charlot et il est carré ; si on joue le jeu, il est réglo. C'était ce qui lui plaisait dans la carrière militaire. L'ordre et la logique primaient, et si on faisait ce qu'il fallait, on s'en tirait généralement assez bien. Moins bien, peut-être, que ce qu'on aurait mérité, mais pas trop mal. Il me disait que les Noirs avaient tout intérêt à intégrer des méritocraties comme l'armée.

— Ou la police, fis-je.

— Jusqu'à un certain point, opina Sampson. Je me souviens d'une fois, au Viêtnam. Nous venions de relever une unité qui avait peut-être descendu deux cents types sur une période de cinq mois. Pas exactement des soldats, même si on les soupçonnait d'appartenir aux Viêt-côngs.

La voix de Sampson se fit lointaine.

— C'était ce qu'on appelait une opération de nettoyage. Ce jour-là, on venait d'arriver dans un petit village où se trouvait déjà une autre unité. Il y avait là un officier d'infanterie, qui « interrogeait » un prisonnier devant ces femmes et ces enfants. Il était carrément en train de lui découper la peau du ventre au couteau.

» Le sergent Cooper est allé trouver l'officier et il lui a collé le canon de son fusil contre le crâne, en lui disant que s'il n'arrêtait pas immédiatement, il était mort. Il parlait sérieusement. Cooper se fichait des conséquences de son geste. Il n'a pas tué ces femmes, en Caroline du Nord, Alex. Ellis Cooper n'est pas un tueur.

6.

J'adorais être avec Sampson. C'était comme ça depuis toujours, et ça ne risquait pas de changer. Nous venions de traverser la Virginie, nous entrions en Caroline du Nord, et la conversation glissait vers des sujets plus gais, plus prometteurs. Je lui avais déjà raconté tout ce que je pouvais sur Jamilla Hughes, mais il voulait en savoir davantage. Il est parfois encore plus friand de ragots que Nana Mama.

— Je n'ai rien de plus à te dire, mon grand. Je t'ai dit que je l'avais rencontrée à San Francisco, alors qu'on enquêtait sur toute une série de meurtres. Je ne la connais pas si bien que ça. Mais je l'aime beaucoup. Elle ne se laisse pas marcher sur les pieds.

— Et tu aimerais bien la connaître un peu mieux. Pas la peine de me faire un dessin.

Il riait. Il frappait dans ses mains.

Je me mis à rire, moi aussi.

— Oui, effectivement, j'aimerais bien. Jamilla est sur la défensive. Je pense qu'elle a dû prendre des coups. Avec son premier mari, peut-être. Pour l'instant, elle refuse d'en parler.

— Je suis sûr qu'elle t'a dans le collimateur, camarade.

— Possible. Elle te plairait. Elle plaît à tout le monde.

— Je dois reconnaître que tu te débrouilles toujours pour trouver des femmes sympa, me dit-il avant de changer de sujet : Nana Mama, c'est quand même un sacré numéro, hein ?

— Tu peux le dire. Quatre-vingt-deux ans, et elle ne les fait pas. L'autre soir, en rentrant chez moi, je la vois en train de descendre un frigo par l'escalier de derrière, sur une toile cirée. Tu crois qu'elle aurait attendu que j'arrive pour lui donner un coup de main ?

— Tu te souviens de la fois où on avait piqué des disques chez Spector's Vinyl et qu'on s'était fait pincer ?

— Tu parles si je m'en souviens. Elle adore la raconter, cette histoire.

John riait toujours.

— Je nous revois encore, assis dans le petit bureau bordélique du type qui tenait la boutique. À l'entendre, c'était tout juste si on n'allait pas passer sur la chaise électrique pour avoir fauché ses 45 tours pourris, mais nous, on ne bronchait pas, on lui riait presque au nez.

» Et voilà que Nana se pointe dans le magasin, et qu'elle se met à nous cogner tous les deux. Je me suis pris son poing en pleine poire, et elle m'a fendu la lèvre. On aurait cru une folle en pleine furie, comme si elle avait une mission divine.

— Et elle nous avait menacés, ajoutai-je. « Ne vous avisez jamais de tromper ma confiance. Jamais. » J'entends encore sa voix.

— Après, elle a laissé le flic nous embarquer et nous emmener au commissariat. Elle ne voulait même pas nous ramener à la maison. Je lui ai dit : « C'était que des disques, Nana. » J'ai bien cru qu'elle allait nous tuer. Je lui fais : « Je saigne déjà ! » Et elle, elle me balance : « Eh bien, tu vas saigner encore plus ! »

Ce lointain souvenir me fit sourire. Il y a des choses, comme ça, qui n'étaient pas drôles sur le moment, et qui finissent par devenir amusantes, au fil du temps.

— C'est peut-être pour ça que nous sommes devenus de grands méchants flics. Grâce à cet après-midi chez le disquaire. Et à la colère vengeresse de Nana.

Sampson, très sérieusement, contesta ma suggestion.

— Non, ce n'est pas ça qui m'a mis du plomb dans la tête. Moi, c'est l'armée qui m'a calmé. Je ne risquais pas de trouver chez moi ce dont j'avais besoin. Nana m'a aidé, mais c'est l'armée qui m'a permis de me construire. J'ai une dette envers l'armée. Et j'ai une dette envers Ellis Cooper !

7.

Nous étions arrivés à destination. L'imposante et sinistre Centrale de Raleigh, Caroline du Nord, avec ses immenses murs d'enceinte, se dressait devant nous.

Le quartier de haute sécurité ressemblait à une prison à l'intérieur de la prison. Périmètre de fils d'acier coupants comme des lames de rasoir, clôture électrique, miradors et gardes armés jusqu'aux dents, rien n'avait été laissé au hasard. La Centrale était la seule prison de l'État à accueillir des condamnés à mort. Elle comptait actuellement plus d'un millier de détenus, dont deux cent vingt promis à la peine capitale. Un chiffre énorme.

— Cet endroit me fout les boules, maugréa Sampson en sortant de la voiture.

Je ne l'avais jamais vu si mal à l'aise, si abattu. Et j'aurais moi-même préféré être ailleurs.

Il régnait à l'intérieur du bâtiment principal un silence de monastère. Ici, la sécurité était maximale. On nous fit patienter dans un sas à claire-voie, avant de nous passer au détecteur, puis nous dûmes présenter nos insignes, accompagnés de nos pièces d'identité. Le gardien nous informa que c'était ici qu'on fabriquait la plupart des plaques d'immatriculation de l'État. Comme si cette information pouvait nous être d'une quelconque utilité.

Les portes d'acier commandées à distance se comptaient par centaines, et les détenus ne pouvaient sortir de leur cellule que menottés, les jambes entravées, et escortés. Nous pûmes enfin pénétrer dans le couloir de la mort, où nous attendait le sergent Cooper. Chaque bloc, ici, comprenait seize cellules réparties sur deux niveaux, avec une salle commune. Le « gris bouleau », la couleur officielle, était omniprésent.

— John Sampson, tu as fini par venir.

Ellis Cooper venait de nous apercevoir. Au bout de l'étroit couloir, la porte était ouverte. Deux gardiens armés nous firent entrer dans une petite pièce réservée aux entretiens.

Je respirais à fond, en essayant de dissimuler ma gêne. Les poignets et les chevilles enchaînés, Cooper ressemblait à un esclave à la stature puissante. Il portait la combinaison rouge orangé de tous les condamnés à mort.

Sampson le serra dans ses bras.

— Ce que je suis content de te voir, ce que je suis content de te voir, répétait Cooper.

Quand les deux géants se séparèrent enfin, Cooper avait les yeux rougis et les joues mouillées. Sampson, lui, avait toujours l'œil sec. Jamais je ne l'avais vu verser la moindre larme. Jamais.

— Si tu savais le bien que ça me fait..., dit Cooper. Il s'est passé tellement de temps. Je ne pensais plus que quelqu'un viendrait me voir après le procès. Pour presque tout le monde, je suis déjà mort.

— Je t'ai amené un ami, lui répondit Sampson en se tournant vers moi. L'inspecteur Alex Cross. Il est de la criminelle, et c'est le meilleur enquêteur que je connaisse.

Cooper me serra la main.

— C'est ce qu'il me faut. Le meilleur.

— Parle-nous de cette histoire abracadabrante, poursuivit Sampson. Raconte-nous tout. Commence par le début. Donne-nous ta version, Coop.

Le sergent Cooper acquiesça.

— Je ne demande que ça. Je vais enfin pouvoir dire ce que j'ai à dire à quelqu'un qui n'est pas déjà convaincu que j'ai tué ces trois femmes.

— On est là pour ça. Parce que ce n'est effectivement pas toi qui as tué ces femmes.

— C'était un vendredi, un jour de paie, commença Cooper. J'étais censé rentrer directement chez moi pour retrouver Marcia, ma copine, mais j'ai d'abord pris quelques verres au mess. J'ai voulu appeler Marcia vers 8 heures, je crois, mais ça ne répondait pas. Elle avait dû sortir, elle en avait marre de m'attendre. Alors j'ai repris encore un verre, j'ai bavardé avec des potes. Il devait être pas loin de 9 heures quand j'ai essayé de rappeler chez moi. Marcia n'était toujours pas rentrée.

» J'ai bu encore deux cocktails, puis j'ai décidé de rentrer à la maison à pied. Pourquoi à pied ? Parce que je savais que j'étais bourré. Et, de toute façon, j'avais à peine deux bornes à faire. Quand je suis arrivé à la baraque, il était 10 heures passées. Toujours pas de Marcia. J'ai regardé un match de basket à la télé, Duke contre North Carolina. J'adore me planter devant l'écran, je passe mon temps à insulter les joueurs de Duke et monsieur K, leur entraîneur. Vers 11 heures, j'ai entendu la porte d'entrée s'ouvrir. J'ai appelé Marcia, en lui demandant où elle était passée.

» Mais ce n'était pas elle. Il y avait des types de la police militaire, une bonne demi-douzaine, et un enquêteur de l'identification criminelle, un certain Jacobs. Juste après, ils ont trouvé – paraît-il – le couteau de survie des Forces spéciales dans mon grenier. Et des traces de peinture bleue, comme celle dont on avait badigeonné ces jeunes femmes. On m'a arrêté pour meurtre.

Ellis Cooper regarda d'abord Sampson, puis me fixa des yeux et, au bout de quelques secondes de silence, déclara :

— Ce n'est pas moi qui ai tué ces femmes. Et, ce que j'ai du mal à croire, c'est que quelqu'un essaie visiblement de me faire porter le chapeau. Pourquoi ce coup monté ? Ça n'a pas de sens. Je n'ai pas un seul ennemi au monde. Enfin, c'était ce que je croyais...

8.

Thomas Starkey, Brownley Harris et Warren Griffin étaient les meilleurs amis du monde, depuis qu'ils avaient combattu ensemble au Viêtnam il y a de cela plus de trente ans. Tous les deux mois, sous le commandement de Thomas Starkey, ils se retrouvaient dans un chalet en rondins de Kennesaw Mountain, en Géorgie, le temps d'un grand week-end. Un week-end réservé aux hommes, aux vrais, un rituel qui se poursuivrait jusqu'au jour où disparaîtrait le dernier d'entre eux, insistait Starkey.

Ils faisaient tout ce qu'ils ne pouvaient pas faire chez eux. Ils écoutaient les Doors, les Cream, Hendrix, Blind Faith et le Jefferson Airplane, volume à fond. Ils descendaient des litres de bière et de bourbon, et se faisaient griller d'énormes entrecôtes, qu'ils accompagnaient de maïs frais, d'oignons, de tomates et de pommes de terre à la cendre farcies au beurre et à la crème aigre. Ils fumaient des havanes hors de prix. Ils s'amusaient comme des fous.

— C'était comment, encore, cette pub de bière ? demanda Harris alors qu'ils se détendaient sur la terrasse, après le dîner. Une pub qui remonte à des années. Vous voyez de quel slogan je veux parler ?

— « Difficile de faire mieux », cita Starkey en laissant tomber la grosse cendre de son cigare sur le plancher de bois. Mais il me semble que c'était une bière de merde. Je me souviens même plus du nom. Faut dire que je suis un peu bourré et méchamment *stoned*.

Les deux autres n'en crurent pas un mot. Thomas Starkey ne s'abandonnait jamais totalement, surtout lorsqu'il commettait, ou donnait l'ordre de commettre, un meurtre.

— Messieurs, nous avons rempli notre part du contrat. Voilà qui est bien mérité.

Starkey tendit sa chope pour trinquer avec ses amis.

— Et comment ! approuva Harris. Deux ou trois guerres à l'étranger. Quelques exploits personnels ces dernières années. Des familles. Onze gosses à nous trois. Qui plus est, on ne s'est pas mal débrouillés non plus dans le civil. Jamais je n'aurais cru que je me ferais, un jour, cent cinquante mille dollars par an.

Les chopes s'entrechoquèrent une nouvelle fois.

— On a fait du bon boulot, les amis, reprit Starkey. Et, croyez-le si vous voulez, nous, on ne peut que faire mieux.

Et comme d'habitude, ils ressortirent leurs vieilles histoires de guerre. La Grenade, Mogadiscio, la guerre du Golfe, mais surtout le Viêtnam.

Starkey évoqua la Vietnamienne à laquelle ils avaient fait « le coup du sous-marin ». La jeune femme – une sympathisante viêt-công, bien entendu – avait été déshabillée, puis ligotée à une planche, sur le dos. Harris lui avait enroulé une serviette autour du visage. Ils faisaient doucement couler de l'eau d'un fût sur la serviette qui, une fois trempée, obligeait la jeune femme à avaler de l'eau pour pouvoir respirer. Ses poumons et son estomac avaient fini par gonfler. Harris lui avait donné des grands coups sur la poitrine. La jeune femme avait finalement parlé, mais elle ne leur avait rien appris. Alors ils l'avaient traînée jusqu'à un arbre à kakis, couvert de grosses fourmis jaunes qui étaient attirées par le sucre des fruits. Ils avaient attaché la mama-san à l'arbre, avaient allumé des cigares à la marijuana et avaient regardé le corps gonfler. Avant que la femme n'explose littéralement, ils l'avaient reliée à un téléphone de campagne et l'avaient électrocutée. Starkey n'avait cessé de répéter que c'était sans doute l'une des exécutions les plus inventives de l'Histoire. « Et cette salope de terroriste viêt ne l'avait pas volé. »

Brownley Harris commença à évoquer leurs « instants de folie » au Viêtnam. S'ils essuyaient des tirs de riposte d'un village, ne fût-ce qu'un seul et unique coup de feu, ils s'offraient « un instant de folie ». C'était l'apocalypse, car les tirs de riposte prouvaient que le village tout entier était aux mains des Viêt-côngs. Et après cet « instant de folie », ils incendiaient le village, ou ce qu'il en restait.

— Bon, les enfants, si on passait au salon ? fit Starkey. J'ai envie de me faire un petit film. Et je sais déjà lequel.

— Il est bien ? demanda Brownley Harris, avec un petit sourire.

— Il fout les jetons, ça, je peux vous le dire. *Hannibal*, à côté, c'est de la guimauve. Si vous aimez les films qui font peur, vous allez être servis.

9.

Les trois hommes se retrouvèrent dans le petit salon, la pièce du chalet qu'ils préféraient. Jadis, au Viêtnam, on leur avait donné le nom de code de Trois Souris aveugles, comme dans la comptine que connaissaient tous les enfants. Ils étaient les tueurs d'élite de l'armée, faisaient ce qu'on leur demandait de faire, exécutaient les ordres sans jamais poser de questions gênantes. Cela n'avait pas tellement changé depuis. Et dans leur domaine, ils étaient toujours les meilleurs.

Starkey était le leader, comme au Viêtnam. C'était le plus intelligent et le plus redoutable des trois. L'âge l'avait remarquablement épargné. Un mètre quatre-vingt-trois, pas de ventre, un visage buriné seyant parfaitement à ses cinquante-cinq ans. Ses cheveux blonds commençaient à grisonner. Il n'avait pas le rire facile, mais lorsqu'il riait, tout le monde, généralement, l'imitait.

Brownley Harris, un peu plus trapu, affichait encore une belle forme physique pour ses cinquante et un ans, compte tenu de toute la bière qu'il ingurgitait. Il avait les yeux marron et les paupières lourdes, sous de gros sourcils broussailleux qui se rejoignaient presque. Quelques cheveux blancs avaient fait leur apparition dans sa coupe en brosse, mais l'ensemble était resté bien noir.

Warren Griffin, surnommé « le gamin », était le plus jeune, et le plus impulsif des trois. Ses deux comparses l'impressionnaient beaucoup, surtout Starkey. À en croire de nombreuses personnes, et surtout les femmes qui avaient franchi le cap de la cinquantaine, Griffin, grand et dégingandé, avec ses cheveux blond-roux longs sur les côtés, mais qui se faisaient rares au sommet du crâne, ressemblait au chanteur folk-rock James Taylor.

— Moi, il me plaît bien, Hannibal le cannibale, observa Griffin en entrant dans la pièce. D'autant que pour Hollywood, maintenant, c'est un type bien. Il ne tue que les gens qui n'ont pas de bonnes manières ou qui ne sont pas amateurs d'art. Il n'y a pas de mal à ça, après tout...

— Je suis de ton avis, fit Harris.

Starkey verrouilla la porte, puis glissa une cassette noire, sans étiquette, dans le lecteur. Il adorait cet antre, avec son salon en cuir, son téléviseur Philips à écran géant et une armoire pleine de cassettes classées par ordre chronologique.

— La séance commence, déclara Starkey. Baissez la lumière.

L'image tremble. La caméra se rapproche d'une maison assez ordinaire, en brique. Un homme apparaît dans le champ. La caméra avance toujours et vient se coller contre une baie vitrée sale, constellée de débris d'insectes. On découvre l'intérieur d'un séjour, où trois femmes rient et bavardent sans deviner que trois inconnus sont en train de les épier, et qu'elles sont filmées.

— Vous remarquerez la longueur exceptionnelle de ce plan-séquence, commenta Harris. Le réalisateur est un génie, si vous me permettez un avis.

— Bon, d'accord, tu es un artiste, fit Griffin. Tu dois avoir un petit fond pédé.

On voit parfaitement les trois jeunes femmes, qui doivent avoir entre trente et quarante ans. Elles boivent du vin blanc, elles sont hilares, elles profitent de leur « soirée nanas ». Elles sont en shorts, elles ont de belles jambes. Barbara Greene allonge une jambe et, du bout des doigts, effleure ses orteils, comme si elle jouait pour la caméra.

L'image tremble toujours autant. On contourne la maison jusqu'à la porte de derrière, qui donne dans la cuisine. Maintenant, il y a du son. L'un des trois intrus se met à tambouriner sur la contre-porte en aluminium.

Une voix, venue de l'intérieur, lance :

— J'arrive ! Qui c'est ? Oh, j'espère que c'est Russell Crowe. Je viens de voir son dernier film, *A Beautiful Mind*. Qu'est-ce qu'il est beau !

— C'est pas Russell Crowe, ma petite dame, fait Brownley Harris, qui est manifestement derrière la caméra.

Tanya Jackson ouvre la porte de la cuisine et on entrevoit son air interloqué juste avant que Thomas Starkey lui tranche la gorge avec son couteau de survie. Elle pousse un petit cri, tombe à genoux, puis s'écroule, face la première. Tanya est morte avant même d'avoir touché le damier noir et vert olive du sol de la cuisine.

— En voilà un qui manie méchamment le couteau ! fit Harris, bière à la main. Je vois que tu n'as pas perdu la main, dis donc !

La caméra s'enfonce dans la cuisine, balaie le corps de Tanya Jackson qui se vide de son sang, encore animé de convulsions. On arrive dans le séjour. La chanson de Destiny's Child qui passe à la radio envahit la bande-son.

— Que se passe-t-il ? hurle Barbara Green depuis le canapé, avant de se rouler en boule, pour se protéger. Qui êtes-vous ? Où est Tanya ?

Starkey s'attaque immédiatement à elle, et fait même mine de s'en prendre à la caméra, avec un étrange rictus. Puis il poursuit Maureen Bruno jusque dans la cuisine, où il lui plonge son coutelas au milieu du dos. Elle lève brusquement les bras comme pour se rendre.

La caméra se retourne, et l'on découvre Warren Griffin. C'est lui qui a apporté la peinture bleue, et qui se chargera de barbouiller les corps.

Les trois comparses regardèrent le film une deuxième, puis une troisième fois. Starkey retira la cassette.

À son signal, ils levèrent ensemble leurs chopes de bière.

— Eh oui, nous, on s'améliore avec l'âge...

10.

Nous arrivâmes à Fort Bragg, Caroline du Nord, en fin de matinée, afin de poursuivre notre enquête. Des C-130 et des C-141 nous survolaient sans cesse. J'avais suivi une autoroute surnommée « The All American Freeway » avant de prendre Reilly Road. Étonnamment, on avait attendu le 11 septembre pour mettre en place une porte principale, des clôtures et un périmètre de sécurité. Jusqu'alors, les automobilistes de la région pouvaient emprunter librement les routes de la base pour traverser Bragg.

La base elle-même occupait une zone longue d'une quarantaine de kilomètres d'est en ouest, sur dix-huit kilomètres de large. Prêtes à être envoyées n'importe où en dix-huit heures, les troupes de combat qu'elle accueillait ne manquaient de rien : on trouvait ici plusieurs salles de cinéma, des centres équestres, un musée, deux parcours de golf, et même une patinoire olympique.

À l'entrée du nouveau poste de sécurité, il y avait deux panneaux. « BIENVENUE À FORT BRAGG, CAROLINE DU NORD, BASE DES TROUPES AÉROPORTÉES ET DES FORCES SPÉCIALES AMÉRICAINES », et celui qu'on pouvait désormais voir dans presque toutes les bases américaines de la planète : « VOUS PÉNÉTREZ DANS UNE INSTALLATION MILITAIRE. VOUS POUVEZ ÊTRE SOUMIS À DES CONTRÔLES ET DES FOUILLES. »

Il y avait beaucoup de poussière, et il faisait encore très chaud pour un début d'automne. Partout, des soldats à l'exercice couraient, en sueur. Ça grognait beaucoup. Des unités marchaient au pas, en chantant.

— Il n'y a que ça de vrai, rigolait Sampson. J'aurais presque envie de rempiler.

Nous passâmes le reste de la journée à interroger des hommes en treillis de combat, aux bottes lustrées à la salive. Mes appuis au FBI me permirent d'ouvrir un certain nombre de portes. Ellis Cooper avait beaucoup d'amis, et la plupart d'entre eux avaient été profondément choqués par la nouvelle du triple meurtre. Rares, aujourd'hui encore, étaient ceux qui croyaient Ellis capable d'avoir commis un tel carnage.

Deux non-combattants faisaient exception. Ils avaient tous deux servi sous les ordres de Cooper au Special Warfare Center. Selon eux, il les avait physiquement maltraités. Le soldat de première classe Steve Hall ne cachait pas sa rancœur : « Le sergent était vraiment un type mauvais. Tout le monde le savait. Deux ou trois fois, il m'a pris à part, m'a donné des coups de coude, des coups de genou. Je me doutais bien qu'il attendait que je lui rentre dedans, mais je me suis retenu. Je ne suis pas surpris qu'il ait tué quelqu'un. »

— Ce ne sont que des histoires d'intimidation, conclut Sampson. Coop a du caractère et il peut être vache si on le provoque. Ce qui ne veut pas dire qu'il a tué trois femmes ici et qu'il les a peintes en bleu.

Je sentais bien toute l'affection, tout le respect que Sampson vouait à Ellis Cooper. Il laissait rarement entrevoir cet aspect de sa personnalité. Une mère camée qui revendait elle-même de la drogue, un père qui l'avait abandonné quand il avait trois ans... Il n'était guère enclin au sentimentalisme, sauf lorsqu'il s'agissait de Nana et des enfants, et peut-être de moi.

— Tu y comprends quelque chose, à ce cirque ? finit-il par me demander.

J'eus un instant d'hésitation.

— Il est trop tôt pour affirmer quoi que ce soit, John. Je sais que c'est horrible à dire, alors que ton ami n'a plus que trois semaines à vivre. Et je ne pense pas que nous soyons longtemps les bienvenus à Fort Bragg. L'armée préfère résoudre les problèmes à sa manière. Nous aurons du mal à obtenir les renseignements qui nous seront nécessaires pour pouvoir aider Cooper, concrètement. Moi, je serais tenté de le croire. Mais qui aurait fait tout ça pour le piéger ? Ça ne tient pas debout.

11.

Je commençais à m'habituer au vrombissement des appareils de transport de troupes qui nous survolaient. Sans parler de l'artillerie qui tonnait sur les terrains d'exercice avoisinants, comme si on sonnait le glas pour Ellis Cooper.

Nous eûmes tout juste le temps de déjeuner sur Bragg Boulevard avant notre rendez-vous avec le capitaine Jacobs. Donald Jacobs faisait partie de la CID, la Criminal Investigation Division, une structure propre à l'armée. Affecté à l'enquête dès le premier jour, il était l'un des principaux témoins à charge.

J'avais remarqué, depuis un certain temps, que de nombreux véhicules civils circulaient sur les routes de la base. Aujourd'hui encore, n'importe qui pouvait entrer à Fort Bragg sans se faire remarquer...

Un bâtiment de brique rouge, moderne et aseptisé, abritait les bureaux de la CID. Le capitaine Jacobs nous attendait. Pas d'uniforme, mais une chemise rouge à carreaux et un pantalon de treillis. C'était un solide gaillard, en bonne forme physique, qui ne devait pas être loin de la cinquantaine. Il avait l'air détendu, et d'humeur cordiale.

— Que puis-je faire pour vous ? Je sais qu'Ellis Cooper a des partisans, qui croient en lui. Il a aidé beaucoup de monde quand il était instructeur. Je sais également que vous avez bonne réputation, tous les deux, à la criminelle de Washington. Alors, on commence par quoi ?

— Dites-nous simplement ce que vous savez sur les meurtres, lui répondit Sampson.

Nous n'avions pas évoqué la question, mais je sentais qu'ici, sur cette base militaire, il éprouvait le besoin de diriger les opérations.

Le capitaine Jacobs opina.

— Bon, si vous voulez bien, je vais enregistrer notre conversation. Je suis désolé, mais je pense que c'est bien lui qui a fait le coup. J'ai la conviction que c'est le sergent Cooper qui a tué ces trois femmes. Je ne prétends pas connaître les raisons de son geste. Ce qui me dépasse, en particulier, c'est cette peinture bleue sur les corps. Vous, docteur Cross, vous serez peut-être en mesure de trouver une explication. Ce que je sais, en revanche, c'est qu'à Bragg, après ces crimes gratuits et d'une incroyable sauvagerie, beaucoup de gens sont encore sous le choc...

— Notre présence pose donc quelques problèmes, fit Sampson. Je suis navré, capitaine.

— Ne vous excusez pas. Comme je vous l'ai dit, le sergent Cooper a ses admirateurs. Au début, j'avais moi-même tendance à le croire. Son alibi avait l'air de tenir. Et ses états de service étaient extraordinaires.

— Pourquoi, alors, avez-vous changé d'avis ? voulut savoir Sampson.

— Oh, les raisons sont nombreuses, inspecteur. L'analyse ADN, les pièces à conviction retrouvées sur la scène du crime et ailleurs. Le fait qu'on l'ait vu devant la maison des Jackson, alors qu'il jure qu'il se trouvait ailleurs. Le couteau de survie découvert dans son grenier, et qui s'est avéré être l'arme des crimes. Et d'autres choses encore.

— Pourriez-vous être plus précis ? demanda Sampson.

Le capitaine Jacobs soupira, se leva et se dirigea vers une armoire vert olive. Il déverrouilla le tiroir du haut, en sortit une chemise et la rapporta.

— Jetez un coup d'œil là-dessus. Vous risquez de changer d'avis, vous aussi.

Il étala devant nous une demi-douzaine de clichés pris sur la scène du crime. Des photos de ce genre, j'en avais déjà vu souvent, mais pour moi, cette épreuve demeurait toujours aussi pénible.

— C'est ainsi qu'on a retrouvé les victimes. Les photos n'ont pas été utilisées lors du procès, par égard pour les familles qui avaient déjà suffisamment souffert. Le procureur savait qu'il avait bien assez d'éléments pour faire condamner le sergent Cooper sans qu'il soit besoin de faire appel à ces clichés à la limite du supportable.

J'avais rarement vu des images aussi macabres et aussi crues. Apparemment, les trois jeunes femmes avaient toutes été retrouvées dans le séjour, et non aux différents endroits où elles avaient été tuées. L'auteur des crimes avait soigneusement disposé les corps sur un grand sofa à fleurs. Une vraie mise en scène, qui me laissait perplexe. Le visage de Tanya Jackson reposait sur l'entrejambe de Barbara Green, et le visage de Barbara Green sur l'entrejambe de Maureen Bruno. Et comme les visages, les entrejambes avaient été barbouillés de bleu.

— Il semblerait que Cooper ait cru que les trois jeunes femmes couchaient ensemble. Il n'est d'ailleurs pas impossible que ç'ait été le cas. Quoi qu'il en soit, c'était pour cette raison, selon lui, que Tanya refusait de céder à ses avances. Et je crois que c'est ce qui l'a conduit à faire ça.

Je finis par ouvrir la bouche.

— Ces photos de scène de crime, aussi crues et obscènes soient-elles, ne prouvent toujours pas qu'Ellis Cooper est votre meurtrier.

D'un signe de tête, le capitaine Jacobs rejeta mon objection.

— Je crois que vous ne comprenez pas. Il ne s'agit pas de copies des photos prises par la police sur la scène du crime. Il s'agit de copies des photos que Cooper a prises lui-même, au Polaroïd. On les a trouvées chez lui, en même temps que le couteau.

Le regard de Donald Jacobs se fixa sur moi, puis glissa vers Sampson.

— C'est votre ami qui a assassiné ces trois jeunes femmes. Maintenant, vous devriez rentrer chez vous et laisser les gens d'ici panser leurs plaies.

12.

Malgré le conseil du capitaine Jacobs, nous ne quittâmes pas la Caroline du Nord. En fait, nous continuâmes de solliciter les témoignages. Un sergent nous fit une réflexion intéressante, même si elle ne concernait pas véritablement notre enquête. Selon lui, la vague de patriotisme qui avait déferlé sur le pays au lendemain du 11 septembre était passée presque inaperçue à Fort Bragg. « Nous, on a toujours été comme ça », me dit-il. Je le croyais volontiers, et je devais admettre que l'ambiance, sur la base, m'impressionnait.

Je me réveillai très tôt le lendemain matin. Il n'était que 5 heures, et je ne pouvais aller nulle part. Au moins, j'avais le temps de réfléchir, de me dire que cette enquête était peut-être la dernière. Rien de bien enthousiasmant, d'ailleurs. Un type accusé de trois meurtres sordides, et qui clamait son innocence. Comme tous les assassins.

Puis je revis Ellis Cooper, dans son couloir de la mort, à Raleigh, et je me mis au travail.

Une fois sur pied, j'allumai mon portable pour me brancher sur le Net et me livrer à quelques recherches préliminaires. Première piste : la peinture bleue. Les archives du VICAP – Violent Criminal Apprehension Program – faisaient état de trois autres affaires dans lesquelles les victimes avaient été barbouillées de peinture, mais le lien avec le triple meurtre sur lequel nous enquêtions me paraissait improbable.

Je décidai de m'intéresser ensuite à tout ce qui pouvait concerner la couleur bleue. Plusieurs pages web attirèrent mon attention. Elles faisaient référence au Blue Man Group, des artistes qui avaient lancé, à New York, un spectacle appelé *Tubes*, et l'avaient ensuite monté à Boston, à Chicago et à Las Vegas. Le spectacle mélangeait musique, théâtre, performance, et même vaudeville. Les acteurs se produisaient tout en bleu, des pieds à la tête. Peut-être y avait-il là une voie à explorer...

Sampson me rejoignit au petit déjeuner. Nous avions pris des chambres au Holiday Inn Bordeaux. Nous mangeâmes en vitesse, avant de nous rendre au lotissement où étaient logées les familles des soldats, juste à côté de la base. C'était là que le triple meurtre avait été commis. Des petites maisons de plain-pied, avec un petit bout de pelouse devant, et parfois une pataugeoire en plastique. Il y avait des motos tricycles et des décapotables garées un peu partout.

Nous passâmes presque toute la matinée et le début de l'après-midi à quadriller la cité de Tanya Jackson. Ici, tout le monde se connaissait, tout le monde était militaire ou travaillait pour l'armée. Lorsque nous sonnions à une porte, plus d'une fois sur deux, personne ne répondait.

J'étais devant l'entrée d'une maison, en train d'interroger une femme de trente-quarante ans, quand je vis Sampson arriver au pas de course. Il y avait du nouveau.

— Alex, viens voir ! Dépêche-toi, j'ai besoin de toi, tout de suite !

13.

Je le rejoignis.

— Qu'as-tu découvert ?

— Quelque chose de bizarre. C'est peut-être un début.

Je le suivis jusqu'à une autre maison. Il frappa à la porte, une femme apparut immédiatement. Elle devait bien peser ses cent à cent vingt kilos, alors qu'elle ne dépassait guère le mètre cinquante.

— Voici mon équipier, l'inspecteur Cross. Je vous ai parlé de lui. Alex, je te présente Mme Hodge.

— Je suis Anita Hodge, dit-elle en me serrant la main. Ravie de faire votre connaissance. (Elle regarda Sampson et ajouta avec un petit sourire :) Je suis d'accord avec vous. Il ressemble à Ali quand il était plus jeune.

Mme Hodge nous conduisit dans le séjour, où deux gamins regardaient des dessins animés tout en torturant leurs consoles de jeux vidéo. Puis elle nous entraîna dans une chambre, au fond d'un couloir étroit.

Il y avait là un garçon d'une dizaine d'années, dans un fauteuil roulant, devant son ordinateur Gateway. Le mur, derrière lui, était couvert de photos de joueurs de base-ball.

Notre arrivée parut le contrarier.

— Quoi encore ? Sortez et laissez-moi tranquille. Je suis en train de travailler.

— Je te présente Ronald Hodge, me dit Sampson. Ronald, je te présente l'inspecteur Cross. Je t'ai déjà parlé de lui.

L'enfant hocha la tête, sans dire un mot, en me fusillant du regard.

— Ronald, tu veux bien répéter ce que tu m'as dit tout à l'heure ? Il faut qu'on t'entende.

Ronald leva les yeux au ciel.

— Mais j'ai déjà tout raconté aux autres policiers. J'en ai vraiment marre, vous savez. De toute façon, tout le monde se fiche pas mal de ce que je pense.

— Ronald, intervint la mère, ce n'est pas vrai et tu le sais.

— S'il te plaît, raconte-moi, insistai-je. Ce que tu as à dire est peut-être important. Je veux l'entendre de ta bouche.

Le gamin, renfrogné, continuait de faire non, tout en me fixant des yeux.

— Les autres policiers ne pensaient pas que c'était important, ces enculés.

— Ronald, ne sois pas grossier, fit la mère. Tu sais bien que je n'aime pas cette attitude. Ni cette façon de parler.

— C'est bon, c'est bon. Je vais recommencer.

Et il nous parla du soir où Tanya Jackson avait été assassinée, et nous raconta ce qu'il avait vu.

— Il était tard, mais j'étais encore debout. Normalement, j'aurais dû être couché, mais je jouais sur l'ordinateur.

Il s'interrompit et regarda sa mère.

Elle acquiesça.

— Tu es pardonné. On en a déjà parlé. Maintenant, raconte-leur ton histoire, s'il te plaît. Tu vas finir par me rendre folle.

Le gosse laissait enfin entrevoir un sourire, et poursuivit son récit. Peut-être avait-il simplement voulu chauffer son public.

— De ma chambre, je peux voir le jardin des Jackson, juste derrière la maison des Harts, au coin. J'ai aperçu quelqu'un dans le jardin. Il faisait déjà nuit, mais je le voyais bouger. Il avait une espèce de caméra. Comme je ne savais pas ce qu'il filmait, j'ai voulu voir.

» Je me suis mis à la fenêtre pour regarder et là, j'ai vu qu'il y avait trois types. Je les ai vus, dans le jardin de Mme Jackson. C'est ce que j'ai dit à la police. Trois hommes. Je les ai vus comme je vous vois tous les deux dans ma chambre. Et ils étaient en train de tourner un film.

14.

À ma demande, le petit Ronald Hodge accepta de recommencer.

Il me fit le même récit, presque mot pour mot, en me regardant droit dans les yeux, sans la moindre hésitation, sans s'interrompre une seule fois. De toute évidence, la scène à laquelle il avait assisté le perturbait, et il avait encore peur. Surtout après avoir appris que des meurtres avaient été commis dans la maison voisine.

Quand il eut terminé, Sampson et moi interrogeâmes Anita Lodge dans la cuisine. Elle nous offrit un thé glacé délicieux, non sucré, avec de grosses tranches de citron. Elle nous expliqua que Ronald était né avec une *spina bifida*, une malformation de la colonne vertébrale entraînant une paralysie des membres inférieurs.

— Madame Hodge, lui demandai-je, que pensez-vous du récit que Ronald vient de nous faire ?

— Oh, je le crois. Du moins, je crois qu'il pense vraiment avoir vu tout cela. Il ne s'agissait peut-être que d'ombres, ou je ne sais quoi, mais Ronald est réellement persuadé d'avoir aperçu trois hommes. Dont l'un avec une caméra, ou quelque chose de ce genre. Depuis le début, il n'en démord pas. Il y a de quoi avoir peur. Comme ce vieux film de Hitchcock.

— *Fenêtre sur cour*, précisai-je. James Stewart croit avoir vu un meurtre depuis sa fenêtre. Il ne peut pas bouger, à cause de sa jambe dans le plâtre.

Je lançai un regard à Sampson, pour m'assurer qu'il ne voyait pas d'inconvénient à ce que ce soit moi qui pose les questions, cette fois. Il me fit signe de poursuivre.

— Que s'est-il passé après que les policiers de Fayetteville eurent interrogé Ronald ? Sont-ils revenus ? D'autres policiers peut-être ? Des gens de Fort Bragg ? Madame Hodge, pourquoi le témoignage de Ronald n'a-t-il pas été utilisé lors du procès ?

Elle parut désemparée.

— Je me suis posé la même question, mon ex-mari aussi. Un capitaine de la CID s'est présenté quelques jours après. Le capitaine Jacobs. Il a parlé à Ronald, et ça s'est arrêté là. Personne n'est jamais venu nous parler du procès.

Après avoir bu notre thé glacé, nous décidâmes de mettre fin à la conversation. Il était plus de 5 heures, et nous avions sensiblement progressé. De retour à l'hôtel, j'appelai Nana et les enfants. Tout allait bien à la maison. La petite famille avait bien compris que c'était « la dernière enquête de papa » et elle était ravie. Moi aussi, peut-être. Sampson dîna avec moi au Bowties, le restaurant du Holiday Inn. Quelques bières, et au lit.

J'avais envie de parler à Jamilla. Il était 19 heures en Californie. Je fis d'abord le numéro de son bureau.

— Inspecteur principal Hughes, répondit-elle sèchement. Brigade criminelle.

— Je voudrais signaler une disparition.

— Salut, Alex. (Je devinai son sourire.) Tu m'as de nouveau coincée. Eh oui, je suis encore au boulot. Je te signale que c'est toi qui as disparu, pas moi. Où es-tu ?

Pas un mot, pas un coup de fil. Pas même un minable petit e-mail. Et ça fait plusieurs jours.

Je m'excusai, puis lui expliquai le cas du sergent Cooper. Après lui avoir répété le témoignage de Ronald Hodge, j'en vins à la vraie raison de mon appel.

— Tu me manques, Jam. J'ai envie de te voir. Où tu veux, quand tu veux. Tu pourrais venir sur la côte Est, pour changer un peu. Ou bien je viens te rejoindre, si tu préfères. Décide.

Elle hésitait et moi, je retenais mon souffle. Peut-être ne voulait-elle pas me voir. Mais elle me répondit enfin :

— Je peux prendre quelques jours de repos. J'aimerais bien te voir, c'est vrai. Bon, je te rejoins à Washington. Je n'y suis pas allée depuis que j'étais gosse.

— C'est récent, alors.

— Tu sais que tu es mignon, toi ?

Mon cœur papillonnait. Le rendez-vous était pris. *Bon, je te rejoins à Washington.* Cette petite phrase dansa toute la nuit dans ma tête. Jamilla l'avait prononcée spontanément, comme si elle n'attendait que cela.

15.

Le lendemain matin, de bonne heure, je reçus un coup de fil d'une amie, au FBI. Abby DiGarbo. Je lui avais demandé de contacter les sociétés de location de voitures du coin et de voir si elles avaient enregistré des irrégularités la semaine où le triple meurtre avait été commis. Je lui avais dit que c'était urgent. Et elle avait déjà trouvé quelque chose.

Hertz s'était fait arnaquer, semblait-il, sur une location de Ford Explorer. La facture n'avait jamais été payée. En fouillant bien, Abby avait découvert une trace papier intéressante. Selon elle, truander une société de location de voitures n'était pas si facile que cela, ce qui était plutôt une bonne nouvelle pour nous. Pour louer le véhicule, notre homme avait présenté une vraie-fausse carte de crédit et un faux permis de conduire, sur lequel figurait sa photo.

Il s'était procuré des renseignements bancaires en pénétrant dans le fichier de la Securities and Exchange Commission et les avait soumis à une société de Brampton, dans l'Ontario, pour obtenir une carte de crédit. Le permis de conduire correspondant, il l'avait obtenu par un site web, photoidcards.com. Et j'avais sous les yeux la photo qu'il avait fournie.

C'était le portrait d'un homme de race blanche, au visage quelconque. Il s'était peut-être maquillé.

Le FBI continuait d'explorer la piste, mais c'était déjà un début. Quelqu'un s'était donné un certain mal pour louer un véhicule à Fayetteville sous une fausse identité. Et grâce à Abby DiGarbo, nous avions sa photo. Enfin, nous avions la photo de quelqu'un...

Je mis Sampson au courant de ce dernier développement tandis que nous nous rendions au domicile du sergent Cooper. Il était en train de boire son café brûlant et de dévorer un éclair de chez Dunkin Donuts, et même s'il n'en laissait rien paraître, je savais qu'il appréciait ces premiers succès.

— C'est bien pour ça que je t'ai demandé de m'aider sur cette affaire, me glissa-t-il.

Cooper avait un petit trois-pièces à Spring Lake, au nord de Fort Bragg. Sur le mur de brique du pavillon dont il occupait un côté, il y avait une pancarte « ATTENTION, CHAT MÉCHANT ! ».

— Il a le sens de l'humour, fit Sampson. Mais je devrais plutôt parler au passé.

On nous avait donné la clé de la porte d'entrée. Nous pénétrâmes à l'intérieur. La maison sentait encore le chat.

— Pour une fois, nous sommes seuls, dis-je à John. Pas d'autres flics, pas de FBI. Quel bonheur...

— Le meurtrier a été arrêté. L'enquête est bouclée. Nous sommes les seuls à nous intéresser encore à cette affaire. Et Cooper compte les jours dans le couloir de la mort. Il faut qu'on fasse vite.

Apparemment, personne n'avait encore pris de dispositions pour cet appartement. Ellis Cooper l'avait acheté quelques années plus tôt, ce qui laissait supposer qu'il avait prévu de rester longtemps en poste à Fort Bragg. Il comptait vivre là une fois à la retraite.

Sur la console, dans l'entrée, je vis des photos. Cooper et des amis en différents endroits. Hawaï, le sud de la France, les Caraïbes, peut-être. Et une photo plus récente où il tenait par l'épaule une jeune femme qui devait être Marcia, sa petite amie. Le mobilier de l'appartement, confortable mais simple, provenait sans doute d'une de ces grandes chaînes spécialisées dans le meuble en kit, Target ou Pier 1.

Sampson m'appela pour me montrer une des fenêtres.

— Elle a été forcée. Quelqu'un est entré par effraction. Peut-être pour prendre le couteau de Cooper, puis le ramener. Coop a dit qu'il le laissait dans le placard de sa chambre, mais d'après la police, on l'a retrouvé dans le grenier.

Les murs de la chambre à coucher étaient eux aussi couverts de photos prises essentiellement dans les régions du globe où avait servi Cooper : le Viêtnam, le Panama, la Bosnie. Il y avait un banc de musculation, et une planche à repasser près du placard. À l'intérieur, beaucoup de tenues militaires, et quelques vêtements civils.

— Que penses-tu de ça ? demandai-je à Sampson.

Je désignais des objets disparates exposés sur une table basse, vraisemblablement des souvenirs d'Asie du Sud-Est.

Je pris une poupée de paille à l'aspect étrangement menaçant, pour ne pas dire maléfique. Puis une petite arbalète pourvue d'une griffe de fauve en guise de détente. Et une amulette d'argent, en forme d'œil ouvert, sans paupière.

Sampson examina avec soin la sinistre poupée, puis l'œil.

— Cet œil du mal, je l'ai déjà vu. Au Cambodge ou à Saigon, je ne me souviens plus exactement. Les poupées de paille, ça me dit également quelque chose. Je crois que c'est une histoire de mauvais esprits qui se vengent. J'en ai vu quand les Viêts enterraient leurs morts.

Cet artisanat lugubre mis à part, l'impression générale qui se dégageait de l'appartement était celle d'un Ellis Cooper solitaire, dont la vie se limitait quasiment à l'armée. Aucune photo n'évoquait un semblant de famille.

Nous étions dans la chambre lorsque nous entendîmes un bruit de porte, puis des pas appuyés, à l'intérieur de l'appartement.

La porte de la chambre s'ouvrit violemment et claqua contre le mur.

Des soldats surgirent, arme au poing.

— Mains en l'air ! Police militaire. J'ai dit : les mains en l'air !

Nous nous exécutâmes.

— Police de Washington, brigade criminelle, expliqua Sampson. On nous a autorisés à venir ici. Demandez confirmation auprès du capitaine Jacobs, de la CID.

— On garde les mains en l'air, et plus haut que ça ! aboya le chef de groupe tandis que les trois hommes envahissaient la pièce.

— Je suis un ami du sergent Cooper, fit calmement Sampson.

— Il a été condamné pour meurtre, lui rétorqua l'un des agents, méprisant. Son adresse, en ce moment, c'est le couloir de la mort. Je crois qu'il va bientôt déménager.

Les mains toujours en l'air, Sampson indiqua aux hommes de la police militaire qu'ils trouveraient dans la poche de sa chemise un mot de Cooper et la clé de la maison, que celui-ci lui avait confiée. Le chef prit le message et le lut :

À qui lira ceci :

John Sampson est un ami, et c'est la seule personne qui, à ma connaissance, défende actuellement mes intérêts. L'inspecteur Cross et lui sont les bienvenus chez moi, mais pas vous autres salopards. Dégagez d'ici. Vous n'avez rien à faire chez moi !

Sergent Ellis Cooper

16.

Le lendemain matin, très tôt, quelque chose me réveilla. C'était une phrase, une simple phrase, qui défilait en boucle dans ma tête. *Le mort qui marche*. Impossible de me rendormir. Je voyais sans cesse Ellis Cooper dans sa combinaison orange, celle des condamnés à mort.

Nous voulions faire un jogging autour de la base, avant qu'il fasse trop chaud. Nous entrâmes par Bragg Boulevard, nous engageâmes dans une rue plus étroite, Honeycutt, puis nous enfonçâmes dans un dédale de rues transversales avant de rejoindre Longstreet Road. La base était d'une propreté étonnante. Pas le moindre détritus en vue. De nombreux soldats étaient déjà en train de faire leurs exercices.

Nous établîmes le programme de la journée tout en courant. Nous avions énormément de choses à faire en peu de temps. Nous ne pouvions pas nous absenter trop longtemps de Washington.

— Je vais te dire ce qui me tracasse le plus jusqu'à maintenant, me souffla Sampson.

— Je devine ce que tu vas me dire, haletai-je. Il nous a fallu à peine plus d'une journée pour tomber sur Ronald Hodge et l'histoire de la location Hertz. Que fichent la police locale et les enquêteurs militaires ?

— Tu commences à croire qu'Ellis Cooper est innocent ?

Je ne répondis pas. Notre enquête avançait à grands pas, et c'était, paradoxalement, ce qui me perturbait. Nous avions recueilli des éléments que la police de Fayetteville semblait ignorer. Et comment expliquer le peu de zèle des enquêteurs de la CID ? Cooper était pourtant l'un des leurs, non ?

Notre jogging terminé, j'eus à peine le temps d'ouvrir la porte de ma chambre que déjà le téléphone sonnait. Qui pouvait m'appeler à 7 heures du matin ? Nana et les petits, forcément. En décrochant, je pris ma voix de gros nounours, que les enfants adorent :

— Ho, ho, qui donc m'appelle en cette heure si matinale ? Qui ose me réveiller ? En voilà du toupet.

Et là, j'entendis une voix de femme. Une voix que je ne connaissais pas, marquée par un fort accent du Sud.

— Inspecteur Cross ?

Je changeai immédiatement de ton en espérant que mon interlocutrice n'allait pas raccrocher.

— Euh, oui. Qui est à l'appareil ?

— Je ne tiens pas trop à répondre. Je voudrais juste que vous m'écoutiez. Ce que j'ai à vous dire n'est pas facile.

— Je vous écoute. Allez-y.

J'entendis un grand soupir.

— J'étais avec Ellis Cooper le soir où cet horrible triple meurtre a été commis. On était ensemble quand ça a eu lieu. On était au lit, quoi. C'est tout ce que je peux dire pour le moment.

Je sentais qu'elle avait peur, qu'elle était au bord de la panique. Il fallait que je la garde le plus longtemps possible au bout du fil.

— Attendez une minute. S'il vous plaît. Vous auriez pu aider le sergent Cooper au procès. Vous pouvez encore l'aider. Vous pouvez empêcher son exécution !

— Non. Je ne peux pas vous en dire plus. Je suis mariée avec quelqu'un d'autre de la base, je ne veux pas détruire ma famille. Je ne peux pas, je suis désolée.

— Pourquoi n'avez-vous rien dit à la police de la ville, aux enquêteurs de l'armée ? (J'étais en train de penser : pourquoi Cooper ne nous a-t-il rien dit ?) Ne raccrochez pas, s'il vous plaît. Écoutez-moi.

Elle émit comme un gémissement.

— J'ai appelé le capitaine Jacobs, je lui ai tout dit. Il n'en a rien fait, de mon information, alors que c'était la vérité. J'espère que vous, vous ferez quelque chose. Ce n'est pas Ellis Cooper qui a tué ces trois femmes. Je me disais que mon témoignage ne suffirait pas à le sauver. Et puis... j'ai peur des conséquences.

— Quelles conséquences ? Songez un peu aux conséquences pour le sergent Cooper. On va l'exécuter.

Elle raccrocha. Je ne savais pas grand-chose d'elle, mais j'aurais juré qu'elle sanglotait. Je regardais mon combiné, en me demandant si mes oreilles ne me jouaient pas un tour. Je venais de parler à l'alibi d'Ellis Cooper, et cet alibi venait de se volatiliser.

17.

Vers 17 heures, une excellente nouvelle nous parvint : le général Stephen Bowen, qui commandait Fort Bragg, acceptait de nous recevoir chez lui, sur la base. À 19 h 30 pile. Il nous accordait dix minutes pour lui faire part de ce que nous savions. En attendant, Sampson parvint à joindre Cooper au téléphone, à la prison. Cooper niait s'être trouvé en compagnie d'une femme ce soir-là. Et le pire, c'était que Sampson ne le trouvait pas très convaincant. Mais pourquoi nous cacher la vérité ? Cela n'avait pas de sens.

Une villa de stuc des années vingt ou trente, coiffée d'un toit de tuiles à l'espagnole, abritait les quartiers du général Bowen. À l'étage, on apercevait une terrasse vitrée de trois côtés, qui devait faire partie de la suite parentale.

Et un homme qui nous observait, tandis que nous nous garions dans l'allée en arc-de-cercle. Le général Bowen lui-même ?

L'aide de camp, le capitaine Rizzo, nous ouvrit la porte. Le personnel au service du général se composait d'un officier d'ordonnance, d'un cuisinier et d'un chauffeur qui faisaient également office de gardes du corps.

Le décor éclectique du vaste foyer, flanqué d'antichambres, reflétait probablement la carrière du général à travers le monde. Je remarquai un magnifique secrétaire ciselé qui paraissait de style allemand, un paravent japonais décoré de cerisiers et de douces collines, ainsi qu'un très vieux buffet suggérant que son propriétaire avait été en poste en Nouvelle-Angleterre.

Le capitaine Rizzo nous conduisit dans une petite pièce où le général Bowen nous attendait. Il était dans son fauteuil, en uniforme. L'aide de camp se pencha vers moi.

— Je reviens dans précisément dix minutes. Le général veut vous parler en privé.

— Je vous en prie, asseyez-vous, fit le général.

C'était un homme de grande taille, solidement bâti, auquel j'aurais donné près de cinquante-cinq ans. Il arqua ses doigts sur le bureau, au plateau si usé qu'il semblait l'avoir accompagné presque tout au long de sa carrière.

— Si j'ai bien compris, vous êtes venus ici pour tenter de faire rouvrir le dossier Cooper. Qu'est-ce qui vous pousse à croire que nous devrions réexaminer l'affaire, et remettre en cause la condamnation à mort du sergent Cooper ?

En m'efforçant d'être le plus concis possible, j'expliquai au général ce que nous avions déjà découvert, et ce que ces indices nous inspiraient. En auditeur aguerri, il ponctuait mes observations d'un « Intéressant ». Il paraissait ouvert aux points de vue différents du sien, et avide d'obtenir de nouvelles informations. L'espace d'un instant, je sentis mes espoirs renaître.

Lorsque j'eus fini, il demanda :

— L'un de vous souhaite-t-il ajouter quelque chose ? C'est le moment.

Sampson, qui m'avait paru jusqu'alors étonnamment calme et réservé, prit la parole.

— Je ne m'étendrai pas sur mon opinion personnelle du sergent Cooper, mais en tant qu'enquêteur, il m'est impossible de croire qu'il ait pu ramener chez lui l'arme du crime ainsi que plusieurs photographies compromettantes.

Contre toute attente, le général Bowen acquiesça.

— Moi aussi, j'ai du mal à le croire, et c'est pourtant bien ce qui s'est passé. Ses raisons m'échappent. Je n'arrive pas à comprendre comment on peut ainsi assassiner trois jeunes femmes, comme il l'a fait, sans aucun doute. Jamais je n'ai vu commettre un tel acte de sauvagerie en temps de paix, et des choses horribles, au cours de ma carrière, j'en ai vu, croyez-moi. (Il se pencha audessus de son bureau, et ses traits se durcirent.) Je vais vous dire une chose, au sujet de cette affaire, que je n'ai encore confiée à personne. C'est pour vous, et vous seuls. Quand l'État de Caroline du Nord exécutera le sergent Cooper, je serai sur place, à la prison, au côté des familles des femmes qui ont été assassinées. J'ai hâte de le voir subir l'injection létale. Ce que cette brute a fait me révulse, me dégoûte. Vos dix minutes sont écoulées. Foutez-moi le camp d'ici. Je ne veux plus vous voir.

Le capitaine Rizzo était déjà à la porte.

18.

Les Trois Souris vertes étaient de retour à Fayetteville. Pour la première fois depuis plusieurs mois, elles remettaient les pieds à Fort Bragg. Thomas Starkey, Brownley Harris et Warren Griffin franchirent sans problème le contrôle de sécurité de l'All American Freeway. Rien d'étonnant à cela, puisqu'ils avaient un rendez-vous très officiel sur la base.

Starkey conduisait le Suburban bleu. Personne ne parlait. Ils n'étaient pas revenus depuis les meurtres. Et la base n'avait pas changé d'un iota. L'armée n'aimait pas trop le changement.

— Je me serais bien passé de ce petit voyage, fit Brownley Harris, à l'arrière.

— Il n'y a pas de lézard, le rassura Starkey, toujours prompt à prendre les commandes. Nous avons une raison légitime d'être ici. Si nous cessions de nous montrer à Fort Bragg, ce serait une erreur. Ne me décevez pas.

— Message reçu, répondit Harris. N'empêche que revenir sur les lieux du crime, ça me plaît moyennement. (Puis, décidant qu'il fallait détendre l'atmosphère, il ajouta :) Vous connaissez la différence entre les diverses armes, dans l'armée américaine ? Ce qu'on appelle le modèle du serpent ?

— Non, celle-là, je la connais pas, Brownie, fit Griffin, qui s'attendait au pire.

— L'infanterie se lance à la poursuite du serpent. Le serpent flaire les fantassins, et il se sauve. Pas de bobo. Ensuite arrive l'aviation. Les pilotes ont les coordonnées GPS du serpent, mais ils n'arrivent pas à le localiser. Ils rentrent à la base pour refaire le plein, respecter les heures de repos et s'offrir une manucure. Entre en scène l'artillerie de campagne. Elle attaque le serpent au canon, avec trois bataillons en soutien. Les tirs de précision tuent quelques centaines de civils – dommages collatéraux inévitables. Tous les personnels concernés, y compris les cuistots, les mécanos et les secrétaires, reçoivent la Silver Star pour acte de bravoure.

— Et nous, les Rangers ? fit Griffin, jouant les ingénus.

Harris buvait du petit-lait.

— Un Ranger se pointe, tout seul. Il joue avec le serpent, et puis il le bouffe.

Starkey émit un vague rire avant de quitter Armistead Street pour pénétrer dans le parking du quartier général de l'armée de terre.

— Gardez à l'esprit qu'il ne s'agit que de business, messieurs. Comportez-vous comme il se doit.

— Bien, chef, aboyèrent de concert Griffin et Harris.

Les trois comparses rassemblèrent leurs mallettes, enfilèrent des vestons légers, resserrèrent leurs nœuds de cravate. Principaux commerciaux de la société Heckler & Koch, ils étaient venus à Fort Bragg pour vendre des armes à l'armée américaine. Et plus particulièrement le dernier pistolet semi-automatique, qui pesait à peine un kilo, chargeur plein, et tirait des munitions

« capables de percer n'importe quel gilet pare-balles standard ».

— C'est une arme extraordinaire, aimait souligner Thomas Starkey chaque fois qu'il faisait l'article. Si on l'avait eue au Viêtnam, on aurait gagné la guerre.

19.

La réunion se passa mieux qu'ils ne l'auraient espéré. Les trois commerciaux quittèrent les bureaux de l'armée peu après 8 heures, avec l'assurance qu'on soutiendrait leur pistolet de service. Thomas Starkey avait également dévoilé le dernier modèle du pistolet-mitrailleur MP5, en vantant avec force détails la conception unique de son produit, dont les pièces étaient à 99,9 % interchangeables.

— Maintenant, je propose qu'on s'offre quelques bières bien fraîches et des steaks bien épais. Et on pourrait peut-être faire des petites bêtises à Fayetteville, ou un peu plus loin. Ceci est un ordre, messieurs.

— Je suis partant, répondit Harris. La journée a été bonne, non ? Voyons si on peut la gâcher.

Lorsqu'ils quittèrent Fort Bragg, la nuit était déjà tombée. Et comme chaque fois, lorsqu'ils s'embarquaient dans une nouvelle aventure, Warren Griffin se mit à fredonner *On the road again*, le vieux standard de Willie Nelson. Ils connaissaient bien Fayetteville, puisque, avant de travailler pour H & K, ils avaient été en poste à Bragg. Quatre années, à peine, s'étaient écoulées depuis leur départ de l'armée. Colonel Starkey, capitaine Harris, sergent-chef Griffin, du 75e régiment de Rangers, troisième bataillon, basé à l'origine à Fort Benning, Géorgie.

Dès leur arrivée, ils avisèrent deux prostituées qui tapinaient à un coin de rue mal éclairé. Autrefois, les militaires surnommaient Fayette-nam cette partie de Hays Street, où on ne trouvait que des bars pourris et des boîtes à strip-tease, mais sous la pression des élus, le quartier avait fini par s'embourgeoiser pour adopter un visage plus respectable. « VIVRE SA VILLE, VIVRE LE SUD » clamait le panneau géant de la Chambre de commerce. C'était à vomir...

Warren Griffin sortit la tête et lança :

— Je vous adore, et surtout toi ! Arrête la voiture, tout de suite ! Arrête-toi, déconne pas. Je t'adore, ma chérie. Je reviens !

— Moi, c'est Vanessa ! cria l'une des deux putes.

Plutôt mignonne, elle aussi.

Starkey riait, mais refusait de ralentir. Ils étaient pressés de retrouver le Pump, qu'ils fréquentaient assidûment depuis une vingtaine d'années. Une fois sur place, ils investirent les lieux d'un pas nonchalant, prêts à faire la fête. À quoi bon travailler si on ne pouvait pas se payer un peu de bon temps ? À quoi bon souffrir, s'il n'y avait pas une récompense au bout ?

Ils passèrent plusieurs heures à boire de la bière, à se goinfrer de côtes de bœuf couvertes d'oignons frits et de champignons, à fumer des cigares, à raconter leurs plus beaux souvenirs de guerre et leurs meilleures blagues. Les serveuses et les barmen se prêtèrent même au jeu. Tout le monde aimait bien Thomas Starkey. Il fallait juste éviter de le prendre à rebrousse-poil.

Ils repartaient de Fayetteville, vers minuit, quand Starkey gara le Suburban le long du trottoir.

— Et maintenant, un peu d'entraînement à balles réelles.

Ils savaient ce que cela signifiait.

Harris se contentait d'afficher un grand sourire, mais Griffin poussa un hurlement de joie.

— C'est parti pour les jeux de guerre !

Starkey, le bras à la portière, interpella l'une des filles qui arpentaient Hays Street. Une grande blonde filiforme qui vacillait légèrement sur ses chaussures à semelles compensées argentées. Sa petite moue s'effaça pour laisser place à un sourire très vendeur.

— En voilà une jolie jeune femme ! commenta Starkey. Dites, on a une suite au Radisson. Ça vous dirait, trois beaux billets au lieu d'un ? On aime bien faire la fête ensemble. Un petit moment sympa. On est réglo.

Starkey savait se montrer charmant, et respectueux. Il avait un sourire engageant. La pute blonde monta donc à l'arrière, à côté de Griffin.

— Vous me promettez d'être gentils, hein ? fit-elle en leur ressortant son magnifique sourire.

— Juré, répondirent-ils en chœur. On sera sages.

— *On the road again*, fredonnait Griffin.

— Eh, tu te débrouilles bien, dis donc, fit la fille, et elle le gratifia d'une bise sur la joue.

Elle savait s'y prendre, avec les hommes, surtout les soldats de Fort Bragg, qui étaient des types plutôt bien dans l'ensemble. Elle-même avait d'ailleurs fait partie de la famille, autrefois. Et ce n'était pas si vieux que ça. Elle avait à peine dix-neuf ans.

— Vous entendez ça, les copains ? Cette beauté adore ma voix. C'est quoi, ton nom, ma jolie ? Tu me plais déjà.

— Vanessa, répondit la fille. (C'était son pseudo, bien entendu.) Et le tien, c'est comment ? Ne me dis pas que c'est Willie.

— Mais non, c'est Warren, s'esclaffa Griffin. Ravi de faire ta connaissance, Vanessa. Joli nom. Et tu as le physique qui va avec.

Ils sortirent de la ville et prirent la direction de l'autoroute. Au bout de deux kilomètres, brusquement, Starkey se rangea sur le côté, à l'abri d'un bosquet d'arbres à feuilles persistantes et de buissons d'aubépines, en criant : « Arrêt technique ! »

— Le Radisson n'est plus très loin, fit remarquer Vanessa. Vous pourriez attendre encore un peu, non ?

— Non, ça, ça ne peut pas attendre, rétorqua Griffin en collant le canon de son pistolet contre le crâne de la fille.

Brownley Harris, à l'avant, avait lui aussi dégainé son arme pour la braquer sur la prostituée.

— *De hai tay len dau!* aboya Starkey, d'une voix grave et terrifiante.

Les mains sur la tête.

— *Ban gap nhieu phien phuc roi do.*

Il va t'arriver des bricoles, salope.

Vanessa ne comprenait pas un mot de ce qu'il criait, mais le ton était sans équivoque : elle allait avoir des problèmes, de gros problèmes. Son estomac se noua. En temps normal, elle ne serait pas montée avec trois mecs, mais le type qui conduisait avait l'air tellement sympa. Pourquoi se mettait-il à hurler comme ça ? Et dans quelle langue bizarre lui parlait-il ? Que se passait-il ? Elle se demanda si elle n'allait pas vomir. Et dire que ce soir, elle avait mangé un hot-dog au chili et des frites en sachet.

— Arrêtez, s'il vous plaît, arrêtez ! implora-t-elle.

Elle fondit en larmes. En général, avec les militaires de Fort Bragg, ça marchait.

Mais pas cette fois. Les hurlements incompréhensibles se poursuivaient.

— *Ra khoi xe. Ngay bay gio!*

Sors de la voiture. Et tout de suite, salope!

Ils agitaient leurs armes sous son nez, et elle finit par comprendre qu'elle devait sortir de la voiture. *Oh, non, ils vont me planter là, en pleine cambrousse, pour rigoler ? Bande de salopards !*

Ou était-ce pire que cela ? Jusqu'où étaient-ils capables d'aller ?

Le passager qui se trouvait à l'avant la gifla du revers de la main. Pourquoi ? Elle était déjà en train de sortir. Quel enfoiré ! Elle faillit trébucher sur ses chaussures trop hautes. Puis Warren Griffin lui expédia un coup de pied dans les fesses, et elle poussa un cri de douleur.

Vanessa sanglotait, mais elle devinait qu'ils attendaient d'elle qu'elle se sauve à travers bois, au milieu de ces sinistres marécages. *Oh, mon Dieu, non, je ne veux pas aller là ! Il y aura des serpents, c'est sûr !*

Le type à l'arrière lui redonna un coup dans le dos, et elle se mit à courir. Que pouvait-elle faire d'autre ?

— *Luc do may se den toi !*

Derrière elle, d'autres cris déchirèrent la nuit.

Oh, mon Dieu, mon Dieu, que sont-ils en train de se dire ? Que va-t-il m'arriver ? Pourquoi ai-je accepté de les suivre ? Comment ai-je pu être aussi conne ?

Puis elle n'eut plus qu'une idée en tête : fuir.

20.

— Laissez-la partir, déclara Thomas Starkey. Faut être réglo. On a dit à Vanessa qu'on serait sages.

Alors ils s'adossèrent contre leur véhicule et laissèrent la pute terrorisée disparaître dans les marais et prendre une bonne longueur d'avance.

Starkey coiffa son crâne du béret des Rangers, un béret brun qui avait remplacé le béret noir des Forces spéciales quand toute l'armée avait adopté le noir.

— Je vous propose le premier pari de la soirée, dit-il. Quand on la rattrapera, notre chère Vanessa portera-t-elle ses chaussures insensées ou les aura-t-elle enlevées ? Prêts à miser, messieurs ?

— Elle les aura balancées, c'est sûr, répondit Griffin. Elle n'est peut-être pas très futée, mais je ne pense pas qu'elle soit débile à ce point-là. Je prends le pari. Cinquante dollars ?

— Elle aura gardé ses pompes, décréta Starkey. Une fille aussi jolie qui fait le tapin est forcément très con. Et je mets cent billets à l'appui de ma théorie.

C'est alors qu'ils virent des halos de phares, au loin, quitter l'autoroute. Quelqu'un venait vers eux. Qui pouvait être cet intrus ?

— C'est un *state trooper,* fit Starkey en adressant un petit signe amical à la voiture de patrouille qui s'approchait à petite vitesse.

— Un problème ? s'enquit le policier en arrivant au niveau du gros Suburban, sans se donner la peine de sortir de sa voiture.

— Juste un petit arrêt, répondit Starkey le plus calmement du monde. On vient de Fort Bragg, on va à Fort Benning. On est réservistes. Si on faisait partie de la première équipe, je crois que là, effectivement, on aurait tous des ennuis.

Le calme de Starkey n'était pas feint. La présence de l'agent ne l'inquiétait guère. Il était juste curieux de voir comment la situation allait évoluer.

— J'ai aperçu votre voiture depuis l'autoroute, expliqua le policier. Je suis venu jeter un œil pour m'assurer qu'il n'y avait pas de pépin. Dans le coin, il n'y a que des marécages.

— Tout va bien, monsieur l'agent. On finit nos cigarettes et on reprend la route. Merci de vous être dérangé.

Le *trooper* s'apprêtait à redémarrer lorsqu'un cri de femme s'éleva au milieu des bois. C'était manifestement un appel à l'aide.

— Vraiment, c'est dommage, monsieur l'agent, fit Starkey.

Il saisit l'arme qu'il portait à la ceinture, dans le dos, et abattit le policier d'une balle en plein front, à bout portant. Des gestes quasiment automatiques.

— Tout bienfait mérite châtiment.

Il éteignit les phares, poussa sans ménagement le corps inerte et s'installa derrière le volant pour conduire la voiture à l'écart de la route.

— Allez me chercher la fille, intima-t-il à Harris et à Griffin. Fissa. Elle ne doit pas être bien loin. Et elle a gardé ses chaussures, la conne. Allez, on se magne ! Je vous laisse passer devant, je veux d'abord planquer cette bagnole. Dépêchez-vous. Warren est en pointe, Brownie sur le côté.

Quand le colonel Starkey s'enfonça à son tour dans les bois, il ne fit pas le moindre faux pas, et se dirigea droit vers l'endroit d'où était venu le cri qui avait entraîné la mort du *state trooper*.

Il se laissa guider par son instinct. Remarqua des feuilles et des herbes piétinées. Un rameau brisé. Sentit qu'il respirait vite, que son pouls s'était accéléré. Toutes sensations qui lui étaient familières.

— *Tao se tim ra may*, chuchota-t-il en vietnamien. *Luc do may se den tôi.*

Je vais te retrouver, ma chérie. Tu es presque morte.

Il regrettait de voir cette traque se faire dans la précipitation, mais l'arrivée du policier avait bousculé le programme. Starkey n'en conservait pas moins tout son calme et sa concentration. Il maîtrisait parfaitement son environnement.

Pour lui, le cours du temps s'était ralenti. Chaque détail lui apparaissait avec une extrême précision, chacun de ses gestes était calculé. Il se déplaçait vite, aisément, et avec une suprême assurance, dans ces taillis à peine éclairés par une lune anémique.

Puis il entendit des rires devant lui. Aperçut un peu de lumière entre les branches. Il s'immobilisa, maugréa « Les fils de pute ! » et repartit, toujours prudemment, au cas où.

Harris et Griffin avaient rattrapé la blonde. Ils lui avaient enlevé son caleçon noir moulant, l'avaient bâillonnée avec sa culotte fantaisie, lui avaient menotté les mains dans le dos.

Griffin était en train de lui arracher son chemisier à paillettes. Vanessa ne portait plus que ses chaussures ridiculement hautes.

Elle avait des petits seins, mais un beau visage. Starkey trouvait qu'elle ressemblait un peu à la fille de son voisin. Une fille aussi mignonne, qui se bradait sur le trottoir. Quel dommage, Vanessa...

Comme elle se débattait furieusement, Griffin la laissa s'échapper, juste pour le plaisir. Sa fuite fut de courte durée. Elle parcourut quelques mètres, trébucha et s'étala de tout son long. Starkey la regarda, qui gisait à ses pieds. Elle lui faisait pitié.

Elle gémissait, tentait de se relever en marmonnant quelque chose dans son bâillon. Quelque chose comme : « Pourquoi me faites-vous ça ? Je n'ai jamais fait de mal à personne. »

— C'est un jeu que nous avons appris il y a longtemps, lui expliqua Starkey. Ce n'est qu'un jeu, ma chérie. Histoire de passer le temps. De nous amuser un peu. Griffin, va me chercher la peinture. Ce soir, je verrais bien du rouge. Le rouge te va bien, Vanessa ? Je suis sûr que le rouge, c'est ta couleur.

Il la regarda droit dans les yeux, puis pressa la détente.

21.

Je venais à peine de rentrer à Washington, et j'étais déjà debout. 5 h 30 du matin. Comme d'hab. Ce qui me convenait parfaitement.

Le temps de passer un T-shirt et un short, et je descendis. Il n'y avait pas de lumière dans la cuisine. Nana n'était toujours pas levée, ce qui me surprenait un peu.

Oh, elle avait bien le droit de faire la grasse matinée de temps en temps, non ?

Je laçai mes baskets pour aller courir un peu. Sitôt le seuil de la maison franchi, je sentis les effluves de l'Anacostia me chatouiller les narines. Il y a mieux, comme parfum, mais celui-ci m'était familier, et je l'aimais bien. En dépit de tous mes efforts, je ne pensais qu'à Ellis Cooper. Ellis Cooper, qui attendait son exécution, dans le couloir de la mort.

Le quartier avait énormément changé au cours des dernières années. À en croire les politiciens et les hommes d'affaires, c'était une bonne chose, mais je ne partageais pas leur optimisme. La 395 Sud était toujours en travaux, et la bretelle d'accès à la Quatrième Rue avait été définitivement fermée. J'avais la désagréable impression que le chantier n'aurait pas duré aussi longtemps dans une banlieue huppée comme Georgetown.

Une grande partie des maisons de mon enfance avaient été rasées, et celles qui étaient en train de se construire me rappelaient fâcheusement le Capitole. Il y avait également une nouvelle salle de remise en forme, Results, qui ne brillait pas par sa discrétion. Les façades de certaines habitations arboraient la plaque bleue hexagonale ADT, afin que nul n'ignore que Tyco était le géant de la télésurveillance, et quelques rues commençaient à s'embourgeoiser. Mais les dealers étaient toujours là, surtout lorsqu'on traversait le quartier vers l'Anacostia.

En voyageant dans le temps, on aurait pu voir que les premiers architectes de cette ville avaient eu quelques bonnes idées. Toutes les deux rues, il y avait un square avec des sentiers bien tracés et des pelouses. Un jour, les habitants se réapproprieraient ces parcs, sur lesquels régnaient les dealers. Du moins me plaisais-je à le croire.

Selon un récent article du *Washington Post*, ces petits trafiquants bénéficieraient de la protection de certains riverains. Il y a des gens qui estiment, en effet, que les dealers font plus pour leur quartier que les hommes politiques – ils organisent par exemple des fêtes d'immeuble ou donnent des pièces aux gamins pour qu'ils s'achètent des glaces, les jours de canicule.

Je vis ici depuis l'âge de dix ans, et je pense que nous resterons toujours à Southeast. J'adore ce vieux quartier, et pas seulement parce que je me rattache à mes souvenirs ; je crois à son avenir.

En rentrant de mon jogging, je vis qu'il n'y avait toujours pas de lumière dans la cuisine.

Une boule d'angoisse m'obstruait déjà la gorge.

Nana...

22.

Je poussai doucement la porte de la chambre. Nana était toujours couchée. Rosie, perchée sur le rebord de la fenêtre, miaulait timidement. Comme chat de garde, j'avais vu mieux.

Il y avait toujours l'affiche de Romare Bearden, sous verre, qui représentait des musiciens de jazz. *Wrapping It Up at the Lafayette.*

Et les cartons à chapeau, sur l'armoire, par douzaines. Nana avait un chapeau pour chaque occasion, et aucune collection ne pouvait rivaliser avec la sienne.

Je me rendis compte que je ne l'entendais pas respirer.

Tous les muscles de mon corps se crispèrent, et dans mon crâne, un grondement enfla. Depuis que j'étais petit, je pouvais compter sur les doigts de la main les jours où Nana ne s'était pas levée pour faire le petit déjeuner. Et la peur qui montait en moi alors que j'étais toujours là, immobile, dans sa chambre, était une peur d'enfant.

Oh, mon Dieu, non, pas ça.

Je fis quelques pas, sur la pointe des pieds, pour me rapprocher du lit. Et là, enfin, je perçus un léger souffle. Brusquement, les yeux de Nana s'ouvrirent.

— Alex ? chuchota-t-elle. Que se passe-t-il ? Que fais-tu dans ma chambre ? Quelle heure est-il ?

— Bonjour, Nana chérie. Tu vas bien ?

— Juste un peu fatiguée. Je ne suis pas vraiment dans mon assiette, ce matin. (Elle scruta avec difficulté le cadran de son vieux réveil, sur la table de nuit.) 7 heures ? Oh, là, là. J'ai déjà perdu la moitié de la matinée.

— Tu as envie d'un petit déjeuner ? Le petit déjeuner au lit, ça te dirait ? C'est moi qui t'invite.

— Je crois que je préfère dormir encore un peu, Alex, soupira-t-elle. Ça ne te dérange pas ? Tu peux préparer les enfants ?

— Pas de problème. Tu te sens bien, tu es sûre ?

— On se voit tout à l'heure. Je suis juste un peu fatiguée. Occupe-toi des gosses. (Et à l'attention de Rosie, qui essayait de la rejoindre dans le lit :) Dégage, toi. Hop !

Je parvins à réveiller tout le monde, mais dus m'y reprendre à deux fois pour secouer Jannie et Damon. Je leur servis leurs céréales préférées ainsi que quelques fruits avant de faire des œufs brouillés. Un peu trop cuits, puisque je n'ai pas les talents de Nana. Je fis chauffer le lait d'Alex, puis lui préparai son assiette et lui donnai à manger à la cuiller.

Jannie et Damon partirent à l'école, et je n'eus plus qu'à débarrasser la table et à changer Alex pour la seconde fois avant de lui mettre une barboteuse propre, avec plein de jolis camions de pompiers dessus. Cette délicate attention semblait le ravir, et il avait l'air de trouver cela amusant.

— Ne t'imagine pas que ce sera toujours comme ça, le prévins-je.

Nana s'était rendormie. Profondément. Elle semblait respirer normalement.

J'aimais bien le style de sa chambre, apaisant, sans le côté bonbonnière, vieille dame. Au pied de son lit, il y avait un gros tapis aux tons vifs, orange et violet, qui « lui réjouissait les pieds », comme elle disait.

Je pris Alex Junior avec moi, en espérant réussir à travailler un peu ce matin. Coup de fil à un ami du Pentagone, Kevin Cassidy. Nous avions travaillé sur la même enquête quelques années plus tôt.

Je lui fis un rapide topo de la situation à Fort Bragg, en lui expliquant que les jours de Cooper étaient comptés. Kevin m'écouta, et me mit en garde. Selon lui, je devais me montrer extrêmement prudent.

— Il y a beaucoup de types très bien dans l'armée, Alex. Des types réglos, bien intentionnés, parfaitement honorables. Mais on aime bien laver notre linge sale en famille. Ceux qui ne sont pas de chez nous, c'est rare qu'on leur déroule le tapis rouge. Tu vois ce que je veux dire ?

— Ce n'est pas Ellis Cooper qui a commis ces meurtres, lui dis-je. J'en suis quasiment certain. Mais je tiendrai compte de tes conseils. Nous n'avons plus beaucoup de temps, Kevin.

— Je m'occupe de ça, Alex. Il vaut mieux que ce soit moi qui m'en charge.

J'appelai ensuite Ron Burns, le directeur du FBI, pour lui expliquer la situation. Nous nous étions rapprochés à l'occasion de l'affaire Kyle Craig. Burns voulait me débaucher, et j'étais toujours en train de réfléchir à sa proposition.

— Vous savez comment réagissent les polices locales quand on empiète sur leur territoire. Avec les militaires, c'est encore pire, surtout quand il s'agit d'un meurtre.

— Même si l'un des leurs est innocent, et accusé à tort ? Même si on s'apprête à l'exécuter ? Je croyais qu'ils n'abandonnaient jamais un camarade.

— S'ils le croyaient innocent, Alex, il n'y aurait même pas eu de procès. Si je peux vous aider, je le ferai.

N'hésitez pas à me recontacter. Je ne fais jamais de promesses en l'air.

— Je vous en suis reconnaissant.

Après avoir raccroché, je redescendis Alex pour lui redonner un peu de lait. Je commençais à me rendre compte de la quantité de travail qu'il fallait fournir, dans cette maison. Et dire que je n'avais encore pas fait de ménage, ni de rangement...

Nana dormait toujours. Pour la première fois de ma vie, je me fis du souci pour elle. Elle n'était jamais malade, d'habitude.

23.

Quand elle finit par se lever, il était déjà midi. Elle débarqua dans la cuisine avec un gros livre sur l'esclavage, qui venait de paraître. J'avais préparé un repas chaud pour elle et le bébé.

Elle n'avait pas envie de me dire comment elle se sentait et ne consentit à avaler que quelques cuillerées de soupe aux légumes. Je voulais qu'elle aille voir le Dr Rodman, mais elle refusait catégoriquement. Elle accepta, en revanche, de me laisser préparer les autres repas, m'occuper des enfants et faire le ménage de fond en comble, en me laissant des instructions très précises.

Le lendemain matin, j'étais de nouveau debout avant elle. Un véritable événement.

Je contemplais la vieille cuisinière, le vieux réfrigérateur dont elle refusait de se séparer. Une cuisinière à gaz, avec quatre feux, une grande plaque de service, et deux fours côte à côte. Et dessus, à demeure, une grande poêle à frire noire. Le frigo, elle avait dû l'acheter quand Kennedy était encore président, mais pour rien au monde elle ne l'aurait remplacé. Il était toujours couvert de petits mots et de bricoles : le calendrier des matches de basket de Damon, de ses soirées chorale ; l'agenda de Jannie, beaucoup plus fouillis ; les numéros à appeler en cas d'urgence ; une carte de rendez-vous pour la prochaine consultation d'Alex Junior chez le pédiatre, et un Post-it sur lequel Nana avait inscrit la dernière de ses fameuses pensées : *Celui qui est à genoux ne risque pas de trébucher.*

— Qu'est-ce qui te ferait plaisir, Alex ?

J'entendis le frou-frou familier de ses chaussons. Je me retournai. Elle était là, les mains sur les hanches, prête à passer à l'attaque.

— Je ne sais pas. Un bon petit déj' à l'ancienne ? Comment te sens-tu, ma vieille ? Dis-moi tout. Ça va ?

Un clin d'œil, et sa toute petite tête opina.

— Je vais très bien. Et toi, ça va ? Je te trouve l'air fatigué. C'est du boulot, hein, cette baraque ?

Et elle partit d'un rire saccadé, un caquètement qui l'amusait tellement qu'après s'être arrêtée une seconde, elle recommença.

Je traversai la pièce, pris Nana dans mes bras et la soulevai. Elle était légère comme une plume, moins de cinquante kilos.

— Pose-moi ! Doucement, Alex. Tu vas me casser en deux.

— Raconte-moi ta journée d'hier. Tu vas prendre rendez-vous avec le Dr Rodman ? Je compte sur toi.

— J'avais un peu de sommeil en retard, c'est tout. Ça arrive à tout le monde, même aux meilleurs. J'ai écouté mon corps. Et toi, ton corps, tu l'écoutes ?

— Oui, je l'écoute, et il est justement en train de me dire qu'il s'inquiète sérieusement pour toi. Tu vas le prendre, ce rendez-vous avec John Rodman, ou il faut que je le fasse à ta place ?

— Redescends-moi, Alex. J'ai déjà un rendez-vous en fin de semaine. Une visite de routine, rien d'important. Tes œufs, tu les veux comment, ce matin ?

Et comme pour me prouver qu'elle se portait parfaitement bien, elle me conseilla de retourner à Fort Bragg avec Sampson pour achever notre enquête. Elle insistait lourdement. Certes, il fallait que j'aille encore au moins une fois à Bragg, mais je voulais d'abord m'assurer que tante Tia pourrait venir tenir compagnie à ma petite famille.

Quand ce fut fait, je repartis pour la Caroline du Nord.

Sampson, à qui je racontais les inquiétudes que m'inspirait l'état de santé de Nana, se voulait rassurant.

— Elle a quatre-vingt-deux ans, Alex. Il ne lui reste peut-être plus qu'une vingtaine d'années à vivre, tu sais.

Cela nous faisait rire, mais je voyais bien qu'il se faisait du souci, lui aussi. De son propre aveu, elle avait été comme une mère pour lui.

Nous arrivâmes à Fayetteville vers 17 heures. Nous devions rencontrer une jeune femme susceptible de fournir un alibi au sergent Cooper, et de lui sauver la vie.

24.

Le lotissement, pompeusement appelé Bragg Boulevard Estates, se trouvait à moins d'un kilomètre de la base elle-même. Des avions nous survolaient sans cesse, et on entendait le fracas de l'artillerie dans le lointain.

Tous les habitants du lotissement, ou presque, travaillaient à la base. Ils bénéficiaient d'un logement de fonction dont la taille et la qualité dépendaient du grade et du salaire. On voyait surtout de petits pavillons, parfois mal entretenus. J'avais lu, quelque part, que soixante pour cent des militaires étaient mariés, et avaient des enfants. Des statistiques qui, ici, semblaient se vérifier.

Nous nous dirigeâmes vers l'une des maisonnettes en brique. Je frappai à la porte d'aluminium bosselée et tordue. Une jeune femme en kimono de soie noir m'ouvrit. Un peu forte, mais mignonne. Je savais déjà qu'elle s'appelait Tori Sanders. J'apercevais derrière elle ses quatre enfants, curieux de voir qui était à la porte.

— Oui ? C'est pour quoi ? On est occupés. C'est l'heure de donner à manger aux animaux.

— Je suis l'inspecteur Cross, voici l'inspecteur Sampson. Le capitaine Jacobs nous a dit que vous étiez une amie d'Ellis Cooper.

Elle ne répondit pas, demeura parfaitement impassible.

— Madame Sanders, vous m'avez appelé à mon hôtel, il y a deux jours. Si le sergent Cooper est passé chez vous le soir des meurtres, c'est que votre maison ne se trouvait pas très loin de la base. Je me suis renseigné. Il est bien venu ici ce soir-là. Pouvons-nous entrer ? Vous ne voudriez pas qu'on reste plantés là, devant votre porte, et que tous vos voisins nous voient.

Tori Sanders nous laissa entrer, nous entraîna vers le coin-repas du séjour, puis chassa gentiment ses enfants.

— Je ne sais pas pourquoi vous êtes ici, ni de quoi vous voulez parler, dit-elle, les bras croisés, serrés contre la poitrine.

Sampson prit la parole.

— Nous avons d'autres possibilités. Je vais expliquer ce que nous pouvons faire, madame Sanders. Nous pouvons interroger tous vos voisins pour savoir s'ils vous ont vue avec le sergent Cooper. Nous pouvons également faire intervenir la CID. Ou bien, vous pouvez répondre à nos questions ici, chez vous, en toute discrétion. Avez-vous conscience du fait que le sergent Cooper va être exécuté dans quelques jours ?

Là, brusquement, elle s'emporta.

— Vous êtes vraiment trop nuls, tous les deux ! Vous n'avez rien compris. C'est toujours pareil, avec les flics. Ils ne comprennent jamais rien.

— Et si vous nous disiez tout ? rétorqua Sampson en baissant le ton. C'est le moment ou jamais. Nous sommes venus vous écouter. C'est la vérité, madame Sanders.

— Vous voulez que je vous dise tout ? Je vais le faire. Vous voulez la vérité ? Vous l'aurez. Je vous ai effectivement appelé, inspecteur Cross. C'était bien moi.

» Et voici ce que je ne vous ai pas dit au téléphone. Je n'étais pas en train de tromper mon mari avec le sergent Cooper. C'est mon mari qui m'a demandé de vous appeler. C'est un ami d'Ellis, et il se trouve qu'il le croit innocent. Moi aussi. Mais nous n'avons rien pour prouver que ce n'est pas lui qui a commis ces meurtres. Ellis est bel et bien passé ici ce soir-là, mais avant d'aller au bar, et c'était pour voir mon mari, pas moi.

Je la croyais. Comment ne pas la croire ?

— Le sergent Cooper savait-il que vous alliez m'appeler ? voulus-je savoir.

Elle haussa les épaules.

— Je n'en ai aucune idée. Il faudrait que vous demandiez à Ellis. On a juste voulu l'aider. Vous devriez en faire autant. Il est dans le couloir de la mort, alors qu'il est aussi innocent que vous et moi. Il est innocent, je vous dis. Maintenant, laissez-moi, il faut que je donne à manger à mes petits.

25.

Nous faisions du surplace, et Sampson enrageait encore plus que moi. L'échéance était proche, chaque minute comptait, et l'image d'Ellis Cooper, dans son couloir de la mort, m'obsédait.

Vers 21 heures, nous allâmes dîner près du centre commercial de Strickland Bridge, dans un petit resto appelé le Misfits Pub. L'endroit était sympa et très fréquenté, nous avait-on dit, par le personnel non combattant de Fort Bragg. Peut-être parviendrions-nous à y glaner quelques renseignements.

Sampson sirotait sa bière, l'air découragé.

— Plus on en apprend, moins on en sait. Il y a vraiment quelque chose qui ne colle pas, à Fort Bragg. Et je sais ce que tu vas me dire, Alex. Cooper est peut-être au cœur du problème. Surtout si c'est lui qui a incité les Sanders à t'appeler.

Ma bière à la main, je contemplais les lieux. Un immense bar occupait la moitié de la salle bondée, bruyante et enfumée. On entendait tantôt du country, tantôt de la soul.

— Ce qui ne prouve pas qu'il est coupable, dis-je. Il est désespéré, c'est tout. Il n'a plus rien à perdre.

Puis une question me vint à l'esprit :

— Cooper a-t-il déjà tué au combat ?

— C'était la guerre, répondit Sampson, agacé. On a perdu beaucoup d'hommes, nous aussi. Tu sais ce que c'est. Des hommes, tu en as tué, et ça ne fait pas de toi un meurtrier, pour autant que je sache.

— Je ne sais pas...

À cet instant, je surpris une conversation. Un homme et une femme, juste à côté de nous, au bar.

— Cette pauvre Vanessa, tu te rends compte ? La police a retrouvé son corps dans les bois, près de l'autoroute. Elle avait disparu il y a à peine deux jours. Et maintenant, elle est morte. Des tarés l'ont descendue. Sûrement de la racaille, des types qui viennent de s'engager, disait la femme d'une voix énervée et inquiète, avec un fort accent du Sud.

Je me retournai, pour découvrir une rousse au visage empourpré.

— Excusez-moi, mais j'ai entendu ce que vous disiez. Il y aurait eu un meurtre près d'ici ?

— Une fille qu'on voyait ici de temps en temps. Vanessa. On lui a tiré dessus.

Avec sa chemise de soie noire et son chapeau de cow-boy, le type qui accompagnait la rousse faisait très chanteur de *country and western* sur le retour. Il ne semblait pas apprécier mon intrusion dans la conversation.

— Je m'appelle Cross, je suis de la criminelle, à Washington. Mon coéquipier et moi sommes venus ici pour une enquête.

La rousse eut un mouvement de recul.

— Je parle pas aux flics, moi. (Elle se détourna.) Occupez-vous de vos oignons.

Je glissai à Sampson :

— S'il s'agit du même tueur, il n'est pas très prudent.

— Ou des mêmes *trois* tueurs...

Quelqu'un me donna un violent coup de coude dans le dos. Je fis volte-face. C'était un blond assez trapu, bien musclé, en chemise à carreaux et pantalon kaki. Les cheveux en brosse. Coupe réglementaire.

— Il serait temps que vous mettiez les voiles. (Il y avait deux autres types avec lui. Ils étaient trois. En civil, mais avec des gueules de militaires.) Que vous arrêtiez de faire chier le monde. D'accord ?

— On est en train de discuter, là, fit Sampson. Tu ne nous interromps plus, d'accord ?

— Ah, je vois. On veut jouer au dur, c'est ça ?

Un sourire que je connaissais bien se dessina lentement sur le visage de Sampson.

— Ouais, c'est ça. Et mon pote, c'est aussi un dur.

Le blond voulut faire tomber Sampson de son tabouret. John ne bougea pas d'un centimètre. L'un de ses copains se jeta sur moi, mais j'eus le temps d'esquiver la manœuvre. Un méchant coup à l'estomac l'envoya à terre.

Puis toute l'équipe nous tomba dessus.

— Ton connard de pote, c'est un assassin ! beugla le blond. Il a tué des femmes !

Sampson le frappa au menton. Il mit un genou au sol. Malheureusement pour nous, ces types-là se relevaient chaque fois. Un autre larron finit par se joindre à eux. Nous étions deux contre quatre.

Un coup de sifflet me déchira les tympans. La police militaire venait de débarquer, accompagnée de deux adjoints de la police de Fayetteville, matraque à la main. Comment avaient-ils fait pour arriver aussi vite ?

Ils arrêtèrent tous les protagonistes de la bagarre, y compris Sampson et moi, sans chercher à savoir qui avait commencé. On nous poussa, tête basse et menottés, à l'intérieur d'une voiture de patrouille.

— Il y a toujours une première fois, murmura Sampson, philosophe.

26.

Nous n'avions pas besoin de ça, surtout en ce moment. On nous conduisit à la prison de Cumberland County dans un minibus bleu, car le poste de police de Fayette ne disposait apparemment que de deux cellules. Et notre qualité d'inspecteurs de la brigade criminelle de Washington, venus enquêter au nom du sergent Ellis Cooper, ne nous valut aucun égard particulier.

C'est dans les sous-sols de la prison que la police locale procéda aux formalités de la mise sous écrou : papiers, empreintes digitales, photos. On nous donna une douche froide avant de nous envoyer « rejoindre les citrouilles », pour reprendre l'expression des gardiens quand les détenus devaient enfiler combinaisons et chaussons orange.

Lorsque je voulus savoir quel sort avait été réservé aux quatre militaires qui nous avaient agressés, on me rétorqua que cela ne me regardait pas, mais qu'ils avaient été incarcérés à la prison militaire de Fort Bragg.

Notre garde à vue s'effectua, elle aussi, dans les sous-sols de l'établissement. La cage, sans doute prévue pour une douzaine de personnes, en contenait une bonne vingtaine ce soir-là. Que des Noirs. Je me demandais si la prison du comté disposait d'autres locaux de garde à vue et si la ségrégation y était également de mise.

Certains des types enfermés là avaient visiblement déjà fréquenté ce palace ensemble. Le groupe paraissait plutôt calme. Personne ne cherchait des noises à Sampson, ni même à moi. Un gardien passait toutes les demi-heures vérifier que tout se passait bien. Je connaissais la routine. Le reste du temps, les détenus étaient livrés à eux-mêmes.

— Une cigarette ? me proposa le gars à ma droite, assis par terre, adossé contre le mur de ciment lépreux.

— Je ne fume pas.

— C'est vous, l'inspecteur ? me demanda-t-il au bout de quelques minutes.

J'acquiesçai, je le regardai d'un peu plus près. Son visage ne me disait rien, mais nous nous étions beaucoup montrés, dans cette petite ville, et beaucoup de gens devaient déjà savoir qui nous étions.

— On voit vraiment des trucs bizarres, aujourd'hui. (Il sortit de sa poche un paquet de Camel, se mit à sourire, éjecta une cigarette d'une chiquenaude.) L'armée, maintenant, c'est quelque chose. « Ne faire plus qu'un », qu'ils disent. Tu parles d'une connerie !

— Tu es militaire ? Je croyais que, vous, on vous bouclait à Fort Bragg ?

Il me regarda avec un grand sourire.

— Y a pas de prison à Fort Bragg. Et je vais te dire autre chose. J'étais ici quand ils ont ramené le sergent Cooper. Ce soir-là, il était complètement barge. Ils l'ont enregistré ici, et après ils l'ont emmené là-haut. Je peux te garantir que ce mec, c'était bien un tueur, un fou furieux.

J'écoutais, en me demandant qui pouvait bien être ce type et pourquoi il tenait absolument à me parler d'Ellis Cooper.

— Encore un truc que je vais te dire, pour ton bien. Dans le coin, tout le monde sait que c'est lui qui les a tuées, ces femmes. Il était complètement à la masse, on le connaissait bien.

Il s'appliqua à faire des ronds de fumée, puis se releva et s'éloigna en traînant les pieds. Qui était ce rigolo, venu me donner des conseils « pour mon bien » ? La bagarre avait-elle été orchestrée ?

Peu après, un gardien vint le chercher. En partant, il lança un regard dans ma direction. Après quoi Sampson et moi en fûmes réduits à passer toute la nuit dans ce local puant et surpeuplé, en dormant à tour de rôle.

Le matin, j'entendis quelqu'un nous appeler.

— Cross. Sampson.

Un gardien avait ouvert la porte. Il faisait de son mieux pour aérer le local.

— Cross. Sampson.

Nous parvînmes à nous lever péniblement.

— On est là. On n'a pas bougé depuis hier soir.

Le gardien nous conduisit au rez-de-chaussée. Dans le hall d'entrée, première surprise de la journée : le capitaine Jacobs, de la CID, nous attendait.

— Alors, on a bien dormi ?

— C'était un coup monté, lui dis-je. La bagarre, l'interpellation. Vous étiez prévenu ?

— Maintenant, vous pouvez partir, répondit-il simplement. C'est ce que vous avez de mieux à faire. Prenez vos affaires et rentrez chez vous, messieurs. Ne laissez pas passer votre chance. Vous essayez de rendre service à un type qui est déjà mort, mais vous perdez votre temps.

27.

Cette affaire avait pris une bien étrange tournure, et j'éprouvais un pénible sentiment d'impuissance. Les choses ne s'arrangèrent pas à mon retour à Washington. J'avais reçu à la maison un e-mail signé d'un mystérieux Fantassin. Un message déconcertant, dont les implications m'échappaient encore à ce stade.

À l'attention de l'inspecteur Alex Cross,

Quelques données générales qui peuvent vous intéresser : le Pentagone est actuellement en train de prendre des mesures destinées à réduire le nombre de décès dans l'armée en temps de paix. Un chiffre estimé actuellement à plus d'un millier, et qui comprend les morts dus aux accidents de la route, les suicides et les meurtres. Au cours des trois dernières années, dans la seule armée de terre, on a dénombré au moins quatre-vingts meurtres de soldats chaque année.

Un cas précis, qui devrait vous faire réfléchir : Thomas Hoff, un pilote de l'armée de terre en poste à Fort Drum, près de Watertown, dans l'État de New York, a été condamné pour le meurtre d'un homosexuel, sur la base. Il a clamé son innocence jusqu'au moment de son exécution. Hoff a bien tenté de faire valoir qu'il avait été muté à Fort Drum trois mois après le meurtre, mais malheureusement, il y était allé avant les faits, pour rendre visite à un ami, et ses empreintes ont été relevées sur la scène du crime. Hoff n'avait aucun antécédent judiciaire. C'était un soldat modèle.

Une autre affaire sur laquelle vous pourriez vous pencher, inspecteur : un coiffeur de l'armée, Santo Marinacci, surnommé « Bangs », a été condamné à mort pour le meurtre de trois prostituées près de Fort Campbell, dans le Kentucky. Il n'avait pas de casier, lui non plus. Sa femme, qui était enceinte, a déclaré à la barre qu'il était avec elle le soir du triple meurtre, mais son témoignage n'a pas suffi. On avait relevé ses empreintes et son ADN sur la scène du crime et l'arme du crime, un couteau de survie, avait été retrouvée dans son garage. Marinacci a juré qu'il ne l'avait jamais vu avant, que quelqu'un l'avait forcément placé là. Au moment de l'exécution, sa femme a hurlé : « Il est coiffeur, nom de Dieu ! » Santo Marinacci a toujours proclamé son innocence. Selon lui, il avait été victime d'un coup monté.

Le Fantassin

Je relus le message, puis appelai Sampson chez lui. Aussi perplexe que moi, il allait reprendre contact avec Ellis Cooper dès que possible. Qui diable pouvait être l'auteur de ce message énigmatique ?

Le mystérieux Fantassin m'avait communiqué des informations, selon lui, importantes. En me laissant le soin d'en tirer des conclusions. Étais-je censé comprendre que les meurtres commis à Fort Drum et à Fort Campbell étaient des coups montés ?

Ce soir-là, je m'offris quelques heures de détente. L'équipe de basket de Damon jouait un match de ligue à St. Anthony's. Damon marqua seize points, et je découvris qu'il tirait de loin avec autant d'aisance que certains lycéens beaucoup plus aguerris que lui. Sans doute le savait-il, mais il voulait entendre mon verdict.

— Tu as vraiment bien joué, Damon. Tu as marqué des points, mais tu as oublié ton équipe. Et je t'ai trouvé un peu dur en défense devant le numéro onze.

Il ne put réprimer un sourire. J'avais dit les mots magiques.

— Ouais, c'est le marqueur vedette de la ligue. Enfin, en temps normal...

Il partit rejoindre certains de ses coéquipiers, Ramon, Ervin et Kenyon. Il commençait à voler de ses propres ailes, et il fallait que je m'y habitue.

Sitôt rentré à la maison, j'eus un coup de fil de Sampson. Cooper jurait être totalement étranger au mystérieux e-mail que j'avais reçu. Qui pouvait être le Fantassin ? L'un de ses amis ? Un soldat stationné à Fort Bragg ?

J'eus du mal à trouver le sommeil.

Des innocents avaient peut-être été exécutés.

Le sergent Cooper n'était pas le premier.

Le même scénario s'était déjà produit.

Qui était le Fantassin ?

28.

Il fallait absolument que je voie quelqu'un à la section criminelle de la Cour d'appel militaire. Le FBI m'aida à obtenir un rendez-vous avec la bonne personne.

Une tour d'affaires sinistre, au centre d'Arlington, abritait le tribunal et les services administratifs, mais à l'intérieur, les locaux évoquaient plutôt un vaste cabinet d'avocats, au décor cossu mais sobre. Hormis les uniformes omniprésents, les signes habituels de la culture militaire étaient peu visibles.

Nous devions rencontrer le lieutenant-général Shelly Borislow. Une ordonnance nous conduisit dans ses bureaux, dans un dédale de couloirs interminables, comme dans tous les bâtiments officiels de Washington.

Le général Borislow nous attendait, droite comme un piquet. C'était une belle et solide femme qui devait approcher la cinquantaine.

— Merci d'avoir accepté de nous recevoir, lui dit Sampson.

J'avais le sentiment qu'il tenait à piloter l'entretien. Il connaissait mieux l'armée que moi, et savait que si nous voulions sauver Ellis Cooper, chaque minute comptait, désormais.

Shelly Borislow nous invita à nous installer autour d'une table basse.

— J'ai lu les minutes du procès, hier soir. J'ai également feuilleté les notes de la CID. Et j'ai vu les états de service du sergent Cooper. Vous voyez, je n'ai pas perdu de temps. Bon, que puis-je faire pour vous, messieurs ?

— Je voudrais vous poser quelques questions, général, lui répondit Sampson.

— Allez-y. Ma prochaine réunion est à 10 heures, ce qui nous laisse une vingtaine de minutes, mais je suis prête à vous accorder davantage de temps s'il le faut. L'armée n'a rien à dissimuler, je peux vous l'assurer.

Sampson la regardait droit dans les yeux.

— L'inspecteur Cross et moi-même avons déjà examiné des centaines de scènes de crime, général. Et celle-ci nous déconcerte à plus d'un titre.

— C'est-à-dire ?

Sampson eut un instant d'hésitation.

— Avant d'entrer dans le détail, j'aimerais savoir si dans ce procès, dans cette enquête, quelque chose a pu vous paraître curieux.

— Oui, il y a deux ou trois détails qui m'ont frappée, répondit Shelly Borislow, très posément. Par exemple, on peut s'étonner que le sergent Cooper ait conservé chez lui l'arme du crime. Mais il s'agissait d'un souvenir de guerre qui lui était précieux. Et un souvenir des crimes qu'il venait de commettre.

— Savez-vous que le sergent Cooper avait été victime d'une tentative de cambriolage un ou deux jours avant les faits ? Nous avons relevé des traces d'effraction, et il nous a confirmé que quelqu'un était entré chez lui. C'était peut-être justement pour lui voler ce couteau.

— C'est tout à fait possible, inspecteur, acquiesça la militaire. Tout comme il est possible que le sergent ait cherché à faire croire à un cambriolage. C'est, en tout cas, ce qu'a conclu la CID.

— Un gamin du voisinage a aperçu trois hommes dans le jardin de Tanya Jackson au moment des meurtres.

— Cet enfant a peut-être vu des hommes dans le jardin, c'est vrai, mais il peut également avoir vu des ombres, celles des arbres. La lune n'éclairait pas beaucoup, ce soir-là, et le vent soufflait. Le gosse a dix ans, et ses témoignages à la police se contredisent. Comme je vous l'ai dit, inspecteur, j'ai bien étudié le dossier.

— On a relevé sur la scène du crime des traces de sang, du sang qui n'était ni celui des victimes, ni celui du sergent Cooper.

Borislow campait sur ses positions.

— Le juge a refusé de faire verser cette pièce au dossier. Moi, à sa place, j'aurais laissé les jurés se faire une opinion. Nous ne saurons jamais.

— Les états de service du sergent Cooper sont excellents, insista Sampson.

— Il a un excellent dossier. L'armée en est parfaitement consciente. C'est l'un des éléments qui rendent cette affaire d'autant plus tragique.

Sampson soupira. Nous nous enlisions.

— Général, une dernière question, et nous prenons congé. Nous n'aurons même pas besoin de nos vingt minutes.

— Je vous écoute.

— Ce qui me perturbe, c'est que l'armée n'est pas venue au secours du sergent Cooper. Ni avant, ni pendant le procès. Et ce n'est manifestement pas maintenant qu'elle va lui venir en aide. Pour quelle raison ?

Borislow hocha la tête.

— Inspecteur Sampson, nous apprécions la fidélité dont vous faites preuve à l'égard de votre ami

Ellis Cooper. Nous sommes même admiratifs. Mais la réponse à votre question est très simple : à tous les niveaux de la hiérarchie, l'armée considère que le sergent Cooper est coupable de trois meurtres épouvantables, commis de sang-froid. Nous n'avons nullement l'intention d'aider un assassin à recouvrer la liberté. Je suis moi-même convaincue de la culpabilité de Cooper, et je ne soutiendrai pas un recours en appel. Je suis désolée de ne pas pouvoir vous annoncer de meilleures nouvelles.

Nous ne prononçâmes pas un mot tandis que l'on nous escortait jusqu'à la sortie du labyrinthe.

Une fois dehors, Sampson se tourna vers moi :

— Qu'en penses-tu ?

— Je pense que l'armée nous cache quelque chose. Et il ne nous reste plus beaucoup de temps pour trouver de quoi il s'agit.

29.

Le lendemain matin, Thomas Starkey prit clairement conscience du chemin qu'il avait parcouru. L'incident révélateur se produisit à quelques kilomètres à peine de chez lui, en Caroline du Nord.

Il s'était arrêté au petit centre commercial pour acheter *USA Today*, le *Rocky Mount Telegraph* et des bagels aux raisins secs et à la cannelle. Il tombait des cordes et il patienta sous l'auvent, avec ses journaux et ses brioches chaudes.

Quand la pluie finit par se calmer, Starkey regagna sa voiture en pataugeant dans les énormes flaques d'eau. Un couple venait vers lui. Ils venaient de descendre d'un vieux pick-up bleu, et ils avaient laissé les phares allumés.

— Excusez-moi, lança Starkey. Vous avez oublié d'éteindre vos phares.

La femme se retourna pour regarder. L'homme avait manifestement un problème d'élocution.

— N'est d'San Cross, va à La'ne. J'ai laissé mon po'tefeuille dans mon pant'lon.

— Je suis vraiment désolée de vous embêter, coupa la femme. On est de Sandy Cross, on va à Lawrence. C'est vraiment gênant. Mon frère a oublié son portefeuille quand il s'est changé, et on n'a même pas de quoi faire le plein pour rentrer chez nous.

— Pourriez nous aider ? fit l'autre en postillonnant joyeusement.

Starkey flaira immédiatement le stratagème : le couple avait volontairement laissé les feux du véhicule allumés pour que ce soit lui qui leur adresse la parole. L'élocution du type ? Du cinéma. C'était un peu ce qui les avait trahis. Starkey avait un fils autiste. Ces deux poires essayaient de se faire de l'argent avec une arnaque à deux balles...

Une fraction de seconde, et Starkey avait dégainé son arme, sans trop savoir ce qu'il allait faire. Ces deux poires l'énervaient sérieusement.

— À genoux, tous les deux ! ordonna-t-il en brandissant son automatique sous le nez du pitoyable crétin, même pas rasé. Et maintenant, tu t'excuses et tu parles normalement, ou je te bute comme un chien dans ce parking de merde !

Le type s'était déjà agenouillé. Il le frappa au front du canon de son arme.

— Je m'excuse, monsieur. On s'excuse tous les deux, monsieur. On voulait juste se faire quelques dollars. Tirez pas ! Je vous en supplie, tirez pas. On est des bons chrétiens.

— Vous restez à genoux, et vous ne bougez pas ! Je ne veux plus vous revoir ici, jamais.

Starkey remit son arme dans la poche de son blouson et repartit vers sa voiture. Sa fille était dans son petit monde, comme d'habitude. Elle écoutait du rock, volume à fond, et elle n'avait pas assisté à la scène.

— Allez, on rentre à la maison, fit Starkey en s'installant au volant. Mel, tu ne pourrais pas faire encore plus fort ?

C'est alors que sa fille leva les yeux et aperçut le couple agenouillé sur le parking.

— Qu'est-ce qu'il leur prend, à ces deux-là ? Tu as vu ça ? Il pleut, et ils sont à genoux par terre.

Starkey esquissa un sourire.

— Je pense qu'ils remercient le Seigneur, qui vient de les sauver.

30.

Par une froide journée d'octobre, Sampson et moi reprîmes la route de la prison centrale de Raleigh. Pendant le trajet, long de six heures, c'est tout juste si nous échangeâmes quelques phrases. Ellis Cooper n'avait plus beaucoup de temps à vivre.

Deux jours plus tôt, les autorités pénitentiaires l'avaient officiellement informé de la date de son exécution. Puis on l'avait transféré dans un quartier spécial, où les condamnés étaient gardés à vue en attendant leur exécution. La machine à tuer fonctionnait sans à-coups.

L'administration nous avait autorisés à rendre une dernière fois visite à Cooper. Sur l'aire de parking, une douzaine de manifestants, essentiellement des femmes, psalmodiaient des chansons folk des années soixante, et parfois plus anciennes encore. Trois, quatre personnes brandissaient des pancartes réclamant l'abolition de la peine capitale.

Et leurs incantations funèbres nous poursuivirent jusqu'à l'intérieur de l'établissement, malgré l'épaisseur de la pierre et du béton.

Les quatre cellules de garde à vue s'ouvraient sur un local équipé d'une douche et d'un poste de télévision. Ellis Cooper était le seul détenu en instance d'exécution. Deux gardiens montaient la garde devant sa cellule vingt-quatre heures sur vingt-quatre. Ils nous accueillirent avec respect et courtoisie.

En nous voyant, il sourit et nous fit un signe de la main.

— Salut, Ellis, fit Sampson tandis que nous tirions des chaises. Tu vois, on est revenus. Bredouilles, mais on est revenus.

Il était là, derrière les barreaux, assis sur un petit tabouret dont les pieds étaient vissés au sol. Sa cellule, d'une irréprochable propreté, renfermait un lit, un lavabo, un W.C. et une tablette murale. Il y avait vraiment de quoi déprimer.

— Alex, John, merci d'être venus. Merci pour tout ce que vous avez fait.

— Disons qu'on a essayé, corrigea Sampson. On a essayé, et on s'est plantés. En beauté.

— C'est le destin, murmura Cooper, désabusé. La chance était contre nous. Ce n'est pas de votre faute, ni celle de personne. Je suis quand même content de vous voir, tous les deux. J'ai prié pour que vous reveniez. Je prie toujours, d'ailleurs.

Sampson et moi savions qu'un certain nombre de personnes avaient saisi la justice pour tenter de suspendre cette condamnation à mort, mais mieux valait ne pas évoquer leurs démarches, sauf si Cooper abordait lui-même le sujet. Ce qu'il ne fit pas. Il me parut étrangement apaisé, plus détendu que jamais. Il s'était fait couper les cheveux, et sa combinaison avait l'air de sortir du pressing.

Il souriait encore.

— Ici, je suis comme à l'hôtel, vous savez. Un hôtel de luxe, quatre ou cinq étoiles. Ces deux messieurs prennent bien soin de moi. Je ne peux pas demander plus, vu les circonstances. Ils me croient coupable des trois meurtres, mais cela ne les empêche pas d'être sympas avec moi. (Puis il se pencha contre les barreaux de sa cellule pour s'approcher de Sampson autant qu'il le pouvait.) Il faut que je dise quelque chose, John. C'est important. Je sais que tu as fait tout ce que tu as pu, et j'espère que tu sais que je le sais. Mais comme je le disais, la chance était vraiment contre moi. J'ignore qui voulait ma mort, mais en tout cas, il n'a pas lésiné sur les moyens. (Il regarda Sampson dans les yeux.) John, je n'ai absolument aucune raison de te mentir. Surtout maintenant, quelques heures avant mon exécution. John, ces femmes, ce n'est pas moi qui les ai tuées.

31.

Vingt-quatre heures plus tôt, Sampson et moi avions signé un document stipulant que nous acceptions d'être fouillés avant d'assister à l'exécution. Il était à présent 1 heure du matin. Seize hommes et trois femmes furent invités à prendre place dans la petite salle d'observation. Parmi eux, le général Stephen Bowen, de Fort Bragg, fidèle à sa promesse. C'était le seul représentant de l'armée.

À 1 h 20, on tira les tentures noires qui masquaient la chambre d'exécution. J'aurais tout donné pour être ailleurs ; je n'avais pas besoin d'assister à une nouvelle mise à mort pour savoir ce que j'en pensais. Sur l'ordre du directeur de la prison, l'exécuteur chargé d'administrer l'injection létale s'approcha de Cooper. Sampson retint son souffle. Je n'osais pas imaginer ce qu'il pouvait ressentir.

Comme surpris par le mouvement de l'employé, Cooper tourna la tête vers nous pour la première fois. Le directeur lui demanda s'il souhaitait faire une déclaration.

Quand Cooper nous aperçut, son regard s'accrocha à nous avec une force inimaginable, comme s'il allait nous lâcher et tomber dans un gouffre sans fond.

Puis il prit la parole.

La voix, tout d'abord hésitante, gagna en puissance.

— Ce n'est pas moi qui ai tué Tanya Jackson, Barbara Green et Maureen Bruno. Si c'était moi, je le dirais et j'accepterais cette injection comme l'homme qu'on m'a appris à être. Ce n'est pas moi qui ai tué ces trois femmes près de Fort Bragg. C'est quelqu'un d'autre. Dieu vous bénisse tous. Merci, John et Alex. Je pardonne à l'armée des États-Unis, qui a été un exemple pour moi.

Ellis Cooper, tête haute, fier, comme un soldat à la parade.

L'exécuteur s'avança. Injecta au condamné une dose de Pavulon, un puissant décontractant musculaire, qui allait interrompre sa respiration.

Très vite, l'activité du cœur, des poumons et du cerveau cessa.

À 1 h 31, le décès du sergent Cooper fut officiellement constaté par le directeur de la prison.

Quand tout fut fini, Sampson se tourna vers moi.

— Nous venons d'assister à un meurtre. Ellis Cooper a été assassiné, et les coupables courent toujours.

II

JAMILLA

32.

J'étais à l'aéroport Reagan International, porte 74. Arrivé en avance, je ne savais pas quoi faire. Je piétinais, fébrile. Jamilla Hughes venait me voir.

16 heures, un vendredi. L'aérogare était bondé. J'avais l'impression de ne voir que des cadres, ceux qui, au bord de l'épuisement, pianotaient encore nerveusement sur leur portable, et ceux qui, déjà en week-end, s'étaient plongés dans la lecture d'un magazine ou d'un best-seller, de Jonathan Franzen à Stephen King en passant par Nora Roberts. Je me levais, je me rasseyais. Je finis par m'approcher de l'immense baie vitrée pour regarder un gros porteur aux couleurs d'American Airlines rouler lentement jusqu'à la porte. *Bientôt l'instant fatidique. Suis-je prêt ? Est-elle prête ?*

Jamilla débarqua avec la seconde vague de passagers. Jean, chemise mauve, et le blouson de cuir noir qu'elle avait si souvent porté durant la traque qui nous avait entraînés de San Francisco à La Nouvelle-Orléans, et au cours de laquelle nous nous étions vite rapprochés.

Nous nous étions promis de nous revoir, et le grand jour était enfin arrivé. Nous prenions des risques, mais je me disais que le jeu en valait la chandelle.

Elle s'avança vers moi. Je n'en menais pas très large. Elle avait l'air en pleine forme, elle rayonnait. Pourquoi tant d'angoisse ?

— Où sont passés les gros nuages blancs qui étaient censés cacher la ville ? s'étonna-t-elle en souriant. Juste avant l'atterrissage, j'ai tout vu : la Maison Blanche, le Lincoln Memorial, le Potomac...

Je l'embrassai.

— Tu sais, toutes les villes ne sont pas cernées d'une muraille de brume comme San Francisco. Tu devrais voyager plus souvent. Ton vol s'est bien passé ?

— Je n'en pouvais plus. Je supporte de plus en plus mal l'avion, mais je suis contente d'être là. C'est génial, Alex. Tu es presque aussi nerveux que moi, dis donc. Rappelle-toi qu'on avait toujours quelque chose à se dire, quand on était en planque. Tu verras, tout se passera bien. Calme-toi, que je puisse me calmer, moi aussi. D'accord ?

Elle me serra contre elle, puis déposa sur mes lèvres un baiser, léger mais délicieux.

— Ça, c'est bien meilleur, fit-elle en faisant claquer sa langue sur son palais. Tu as bon goût.

— Tu aimes bien la menthe ?

— Non, c'est toi que j'aime bien.

Direction Washington, dans ma vieille Porsche. Nous nous sentions déjà beaucoup plus à l'aise. Nous avions mille choses à nous raconter. Il fut d'abord question du boulot, puis des récents attentats, puis de ma famille, puis de la sienne. Nous aurions pu parler pendant des heures. Un vrai plaisir.

Arrivé devant chez moi, je redevins nerveux.

— Tu es prête ? Tu sais ce qui t'attend ?

Jamilla leva les yeux au ciel.

— Alex, j'ai quatre sœurs et trois frères à Oakland. Tu sais ce qui t'attend ?

— Fais-les venir.

Je pris son sac de voyage en cuir noir, qui pesait une tonne, et me dirigeai vers la maison. Je retenais mon souffle, mais j'étais tellement content qu'elle soit là. Il y avait longtemps que je n'avais été en proie à une telle fébrilité.

— Tu m'as manqué, avouai-je.

— Oui, toi aussi.

33.

Nana avait préparé un dîner de bienvenue, visiblement concocté de longue date. Jamilla se proposa de l'aider et, bien entendu, se vit interdire de lever le petit doigt. Ce qui ne l'empêcha pas de la suivre dans la cuisine.

Nous leur emboîtâmes le pas pour assister à la confrontation. Deux têtes de mule face à face, voilà qui promettait...

— Bon, d'accord, d'accord, concéda Nana.

Elle râlait, mais je voyais bien qu'elle était ravie d'avoir du public, de pouvoir faire la démonstration de ses talents, nous mettre à contribution et tester Jamilla à loisir. Elle s'affaira en fredonnant une chanson. Jamilla ne tarda pas à l'imiter.

Nana lâcha une rafale de questions :

— Ça vous va, des côtes de porc avec de la compote, des courges et une bonne purée de pommes de terre ? Et vous n'êtes pas allergique au pain de maïs, dites ? Ni aux pêches Melba ?

— Les côtes de porc, la purée, les pêches Melba, j'adore, lui répondit Jamilla. Les courges, je peux m'en passer. Du pain de maïs, j'en fais chez moi. Une recette de ma grand-mère, de Sacramento. Je rajoute du maïs écrasé, pour qu'il reste bien souple. Quelquefois, je mets aussi des couennes de porc pour lui donner plus de goût.

— Mmmm, fit Nana. Voilà qui m'a l'air bien appétissant. Il faudra que j'essaie.

— Si ça tient ensemble, crut bon d'ajouter Jannie.

Nana lui brandit sous le nez un petit doigt menaçant.

— Il faut garder l'esprit ouvert si tu veux que ta petite tête grandisse.

— C'était juste pour défendre ton pain de maïs à toi, Nana ! protesta Jannie.

— Je suis assez grande pour me débrouiller toute seule, rétorqua Nana, en lui adressant un petit clin d'œil.

Le dîner fut servi dans la salle à manger, avec Usher, Yolanda Adams et Etta James en fond sonore. Pour l'instant, tout se passait idéalement.

— On mange comme ça tous les soirs, fanfaronna Damon. Des fois, on prend aussi le petit déjeuner ici.

Il s'était déjà entiché de Jamilla. Fallait-il s'en étonner ?

— Je n'en doute pas, répondit-elle. Comme lorsque le président vient prendre le thé.

Clins d'œil aux deux enfants.

— Il vient souvent, acquiesça Damon. Comment tu sais ? C'est mon père qui te l'a dit ?

— J'ai dû le voir sur CNN. On a le câble, sur la côte Ouest, tu sais. On a tous une télé sur la terrasse, à côté du jacuzzi.

Le repas se révéla excellent, et les bavardages sympathiques. Tout le monde était détendu, tout le monde riait, et Alex Junior, perché sur sa chaise-bébé, souriait comme un bienheureux. Jamilla prit même Damon pour lui faire danser quelques pas sur *Who's Zooming Who ?* d'Aretha Franklin.

Puis, enfin, Nana se leva de table en proclamant :

— Jamilla, je vous interdis formellement de m'aider à faire la vaisselle. Alex peut me donner un coup de main. C'est son boulot.

Jamilla s'adressa directement à Jannie et Damon :

— Si c'est comme ça, venez. On va sortir et on va parler de votre père. De Nana aussi ! Vous avez des questions à me poser, et moi aussi, j'en ai. Allez, on évacue les lieux. (Elle s'arrêta devant Alex Junior.) Toi aussi, petit bonhomme. Tu es exempté de corvée de vaisselle.

Je suivis Nana dans la cuisine, avec la moitié de la vaisselle sale dans les bras.

— Elle est sympa, me dit Nana, encore dans le couloir. Elle a de l'énergie à revendre.

Elle se mit à rire. Une vraie crécelle, comme les corbeaux insupportables des vieux dessins animés.

— Qu'est-ce qui te fait rire comme ça, ma vieille ? Tu es fière de toi, hein ?

— Bien sûr. Tu donnerais cher pour savoir ce que je pense... Eh bien, figure-toi que je la trouve vraiment adorable. Je dois reconnaître, Alex, que tu choisis bien tes petites amies. Celle-là, elle est pas mal.

Je déposai mon fardeau dans l'évier et fis couler l'eau chaude.

— Tu ne la bouscules pas, hein ?

— Pourquoi ferais-je une chose pareille ? Je te pratique depuis assez longtemps pour ne plus commettre ce genre d'erreur.

Et elle se remit à rire. Je la trouvais en pleine forme, comme avant. Elle m'assurait que son médecin la jugeait en parfaite santé.

En revenant débarrasser le reste de la table dans la salle à manger, je ne pus m'empêcher de jeter un coup d'œil par la fenêtre.

Jamilla et les enfants étaient dans la rue. Ils s'amusaient à se passer le ballon de football de Damon. Je remarquai que Jamilla avait vraiment un bon bras, qu'elle était capable de lancer la balle avec précision, en lui donnant de l'effet. Après tout, elle avait l'habitude de jouer avec les garçons, non ?

34.

Jamilla occupait la chambre d'ami, à l'étage, celle que nous réservions aux invités de marque – présidents, reines, premiers ministres et consorts. Les enfants pensaient que c'était pour sauvegarder les apparences, ce qui aurait pu être le cas, mais la vérité était beaucoup plus simple. Jam et moi n'avions encore jamais eu l'occasion d'être ensemble aussi longtemps ; avant nos retrouvailles à l'aéroport, nous ne nous étions encore jamais embrassés. Jamilla était venue voir, en quelque sorte, si nous devions nous risquer à passer à la vitesse supérieure...

Elle entra dans la cuisine par la porte de derrière alors que j'étais en train de finir la vaisselle. Les enfants étaient toujours en train de jouer dans la rue, et Nana s'acharnait à vouloir ranger je ne sais quoi à l'étage.

La chambre d'ami, sans doute. Ou alors la salle de bain. Ou bien l'armoire à linge ?

— Je n'en peux plus, soupirai-je.

— Il y a un problème ?

— Tu veux vraiment que je t'en parle ?

— Bien sûr. On est copains, non ?

Sans répondre, je la pris par les épaules et l'embrassai sur la bouche. Une fois, deux fois. Tout en m'assurant, du coin de l'œil, qu'il n'y avait pas de témoins.

Les enfants.

Nana, bien sûr.

Ou Rosie qui, toute chatte qu'elle est, n'a jamais su garder un secret.

Mon attitude amusait beaucoup Jamilla.

— Tu sais, ils s'imaginent tous qu'on fait bien pire que ça, chuchota-t-elle.

— Le penser, c'est une chose. Le savoir, c'en est une autre.

Elle me regarda dans les yeux.

— J'aime beaucoup ta famille. Et même ta chatte. Salut, Rosie. Alors, tu vas raconter à tout le monde qu'on s'est embrassés ?

— Tu sais que tu me plais, toi ? fis-je en serrant Jamilla dans mes bras.

— Je te plais un petit peu, ou bien beaucoup ? J'espère que c'est beaucoup. J'ai quand même fait tout le chemin depuis San Francisco. Et tu sais à quel point j'ai horreur de prendre l'avion !

— Admettons que tu me plaises beaucoup. Toi, en revanche, tu ne te livres pas beaucoup. Rien ne me dit que nos sentiments sont réciproques.

Pour toute réponse, elle se jeta sur moi et m'embrassa vigoureusement. Et sa langue, cette fois, était de la partie. Ce qui me plut énormément. J'entrepris d'en faire autant, mais la cuisine n'était peut-être pas le lieu idéal.

— Allez faire ça ailleurs, fit une voix derrière nous.

C'était Nana, hilare.

— Attendez, j'appelle les gosses. Je veux qu'ils assistent au spectacle. Je vais chercher mon Instamatic.

— Elle se fout de notre gueule, dis-je.

— Je sais, me répondit Jamilla.

— Pas du tout, protesta Nana. Je suis pressée de voir Alex passer à l'étape suivante.

Et elle ricanait de nouveau comme le corbeau du dessin animé.

35.

Le lendemain matin, à mon réveil, le lit ressemblait à un champ de bataille, mais j'étais toujours seul. Je commençais à avoir l'habitude, ce qui ne signifiait pas que ça me plaisait. Surtout alors que Jamilla dormait dans la chambre d'ami.

Je pensais à tous les autres gens qui pouvaient se sentir seuls, le matin – même, parfois, en ayant partagé le lit de quelqu'un. Quelques minutes plus tard, je réussis à me lever pour enfiler des vêtements d'intérieur et rejoindre la chambre d'ami sur la pointe des pieds.

Je frappai doucement à la porte.

— Entre, je suis réveillée.

Dieu que j'aimais cette voix douce et musicale... La porte s'ouvrit en grinçant légèrement.

— Bonjour, Alex. Ce que j'ai bien dormi... (Elle était assise dans le lit, avec son T-shirt blanc de la police de San Francisco. Elle se mit à rire.) Plutôt sexy, non?

— Je trouve aussi. Ça peut être sexy, un inspecteur. Samuel L. Jackson dans *Shaft*, Pam Grier dans *Foxy Brown*, Jamilla Hughes dans la chambre d'ami.

Elle murmura:

— Viens là, toi. Une petite minute. Viens là, Alex. C'est un ordre.

Je fis deux pas en avant, elle ouvrit les bras et je vins me presser contre son corps. Pas désagréable.

— Où étais-tu, hier soir, quand j'avais besoin de toi ? lui demandai-je.

— Ici, dans la chambre d'ami. Écoute, moi non plus, je ne voudrais pas que tes enfants se fassent des idées, mais...

Je levai un sourcil.

— Mais quoi ?

— Mais... je te laisse le soin de trouver la suite.

Pendant que nous achevions notre petit déjeuner – dans la cuisine, sans la nappe –, j'annonçai à tout le monde que j'allais profiter de cette journée pour faire visiter Washington à Jamilla. Nous avions besoin d'un peu de temps à nous. Les enfants, visiblement peu surpris, se contentèrent d'opiner au-dessus de leur bol de céréales.

— J'imagine que vous ne mangez pas ici ce soir ? avança Nana.

— Non, tu as raison, on ira au restaurant.

— Je vois, je vois, fit Nana.

— Je vois, je vois, répétèrent les enfants.

Je suivis la Cinquième Rue sur plus de six kilomètres avant de m'arrêter devant le 2020 O Street. Le Mansion n'est pas forcément facile à trouver. Aucune plaque n'indique qu'il s'agit d'un hôtel de charme. On y vient par le bouche-à-oreilles. Je connais le propriétaire. Nous avons des amis communs à Foggy Bottom, les patrons du restaurant Kinkead's.

Après le passage à la réception, on nous conduisit au dernier étage, à l'appartement que l'on appelait le Chalet. Le décor de l'hôtel valait le coup d'œil. Des poupées anciennes, des lithographies, des pièces de joaillerie sous écrin de verre ornaient la moindre surface, le moindre recoin.

Une curieuse pensée me traversa l'esprit tandis que nous montions les escaliers. *J'ai remis ça.* Je faillis m'arrêter net et redescendre chercher la voiture. Heureusement, une petite voix tout au fond de moi m'exhorta à persévérer, à vivre mes sentiments, à faire confiance à Jamilla.

Quand le chasseur nous laissa enfin seuls, nous n'avions toujours pas échangé un mot.

36.

— Voilà le genre de luxe auquel je me fais facilement ! s'exclama Jamilla. Je veux faire le tour. C'est magnifique, Alex. C'est presque trop beau.

Nous fîmes donc le tour des lieux.

Le Chalet était un étonnant appartement en duplex. Escalier en colimaçon, cuisine, sauna-jacuzzi, la totale. Le tout décoré façon cabane en rondins. Avec une cheminée en pierre grossièrement taillée, et même un aquarium.

Jamilla papillonnait, ravie. Elle faisait plaisir à voir. Je la comprenais. C'était bien mieux que les voitures dans lesquelles nous avions passé tant d'heures à planquer, dans les rues de La Nouvelle-Orléans.

Nous explorions les lieux, et nous mourions d'envie de nous explorer l'un l'autre. Nous nous arrêtâmes pour nous embrasser, et je redécouvris le goût si doux de la bouche de Jamilla. Nous dansâmes un peu sur place, nos lèvres se rapprochèrent de nouveau. Une sorte de vertige me gagnait. Je me sentais encore nerveux, et j'avais du mal à comprendre pourquoi.

Jamilla déboutonna lentement ma chemise en jean tandis que je l'aidais à se défaire de son chemisier couleur crème. Elle portait sur la peau une petite chaîne d'argent toute simple, et très belle.

Ses mains se chargèrent de libérer ma ceinture, puis mon pantalon. Son pantalon de cuir se montra plus rétif, et nous n'étions pas trop de deux pour le faire glisser.

— Quel gentleman, commenta-t-elle.

J'éjectai mes chaussures, elle envoya valser ses escarpins.

La pièce maîtresse de l'appartement, un lit de deux mètres de large, nous attendait.

— C'est le plus beau lit que j'aie jamais vu, me chuchota-t-elle à l'oreille.

Le lit était bien la vedette de la pièce, avec ses quatre colonnes, son baldaquin, son couvre-lit soyeux, et une demi-douzaine de coussins qui se retrouvèrent vite par terre. Un peu de désordre, pour rendre les lieux encore plus vivants.

— Musique ? fit Jamilla.

— Pourquoi pas ? Choisis.

Elle alluma la chaîne et capta sur une station de radio locale *Wild Is the Wind* de Nina Simone.

— À partir de maintenant, ce sera notre chanson.

Un nouveau et long baiser. La bouche de Jamilla me semblait plus douce que jamais, et j'étais content de voir mon flic de choc se montrer si tendre. J'avais le sentiment que la pression de ses lèvres allait me liquéfier littéralement. Et c'était cela qui, peut-être, m'effrayait. *J'ai remis ça.*

— Jamais je te ferais de mal, me murmura-t-elle comme si elle lisait mes pensées. Il ne faut pas que tu aies peur. Tout ce que je te demande, Alex, c'est de ne pas me faire de mal.

— Promis.

Quelques minutes plus tard, nous dansions sur *Just the Two of Us*, collés l'un contre l'autre. J'étais au paradis.

Elle était forte, mais savait se montrer douce. *Encore une collègue. Décidément...* Nous ondulions en rythme. Mes lèvres effleurèrent ses épaules, puis l'alvéole de sa gorge. Pour s'y attarder.

— Mords-moi, là. Pas trop fort.

Je pris tout mon temps pour la mordiller. La première fois, c'était toujours différent. L'instant n'était pas toujours grandiose, mais il était toujours différent, excitant, mystérieux. Jamilla me rappelait Maria, ma femme, tuée par des loubards, et pour moi, c'était plutôt bon signe. Sous ses dehors de citadine endurcie se cachaient des trésors de tendresse. Un formidable contraste, qui me donnait la chair de poule.

Je sentis ses seins effleurer mon torse, puis tout son corps se plaqua contre le mien. Nos baisers se firent plus profonds, plus intenses, plus longs.

Je dégrafai son soutien-gorge, qui tomba sur le parquet de bois brut. Puis fis glisser sa culotte. Elle abaissa mon caleçon.

Pendant un bon moment, nous ne fîmes que nous contempler, nous admirer mutuellement, en laissant monter la tension. J'avais terriblement envie de Jamilla, mais j'attendais. Nous attendions.

— Déçu ? me demanda-t-elle à mi-voix.

Sa question me désarçonna.

— Oh, non, loin de là. Pourquoi, je devrais ? Qui pourrait bien être déçu ?

Elle ne répondit pas, mais je crus comprendre qu'elle faisait allusion à son ex-mari, qui lui avait fait des réflexions blessantes. Quand je la tirai à moi, son corps était brûlant, et elle tremblait. Nous glissâmes sur le lit. Elle fit une roulade, passa au-dessus de moi, m'embrassa sur les joues, sur la bouche.

— Tu n'es pas déçu, tu es sûr ?
— Vraiment pas, Jamilla. Tu es magnifique.
— À tes yeux.
— Oui, à mes yeux, tu es magnifique.

Je redressai la tête, voulant atteindre sa poitrine, et elle se baissa un peu pour me faciliter la tâche. Elle avait de petits seins parfaits – à mes yeux – que j'embrassai à tour de rôle pour ne pas faire de jaloux. Et dire qu'elle ne se rendait même pas compte du charme qu'elle pouvait exercer ! Comme bien d'autres femmes, comme bien d'autres hommes, elle n'avait pas assez confiance en elle.

Je scrutai son visage, embrassai son nez, ses pommettes.

Jamais je ne l'avais vue sourire de cette manière. C'était un sourire franc, détendu, presque confiant, qui faisait plaisir à voir. Je me perdais avec volupté dans les profondeurs de son regard, et j'aurais sans doute pu y passer des heures.

Enfin, tout doucement, je la pénétrai, et je me fis la réflexion que je vivais un instant extraordinaire, que j'avais bien fait de faire confiance à Jamilla. Puis une autre pensée, détestable, me traversa l'esprit. *Qu'est-ce qui va tout gâcher, cette fois-ci ?*

37.

Jamilla se mit à rire. Elle passa la main sur son front et soupira bruyamment.

— C'est quoi, ce soupir? lui dis-je. Ne me dis pas que tu es déjà crevée. Tu as l'air en bien meilleure forme que moi.

— C'est un soupir de soulagement. Avant qu'on se retrouve, j'avais des angoisses, mais maintenant, ça va. Et je soupire parce qu'il y a des mecs qui ne pensent qu'à eux. Ou alors, au lit, ils se comportent comme des brutes. Ou alors, ça ne fonctionne pas, tout simplement.

— Tu as beaucoup couché, dis-moi?

Elle eut une petite moue tout à fait charmante.

— Écoute, j'ai trente-six ans, j'ai été mariée quatre ans, et fiancée une autre fois. J'ai eu quelques aventures, mais ces temps derniers, c'est plutôt calme. Et toi? Je suis ta première?

— Pourquoi? C'est l'impression que j'ai donnée?

— Réponds à ma question, au lieu de faire l'intelligent.

— J'ai été marié, moi aussi, une fois.

Elle me donna un petit coup de poing dans l'épaule avant de rouler sur moi.

— Je suis vraiment contente d'être venue à Washington. Il a vraiment fallu que je prenne mon courage à deux mains, tu sais. J'étais morte de trouille.

— Oh, l'inspecteur principal Jamilla Hughes était morte de trouille ! Eh bien, moi aussi, si ça peut te rassurer.

— Comment est-ce possible ? Qu'est-ce qui te faisait peur chez moi, Alex ?

— Il y a des femmes qui ne pensent qu'à elles. Qui se comportent comme des brutes, au lit...

Elle m'embrassa, sans doute pour me faire taire. Ses lèvres si douces me semblaient presque sucrées. Ce fut un long, très long baiser. J'étais prêt à reprendre du service. Elle aussi. Elle m'attira à elle. Je la pris lentement. Cette fois-ci, j'étais au-dessus.

La deuxième fois, ce fut encore meilleur. Et la troisième fois, disons que personne n'eut à se plaindre...

Nous nous étions fait beaucoup de souci pour rien.

En début de soirée, nous étions toujours au lit. Impossible de quitter cette chambre. Nous pouvions parler de tout.

— Je voudrais te dire quelque chose. Plus je reste avec toi, plus ça me semble bizarre. Tu vois, mon premier mari et moi, on n'a jamais vraiment réussi à se parler. Comme toi et moi, je veux dire. Et pourtant, on s'est mariés. Je me demande ce qui a pu me passer par la tête.

Un peu plus tard, Jamilla se leva et disparut dans la salle de bain. Je vis le voyant rouge s'allumer sur le téléphone de la table de nuit. Elle était en train de passer un coup de fil.

Quand on est flic, on l'est vingt-quatre heures sur vingt-quatre. C'est reparti.

En ressortant, elle m'avoua :

— Il fallait que j'appelle le bureau. Une sale affaire de meurtre. L'enquête s'enlise. Mille excuses. Je ne le referai plus, juré. Je serai sage. Ou pas sage. Comme tu préfères.

— Non, non, pas de problème. Je comprends.

Et d'une certaine manière, oui, je comprenais. Jamilla me ressemblait énormément, et je trouvais cela rassurant.

Je la serrai contre moi. Et à mon tour, je lui fis un aveu :

— Il y a longtemps, je suis venu dans cet hôtel avec ma femme.

Elle s'écarta légèrement, me regarda au fond des yeux.

— Pas grave, me dit-elle. Cela ne signifie rien. Mais je suis ravie de savoir que tu culpabilisais. C'est bien. Je m'en souviendrai toujours quand je penserai à mon voyage à Washington.

— Ton premier voyage, précisai-je.

— Mon premier voyage.

38.

Le temps filait si vite, quand nous étions ensemble... Dimanche après-midi, Jamilla dut rentrer à San Francisco. L'aéroport Reagan était noir de monde. Grâce à mon insigne, je pus accéder à la zone d'embarquement. J'avais le cafard de voir Jamilla partir et je crois qu'elle aussi. Nous demeurâmes une éternité dans les bras l'un de l'autre, sans nous soucier des regards.

Puis Jamilla dut courir prendre son avion.

— Pourquoi ne restes-tu pas une nuit de plus ? lui demandai-je. Il y aura plein d'autres avions demain. Et le lendemain. Et le surlendemain.

— J'ai vraiment, vraiment adoré, me lança-t-elle en s'éloignant à reculons. Au revoir, Alex. J'espère que je vais te manquer. Je ne pensais pas que Washington me plairait autant.

Un steward lui emboîta le pas et referma la porte de la passerelle. J'aimais aussi cette façon de courir qu'avait Jamilla. Elle glissait littéralement.

Et elle me manquait déjà. J'étais de nouveau en train de tomber amoureux, et cela me faisait peur.

Ce soir-là, à minuit, je n'étais toujours pas couché. Au plus fort de mon coup de déprime, j'en vins à me retrouver sur la terrasse, en train de jouer au piano un

Someone to Watch Over Me plutôt pathétique. Jamilla m'obsédait, et je m'abandonnais avec délice à ma mélancolie amoureuse.

Qu'allions-nous devenir, tous les deux ? Je repensais à ce que Sampson avait dit, un jour : « Il ne faut pas être la petite amie d'Alex. C'est dangereux. » Le pire, c'était que, pour le moment, les faits lui avaient toujours donné raison.

Un instant plus tard, j'entendis tambouriner sur la porte-écran. Je fis le tour de la maison et trouvai Sampson appuyé contre le chambranle. Il n'avait pas l'air bien frais.

39.

Pas rasé, les vêtements fripés, les yeux rouges et gonflés, il puait l'alcool.

— Me suis dit que tu s'rais peut-être encore debout, éructa-t-il. J'en étais sûr.

Oui, il avait bu, et pas qu'un peu. Jamais je ne l'avais vu dans un tel état. Il n'avait pas l'air très heureux.

— Entre, lui dis-je. Entre, John.

— J'ai pas besoin d'aller nulle part. (Il hurlait presque, maintenant.) J'ai plus besoin que tu m'aides. Tu m'as assez aidé comme ça.

— Qu'est-ce qui ne va pas, John ?

Je voulus le faire entrer, mais il se dégagea violemment.

— Qu'est-ce que je viens de dire ? J'ai pas besoin de toi. T'as déjà assez merdé comme ça. Le grand Dr Cross ! Tu parles ! Demande à Ellis Cooper ce qu'il en pense !

Je fis un pas en arrière.

— Baisse le ton, John. Tout le monde dort, dans la maison. Tu m'écoutes ?

— Me dis pas ce que j'ai à faire, d'accord ? T'as pas assuré. On a pas assuré, mais c'est toi, normalement, le génie. Celui qui sait toujours tout.

— John, rentre chez toi. Il faut que tu dormes.

J'étais en train de lui fermer la porte au nez, mais il la repoussa brutalement, faillit l'arracher de ses gonds.

— Et tu me vires pas comme ça ! beugla-t-il.

Il me poussa sans ménagement. Je ne réagis pas, mais il recommença et là, je me jetai sur lui. J'en avais assez, de son cinéma. Nous dégringolâmes les marches de bois pour nous retrouver sur la pelouse. Dès le début de l'empoignade, il tenta de me donner un coup de poing, mais je parvins à bloquer son geste. Heureusement pour moi, il était bien trop saoul pour frapper juste.

— T'as tout foutu en l'air, Alex. T'as laissé Cooper crever !

Je ne voulais pas le frapper, mais il revint à la charge et cette fois-ci, son poing m'atteignit à la pommette. Je m'écroulai, fauché sur place. J'étais là, genou à terre, sonné, un voile sur les yeux.

Sampson me releva. Cette fois, il était hors d'haleine. Il tenta de me faire une clé au cou, sans succès, mais sa force me stupéfiait. Un crochet me toucha à la tempe et m'envoya de nouveau à terre, mais je réussis à me relever aussitôt. Ma pommette me faisait horriblement mal.

Le bras de John balaya l'air et me manqua de quelques centimètres, mais je ne pus éviter le coup suivant. J'eus l'impression d'avoir l'épaule broyée. Il fallait absolument que je tienne Sampson à distance. Il était plus grand que moi, faisait vingt kilos de plus, et jamais je ne l'avais vu à ce point hors de lui.

Littéralement fou furieux, il ne cessait de revenir à la charge. Il fallait que je trouve un moyen de le neutraliser. Facile à dire...

Je parvins enfin à placer quelques coups. Un uppercut à l'estomac. Un crochet au visage. Il saignait. Puis une petite droite à la mâchoire, qui dut lui faire mal.

— Arrêtez ! Arrêtez tout de suite ! Je vous dis d'arrêter, tous les deux ! Alex, John, vous devriez avoir honte !

Nana essayait de nous séparer, tel un arbitre malingre mais déterminé. La dernière fois qu'elle l'avait fait, nous devions avoir douze ans.

Sampson se redressa, et la regarda.

— Je suis désolé, Nana, je suis désolé, marmonna-t-il, mortifié.

Puis il s'éloigna en titubant, sans me dire un mot.

40.

Il n'était pas encore 6 heures quand je descendis prendre mon petit déjeuner. Assis face à Nana, comme si de rien n'était, Sampson avait déjà attaqué ses œufs et ses crêpes.

Ils parlaient à mi-voix, comme s'ils s'échangeaient des secrets de la plus haute importance.

— J'arrive peut-être au mauvais moment ? avançai-je.

— Je crois qu'on a fait le tour de la question, répondit Nana.

Elle me fit signe de m'asseoir. Je me versai un peu de café et mis quatre tranches de pain complet dans le grille-pain avant de prendre la place qui m'était assignée.

Il y avait un grand verre de lait devant Sampson, et je repensais à l'époque où nous étions gamins. Deux ou trois fois par semaine, il débarquait à peu près à la même heure pour partager notre petit déjeuner. Où aurait-il pu aller ? Ses parents toxicos ne s'occupaient pas de lui. Pour lui, Nana était presque devenue une mère, une grand-mère. Et depuis que nous avions dix ans, nous étions comme des frères.

— Laisse-moi parler, Nana, dit-il.

Elle opina et but une gorgée. Je sais pourquoi j'ai choisi de devenir psychologue, et qui a été mon premier modèle. Nana est la meilleure psy que j'aie jamais rencontrée. Elle ne manque ni de sagesse, ni de compassion, mais elle appelle un chat un chat. Et elle sait écouter lorsqu'il le faut.

— Je te demande pardon, Alex. Je n'avais pas dormi depuis deux jours. Je suis mort de honte. J'ai complètement pété les plombs.

Il se forçait à me regarder dans les yeux.

Nana nous observait comme si elle avait invité Caïn et Abel à sa table.

— Ah, ça, on peut le dire ! répondis-je. Je ne t'ai jamais vu dans un tel état de fureur. Tu avais descendu combien de verres avant de venir ici ?

— John t'a déjà présenté ses excuses, protesta Nana.

— Nana. (John se tourna vers elle, puis de nouveau vers moi.) Ellis Cooper était comme un frère pour moi et je n'arrête pas de penser à son exécution. Je regrette presque d'y avoir assisté. Ce n'est pas lui qui a commis ces meurtres. Je m'imaginais qu'on pourrait le tirer d'affaire. C'est de ma faute. Je me suis fait des illusions.

— Moi aussi, dis-je. On a échoué, je suis désolé, mais je voudrais que tu montes voir quelque chose. Maintenant, c'est l'heure de la revanche.

Je le conduisis au grenier, où j'avais installé mon bureau. Les murs étaient couverts de notes sur tous les crimes commis au sein des forces armées. On aurait dit l'antre d'un de mes tueurs psychopathes.

— Je travaille sur ces notes depuis que j'ai vu Ellis Cooper. Je suis tombé sur deux autres affaires de ce type. Une dans le New Jersey, une autre en Arizona.

Dans chaque cas, les cadavres ont été barbouillés de peinture, John.

» J'ai également appris que le Pentagone était en train de mettre au point un programme destiné à réduire les pertes de l'armée en temps de paix. On estime à plus d'un millier les décès dus aux accidents de la route, aux suicides et aux meurtres. Rien que l'année dernière, on a comptabilisé une soixantaine de meurtres.

— Soixante meurtres par an ? répéta Sampson, interloqué.

— Il s'agit généralement de crimes sexuels ou racistes. Des viols suivis de meurtres. Des homosexuels battus à mort. Un sergent de l'armée de terre, au Kosovo, a commis toute une série de viols et de meurtres. Il pensait qu'il ne risquait rien, étant donné qu'il se trouvait dans un environnement où les actes de barbarie étaient monnaie courante.

— D'autres corps passés à la peinture ?

— Non, il n'y a que les deux affaires que j'ai relevées, dans le New Jersey et en Arizona. Ce qui nous suffit, d'ailleurs. Les concordances sont évidentes.

— Qu'en déduis-tu ?

— Je ne sais pas encore. L'armée en dit le moins possible, comme d'habitude. Je pense que nous sommes face à une très, très sale affaire. On a peut-être piégé des militaires pour leur mettre des meurtres sur le dos. La première fois, c'était dans le New Jersey. Et la dernière victime semble être Ellis Cooper. Chaque fois, l'arme du crime a été retrouvée un peu trop facilement, et la culpabilité du suspect a été établie grâce aux empreintes digitales et à l'analyse ADN.

» Ces hommes avaient tous de bons états de service. Dans l'affaire de l'Arizona, les minutes du procès font état de la présence de "deux ou trois hommes" à proximité de la maison de la victime peu avant le meurtre. Il est possible que des innocents aient été victimes d'un coup monté. Exécutés par erreur après avoir été piégés. Et il y a autre chose que je sais...

— Quoi ?

— Les types qui ont manigancé ça n'ont pas l'intelligence d'un Gary Soneji ou d'un Kyle Craig, mais ce sont de redoutables tueurs. Experts dans l'art de tuer en toute impunité.

Sampson se renfrogna et secoua la tête d'un air résolu.

— À partir de maintenant, leurs jours sont comptés.

41.

Thomas Starkey était né à Rocky Mount, en Caroline du Nord, et il adorait cette région, comme la plupart de ses voisins. Sous l'uniforme, il avait effectué de longues et lointaines missions, mais il était bien décidé, désormais, à rester sur place et à s'occuper de sa famille. C'était un bel endroit pour élever des enfants. N'y avait-il pas passé les plus belles années de sa jeunesse ?

S'il était tout dévoué aux siens, Starkey aimait également la famille de ses deux meilleurs amis. Il avait toujours la mainmise sur son environnement. C'était pour lui un besoin vital.

Presque tous les samedis soir, Starkey réunissait les trois clans autour d'un barbecue. Sauf pendant la saison de football, quand ils pique-niquaient, le vendredi soir. Shane, le fils de Starkey, jouait dans l'équipe du lycée. Il était défenseur. Plusieurs universités, dont North Carolina, Wisconsin et Georgia Tech, cherchaient déjà à le recruter, mais Starkey voulait qu'il fasse un passage par l'armée avant la fac. C'était ce qu'il avait fait, et ça lui avait parfaitement réussi. Shane en tirerait, lui aussi, le meilleur profit.

Que ce fût pour le pique-nique du vendredi soir ou le barbecue du samedi soir, c'étaient généralement les trois compères qui se chargeaient des courses et de la cuisine. Ils achetaient les steaks, les côtes de porc et les saucisses épicées au marché, choisissaient soigneusement les épis de maïs, les tomates, les asperges, les jus de fruits frais. Ils préparaient même les salades, le plus souvent des salades de pommes de terre, de choux ou de pâtes, voire, de temps à autre, une salade Caesar.

Il était 19 h 30, et ce soir-là, comme à leur habitude, ils étaient en faction devant les deux grils, en amont de la fumée. Une canette de bière à la main, ils surveillaient les viandes, cuites à la demande. C'étaient également eux qui, ensuite, débarrassaient et faisaient la vaisselle. Ils mettaient un point d'honneur à parfaitement saisir chaque morceau, et récoltaient presque autant d'applaudissements que leurs fils les soirs de match.

Brownley Harris, le second de Starkey, avait tendance à jouer les intellectuels. Il était allé à Wake Forest, puis avait fait la fac.

— Vous ne trouvez pas que c'est méchamment paradoxal, tout ça ? demanda-t-il en contemplant cette belle scène de famille.

— Putain, Brownie, tu vois toujours des paradoxes partout, toi, rétorqua Warren Griffin, les yeux au ciel. Tu veux que je te dise : tu réfléchis trop. C'est ça, ton problème.

— C'est peut-être toi qui ne réfléchis pas assez, riposta Harris, avec un clin d'œil à l'adresse de Starkey, qu'il considérait comme un dieu. Ce week-end, on va aller tuer quelqu'un et on est là, tranquillement, tous les trois, chacun avec sa petite famille, en train de faire griller nos entrecôtes. Vous ne trouvez pas cela un peu bizarre ?

— Je pense que c'est toi qui es bizarre, oui. On a un boulot à faire et on le fait, c'est tout. Exactement comme il y a douze ans, dans l'armée. On a fait notre boulot au Viêtnam, dans le Golfe, au Panama, au Rwanda. C'est un boulot comme un autre, et il se trouve que j'adore ce boulot. Il est peut-être là, le paradoxe. Je suis père de famille, et tueur professionnel. Et alors ? D'accord, il y a de la casse, mais qui est responsable ? L'armée, pas moi...

D'un petit signe de tête, Starkey désigna la maison, une belle villa sur deux niveaux, avec cinq chambres et deux salles de bain, qu'il avait fait construire en 1999.

— Les filles arrivent, mettez-la en veilleuse, dit-il avant de lancer : Salut, ma jolie !

Il prit Judie, sa femme, dans ses bras. Judie était une grande et belle brune aux yeux bleus qui n'avait quasiment rien perdu de son charme depuis le jour de son mariage. Comme la plupart des femmes du coin, elle parlait avec un fort accent du Sud, et passait une bonne partie de son temps à sourire. Elle travaillait bénévolement pour le théâtre de la ville, trois jours par semaine. Elle avait le sens de l'humour, aimait les belles choses, faisait bien l'amour. C'était une bonne compagne. Starkey estimait qu'il avait eu de la chance de la trouver, et qu'elle avait eu de la chance de l'avoir choisi. Ils étaient tous trois amoureux de leurs femmes, mais jusqu'à un certain point seulement. Voilà encore un délicieux paradoxe que Harris aurait pu ruminer jusqu'au petit matin...

— On s'est tout de même fait une belle vie, hein ?

Sans lâcher sa femme, Starkey leva son verre à la santé des deux autres couples.

— Tu peux le dire, fit la belle Judie. Et tout ça, messieurs, parce que vous avez épousé des femmes merveilleuses. Vous en connaissez beaucoup, vous, qui laisseraient leurs maris se sauver un week-end par mois ou presque sans se demander quelles bêtises ils peuvent bien faire ?

Starkey regarda ses amis avec un sourire éclatant de franchise.

— On ne fait jamais de bêtises. Normal, on est les meilleurs.

42.

Le lendemain soir, les trois tueurs se rendirent dans une petite localité de la Virginie-Occidentale, Harpers Ferry. Brownley Harris avait été chargé d'étudier, pendant le trajet, les cartes de l'Appalachian Trail, ou AT pour les habitués. Les nombreux randonneurs qui parcouraient régulièrement cette gigantesque piste de montagne aimaient faire étape à Harpers Ferry.

C'était une toute petite ville que l'on pouvait traverser à pied en moins d'un quart d'heure. Non loin de là se trouvait le fameux rocher de Jefferson, d'où l'on pouvait voir le Maryland et les deux Virginie. Un bien bel endroit.

Starkey conduisit jusqu'à l'arrivée, sans éprouver le besoin d'être relayé. Il aimait être au volant, il aimait rester maître de la situation. Il était également responsable des distractions à bord, qui se résumaient à quatre cassettes de musique – les *Greatest Hits* de Bruce Springsteen, Janis Joplin, les Doors et une anthologie de Jimi Hendrix – et à un audiolivre signé Dale Brown.

Warren Griffin, lui, passa le plus clair de son temps à vérifier qu'ils avaient bien emporté tout l'équipement et les vivres nécessaires et à préparer les sacs à dos, à l'arrière. Quand il eut fini, les paquetages pesaient chacun une vingtaine de kilos, soit un peu plus de la moitié de la charge qu'ils avaient l'habitude d'emmener lors de leurs missions de reconnaissance au Viêtnam et au Cambodge.

Il avait préparé les sacs en vue d'une opération « traque et élimination ». Des rations pour les patrouilles en profondeur, avec sauce piquante pour masquer le goût ; un gobelet en fer-blanc pour le café ; un couteau de chasse, le couteau de combat réglementaire ; deux sticks de camouflage de couleur différente ; un chapeau de brousse ; un poncho pouvant également faire office de bâche de camouflage ; des lunettes de vision nocturne ; un Glock et un M-16 équipé d'une lunette de visée.

Starkey était le chef de peloton. Il supervisait l'opération jusque dans ses moindres détails.

Harris était l'homme de tête.

Griffin couvrait l'arrière. Après tant d'années, c'était toujours lui qui héritait du rôle le plus ingrat.

Rien ne les obligeait à respecter à la lettre le programme de cette mission. Ils auraient pu procéder de manière beaucoup plus simple. Mais Starkey aimait qu'ils opèrent « comme à l'armée », et c'était ainsi qu'ils avaient toujours commis leurs meurtres.

43.

Ils campèrent à un peu plus de trois kilomètres de l'AT et pour échapper aux regards indiscrets, à la demande de Starkey, ils établirent une PDN, une position de défense de nuit, en se relayant toutes les deux heures pour monter la garde. Comme dans le bon vieux temps...

Pendant son tour de garde, Starkey eut tout le loisir de méditer. Harris, Griffin et lui étaient tueurs professionnels depuis plus de vingt ans. Au Viêtnam, au Panama et dans le Golfe, ils éliminaient les cibles que l'armée leur désignait. Après, ils s'étaient mis à assassiner sur contrat. Ils étaient prudents, discrets, et chers. Depuis deux ans, ils avaient exécuté plusieurs personnes dans le cadre d'un même contrat, extrêmement lucratif. Curieusement, ils ignoraient l'identité de leur employeur. Dès qu'une mission avait été achevée, on leur assignait de nouvelles cibles.

Starkey contemplait la forêt. Mille ombres se déplaçaient dans la nuit. Il aurait bien fumé une cigarette, mais se contenta d'avaler un comprimé d'Altoids pour lutter contre le sommeil. Puis il revit l'image de la jolie Vanessa, la blonde qu'ils avaient butée près de Fayetteville. Il bandait. Cela l'aiderait à passer le temps. Au

Viêtnam, Starkey s'était rendu compte qu'il aimait tuer. Chaque fois qu'il tuait quelqu'un, il éprouvait un formidable sentiment de maîtrise. S'ensuivaient quelques secondes grisantes, comme si une décharge électrique lui traversait le corps. Pour lui, la culpabilité était un sentiment désormais oublié. Il tuait à la demande, mais il lui arrivait également de tuer entre deux contrats, s'il en ressentait l'envie.

Parfois, il se faisait peur.

Le lendemain matin, à 5 heures, les trois hommes étaient prêts à repartir. L'air pur et vivifiant de la montagne leur pinçait les joues. Starkey estima que les brumes bleutées qui noyaient la montagne ne se dissiperaient pas avant 10 heures.

Il fallait choisir un éclaireur. Ce serait Harris, le plus en forme des trois. Harris était ravi. À cinquante et un ans, il faisait encore partie d'une équipe de basket et se payait un triathlon deux fois par an.

À 5 h 15, il quitta le campement au petit trot. Dieu qu'il adorait ça. Une opération traque et élimination. Joindre l'utile à l'agréable...

Comme au bon vieux temps...

Quelques minutes lui suffirent pour retrouver toutes ses sensations. Il n'y avait encore personne sur le sentier. Il croisa une tente quatre places. Sans doute une petite famille de pieds tendres, des randonneurs qui n'effectuaient qu'une partie du parcours, alors que d'autres s'accordaient six mois pour « faire la totale » et achevaient leur périple au mont Katahdin, dans le Maine. Autour du dôme de toile, il remarqua un réchaud de camping, des bouteilles de pétrole, des shorts et des T-shirts bien usés en train de sécher. Il jugea que ces touristes ne constituaient pas une cible, et poursuivit son chemin.

Puis il aperçut un couple dans des sacs de couchage, tout près de la piste. Des jeunes, style « allons découvrir le vaste monde ». Ils dormaient sur des matelas autogonflables. Le confort comme à la maison.

Harris s'approcha d'eux et, arrivé à environ trois mètres, décida qu'il valait mieux qu'il ne s'attarde pas. La fille était belle, pourtant. Une jolie petite blonde d'une vingtaine d'années. Rien qu'en la regardant dormir à côté de son copain, Harris sentit son taux d'adrénaline augmenter. Clients potentiels, estima-t-il.

Cinq cents mètres plus loin, il tomba sur un autre couple. Ceux-là, déjà debout, faisaient leurs exercices matinaux. Sacs à armature interne dernière génération, bottes de marche à deux cents dollars, on devinait les citadins délicats. Harris éprouva instinctivement à leur égard une antipathie presque réjouissante : ces deux tourtereaux faisaient d'excellentes cibles.

Peu après, il aperçut un petit campement, celui d'un homme seul, visiblement parti pour une longue expédition. Le sac à dos paraissait léger et bien rempli. Sans doute renfermait-il des aliments déshydratés, des boissons vitaminées et de la poudre protéinée, car les produits frais étaient trop lourds et trop compliqués à transporter. Ses vêtements devaient se réduire à l'essentiel : shorts en nylon, maillots, et peut-être des sous-vêtements longs pour la nuit, où il pouvait faire assez froid.

Harris s'arrêta pour observer quelques instants les lieux. Il attendit que son cœur batte moins vite, que sa respiration s'apaise, puis pénétra à l'intérieur du campement, sans la moindre appréhension, sans douter de lui-même. Il y prit ce dont il avait besoin. Le randonneur dormait toujours profondément.

Harris regarda sa montre. Il n'était que 5 h 30. Pour l'instant, tout se déroulait comme prévu.

Il rejoignit le sentier et repartit au pas de course. Cette opération traque et élimination sur ce chemin de grande randonnée lui donnait des ailes. Il aurait tant aimé tuer quelqu'un, là, tout de suite. Homme ou femme, jeune ou vieux, peu lui importait.

Quelques centaines de mètres plus loin, il vit une autre tente en dôme. Elle abritait un couple. Les supprimer tous les deux aurait été pour lui un jeu d'enfant. Comme tirer des canards posés à la surface de l'étang. Ici, personne ne se méfiait, personne ne prenait de précautions. Quelle bande de barges, ces randonneurs ! Il suffisait pourtant de lire des bandes dessinées pour savoir que des tueurs fous sévissaient dans tous les États-Unis, et qu'il y en avait un paquet...

Encore un kilomètre et demi, et il atteignit un autre campement. Quelqu'un était déjà debout.

Il se dissimula au milieu des sapins et observa. Un feu crachait des étincelles. Une femme d'une quarantaine d'années farfouillait dans un sac à dos. Elle était en maillot de bain et paraissait bien fichue – des membres bien musclés, et un beau cul.

— Debout, tout le monde ! cria-t-elle.

Quelques instants plus tard, deux jolies jeunes filles d'une quinzaine d'années émergèrent de la tente. Elles portaient des maillots une pièce et essayaient désespérément de réchauffer leur corps endormi en se donnant des claques.

— Maman Ours et ses deux oursonnes, murmura Brownley Harris. Voilà un concept intéressant.

Mais les meurtres de Fort Bragg étaient peut-être encore un peu trop frais...

Les trois campeuses se serrèrent un moment autour du feu, avant de détaler. Harris entendit des cris, des exclamations, puis des rires et des ploufs. Les filles venaient de se jeter dans le torrent qui courait en contrebas.

Harris se déplaça sans un bruit et trouva un endroit d'où il pouvait épier sans risques la mère et ses deux jolies gamines s'ébattre dans l'eau glacée. Elles lui faisaient penser aux jeunes femmes qu'ils avaient massacrées à Fayetteville. Peut-être pourraient-elles faire office de cibles secondaires...

Il était un peu plus de 6 h 30 lorsqu'il regagna le camp. Griffin avait préparé le petit déjeuner : des œufs, du bacon, et du café à volonté. Dans la position du lotus, qui lui était si chère, Starkey réfléchissait, calculait. Il rouvrit les yeux juste avant que Harris s'annonce.

— Comment va ?

Brownley Harris sourit.

— On est pile dans les délais, mon colonel. On est bons. Je vous ferai la description des cibles pendant le petit déjeuner. Il sent rudement bon, ce café. Bien meilleur que le napalm au petit matin.

44.

Ce matin-là, Starkey prit en main toute l'opération. Il demanda à ses hommes de passer à travers bois pour éviter de croiser les randonneurs.

Pour eux, c'était un jeu d'enfant. Dans le passé, ils avaient appris à se rendre invisibles des jours entiers, voire des semaines, aux yeux d'ennemis qui les pourchassaient et qui, souvent, avaient fini par se faire eux-mêmes tuer. Une équipe de quatre inspecteurs de la brigade criminelle de Tampa en avait fait la cruelle expérience.

Starkey exigeait qu'ils opèrent comme s'ils étaient en mission de combat, comme s'ils étaient en guerre. Le silence absolu s'imposait. La plupart du temps, ils communiquaient par signes. Si quelqu'un devait tousser, il le faisait dans son foulard ou dans le creux du coude. Le sergent Griffin avait bien tassé le chargement des sacs à dos afin d'éviter tout bruit intempestif.

Ils s'étaient aspergés de lotion anti-moustiques avant de se camoufler. Et pas question de fumer une cigarette dans la journée.

Pas d'erreur.

Starkey avait prévu que l'exécution aurait lieu quelque part entre Harpers Ferry et un endroit appelé Loudoun Heights. Certaines portions de la piste y étaient extrêmement boisées, et ces grands tunnels de verdure se prêteraient parfaitement à leurs objectifs. Il s'agissait surtout de feuillus, non de conifères. Beaucoup de rhododendrons et de lauriers de montagne. Rien n'avait échappé aux trois hommes.

Ce soir-là, ils ne campèrent pas à proprement parler, et prirent soin de ne laisser derrière eux aucune trace de leur passage.

À 7 h 30, juste avant la tombée de la nuit, Brownley Harris repartit en éclaireur. À son retour, on ne voyait plus rien. La forêt semblait s'être muée en jungle, mais ce n'était qu'une illusion. Une route passait à moins d'un kilomètre de l'endroit où ils se trouvaient.

Harris vint au rapport.

— La cible un est devant nous, à environ deux kilomètres. La cible deux est à moins de trois kilomètres. Tout se présente parfaitement bien, mais moi, je suis vanné.

— Pas assez pour te défiler, tu aimes trop ce genre de mission, fit Starkey. En tout cas, tu as raison, tout se passe aussi bien qu'on pouvait l'espérer. Vraiment des poires, ces randonneurs du dimanche.

Starkey donna les ordres.

— Nous allons nous placer à mi-chemin entre les cibles un et deux, et nous attendrons. Et attention, pas de bavure. On a été parfaits depuis le début, on ne va pas tout fiche en l'air maintenant.

45.

Une lune presque pleine facilitait leur progression à travers bois. Ce n'était pas une surprise pour Starkey, qui avait tout prévu. Starkey avait l'obsession du détail, car un détail pouvait suffire à tout faire basculer. Un détail qu'on négligeait, et c'était la mort, ou la capture. Il s'était renseigné, savait qu'il ferait doux, qu'il y aurait peu de vent, qu'il ne pleuvrait pas. Qui dit pluie dit boue, et par conséquent beaucoup d'empreintes, un risque qu'ils ne pouvaient prendre dans une telle mission.

Ils avançaient sans échanger un mot. Question d'habitude. Une telle prudence ne s'imposait peut-être pas ici, mais c'était ainsi qu'on les avait formés au combat. On leur avait répété : « Souvenez-vous de votre entraînement, et n'essayez pas de jouer les héros. » Cette discipline les aidait en outre à se concentrer. Ils ne pensaient plus qu'aux meurtres qu'ils allaient bientôt perpétrer.

Chacun des trois hommes était dans sa petite bulle : Harris imaginait déjà ce qui allait se passer, il se représentait les corps et les visages ; Starkey et Griffin, eux, restaient dans l'instant présent, tout en espérant que Harris n'avait pas exagéré dans sa description de la cible. Starkey se rappelait le jour où Brownley avait signalé que la proie était une écolière vietnamienne, et fourni d'innombrables détails. Mais en fin de compte, lorsqu'ils étaient arrivés sur zone, un petit village de la vallée d'An Lao, ils avaient découvert une vieille obèse au corps couvert de pustules noires.

Un cri déchira le silence et mit brutalement fin à leurs divagations. C'était une voix d'homme.

Starkey leva brusquement la main.

— Hé ! Hé ! Que se passe-t-il ? Qui est là ?

Les trois hommes s'immobilisèrent. Harris et Griffin regardèrent Starkey, dont la main était restée figée en l'air.

— Cynthia ? C'est toi, chérie ? Si c'est toi, c'est pas drôle.

Un jeune homme. Manifestement énervé.

Ils virent jaillir vers eux le faisceau jaune d'une lampe-torche. Starkey s'avança en faisant simplement : « Hé. »

— C'est quoi, ça ? s'écria la voix. Vous êtes des militaires ? Qu'est-ce que vous faites ici ? Vous vous entraînez ? Sur l'Appalachian Trail ?

Starkey alluma finalement sa Maglite, pour découvrir un homme d'environ vingt-cinq ou trente ans, short sur les chevilles, un gros rouleau de papier-toilette à la main.

Un type plutôt maigre, les cheveux longs, pas rasé. Pas très beau à voir.

— Nous sommes en manœuvres, expliqua Starkey au jeune homme accroupi devant lui. Désolés de surgir comme ça, à l'improviste. (Il gloussa, puis se tourna vers Harris et chuchota :) C'est qui, ce mec ?

— Celui du couple numéro trois. Merde. La cible deux a dû leur passer devant.

— Dans ce cas, changement de programme. Je m'en occupe.

— Oui, mon colonel.

Starkey eut une soudaine sensation de froid dans la poitrine, et savait que ses camarades devaient ressentir la même chose. Cela se produisait au combat, surtout quand quelque chose tournait mal. Ses sens s'étaient affûtés. Il percevait dans les moindres détails tout ce qui se passait, même à la périphérie de son champ de vision. Il captait également le rythme puissant et régulier des battements de son cœur. Et il aimait passionnément l'intensité de ses sensations, juste avant de passer à l'acte.

— Dites, ça vous ferait rien de me laisser un peu seul ? s'énerva le chieur.

Une lumière beaucoup plus vive jaillit brusquement – Brownley Harris avait décidé de tourner une nouvelle cassette.

— Hé, je rêve ou c'est un caméscope ?

— Non, tu ne rêves pas, fit Starkey.

Il se jeta sur le type toujours accroupi et, sans lui laisser le temps de comprendre ce qui lui arrivait, lui empoigna la tignasse et lui trancha la gorge au couteau de chasse.

— Elle est comment, sa nana ? voulut savoir Griffin.

— Je n'en sais foutrement rien, espèce d'obsédé ! lui répondit Harris sans lâcher son caméscope. Elle dormait. Je ne l'ai pas vue.

— Le petit copain était plutôt beau gosse, ce qui est bon signe. Je pense que nous saurons bientôt à quoi nous en tenir.

46.

J'étais avec Sampson, sur l'autoroute, direction Harpers Ferry, Virginie-Occidentale. Un double meurtre particulièrement odieux venait d'être commis dans le secteur. Le FBI et la police locale s'interrogeaient. Nous, nous avions compris. Les trois tueurs étaient passés par ici.

Nous avions enfin le temps de discuter tranquillement. Les deux victimes étaient des randonneurs. On les avait retrouvés sur l'Appalachian Trail, égorgés. Un jeune couple sans histoires, lui était dessinateur, elle architecte. On les avait sauvagement assassinés, sans raison, et les corps avaient été barbouillés de peinture rouge. C'est ce dernier détail qui avait poussé le FBI à me contacter.

— Et si on parlait un peu d'autre chose, histoire de se changer les idées ? proposa Sampson à mi-trajet.

— Tu as raison. De toute façon, on retrouvera nos problèmes bien assez tôt. Quoi de neuf de ton côté ? Tu sors avec quelqu'un, en ce moment ? Du sérieux ? Une copine marrante ?

— Tabitha, me répondit-il. Cara, Natalie, LaTasha. Natalie, tu la connais. C'est l'avocate du HUD. J'ai appris que ta nouvelle petite amie de San Francisco était venue te voir le week-end dernier. Inspecteur principal Jamilla Hughes, de la brigade criminelle.

— Qui t'a raconté ça ?

Son front se creusa.

— Voyons. Nana. Et Damon. Et Jannie. Alex Junior m'en a peut-être aussi touché un mot. As-tu l'intention de te caser ? Je me suis laissé dire que cette Jamilla avait du répondant. Tu te sens de taille, Alex ?

— Tu n'imagines pas la pression que je subis en ce moment, John. Tout le monde veut que je me case. Que je tire un trait sur mes récents malheurs. Que je me fasse une petite vie sympa.

— Tu sais, ça t'irait bien. Bon père, bon mari, c'est comme ça que les gens te voient.

— Et toi ? Tu vois quoi ?

— Je vois tout ça, mais je vois aussi ta face cachée. Tu voudrais bien être le père de famille idéal, toujours à la maison, mais il y a en toi un loup solitaire, un loup féroce. Tu parles de quitter la police, et tu le feras peut-être un jour, mais tu restes un chasseur, Alex.

— Kyle Craig me disait la même chose. Presque dans les mêmes termes.

— Tu vois ? Kyle sait ce qu'il dit. C'est peut-être un ignoble salopard, un pervers, mais pas un con.

— Bon, si je reste chasseur dans l'âme, qui de nous deux se casera le premier ?

— Toi, forcément. Moi, je suis vacciné. Tu connais l'histoire de ma famille. Mon père s'est tiré quand j'avais trois ans. Il avait peut-être ses raisons. Ma mère ne s'est pas beaucoup occupée de moi, vu qu'elle passait son temps à racoler et à se piquer. Et ils m'ont bien cogné, tous les deux. Ils se tapaient aussi dessus. Mon père a cassé le nez de ma mère, trois fois.

— Tu as peur d'être un mauvais père ? lui demandai-je. C'est pour ça que tu n'as jamais voulu fonder de famille ?

Il réfléchit quelques secondes.

— Pas exactement. J'aime bien les enfants, surtout quand ce sont les tiens. J'aime aussi les femmes. Le problème est peut-être là – j'aime trop les femmes. Et je crois qu'elles m'aiment aussi.

— Au moins, tu te connais.

— C'est déjà un début. Commencer par se connaître soi-même, c'est important. Combien vous dois-je pour la consultation, docteur Cross ?

— Ne t'inquiète pas. Je mettrai ça sur ta note.

J'aperçus le panneau annonçant Harpers Ferry. Nous étions arrivés. Nous allions interroger un homme soupçonné de meurtre.

Un ex-colonel de l'armée de terre, devenu pasteur.

J'aurais aimé savoir si quelqu'un avait aperçu trois individus louches dans le coin au moment du double crime. Dont un avec un caméscope.

47.

À la modeste maison d'arrêt de Harpers Ferry, on mit un petit local à notre disposition pour nous permettre d'interroger le révérend Reece Tate. Frêle, le crâne dégarni, les tempes barrées de longues pattes, il n'avait pas vraiment l'air d'un militaire à la retraite. Il avait quitté l'armée en 1993 et dirigeait à présent une congrégation baptiste à Cowpens, en Caroline du Sud.

Après avoir décliné notre identité, je lui demandai :

— Révérend Tate, pouvez-vous nous dire ce qui vous est arrivé hier, sur l'Appalachian Trail ? Essayez de ne rien oublier. Nous sommes là pour écouter votre version des faits.

Il nous regardait avec méfiance, les yeux toujours en mouvement, en se grattant machinalement la tête et le visage. Sa nervosité, sa peur, son désarroi pouvaient se comprendre : on l'inculpait d'un double meurtre qu'il n'avait peut-être pas commis.

— Ce que j'aimerais d'abord savoir, me répondit-il, c'est pourquoi vous vous intéressez à ce qui s'est passé là-bas. Tout ça m'échappe. Depuis deux jours, tout m'échappe.

D'un regard, Sampson me demanda d'expliciter. Je parlai donc à Tate d'Ellis Cooper et des meurtres de Fort Bragg.

— Vous croyez réellement que le sergent-chef Cooper était innocent ? me demanda-t-il.

— Oui, nous en sommes persuadés. Nous pensons qu'il a été victime d'une machination, mais nous ignorons pour quelle raison. Et quant à savoir qui est derrière tout ça...

— Avez-vous rencontré Ellis Cooper quand vous étiez dans l'armée ? voulut savoir Sampson.

— Je n'ai jamais été affecté à Fort Bragg, lui répondit Tate. Et je ne me rappelle pas avoir croisé un sergent Cooper quand j'étais au Viêtnam. Non, ça ne me dit rien.

Reece Tate était visiblement un homme coincé, arcbouté sur ses principes, et je devais éviter de le brusquer.

— Révérend Tate, lui dis-je, nous avons répondu à vos questions. Il serait temps que vous répondiez aux nôtres. Si vous êtes innocent, nous allons vous aider à vous sortir de là. Nous allons vous écouter, sans le moindre a priori.

Il hésita.

— Le sergent Cooper a été jugé coupable, j'imagine... Est-il en prison ? J'aimerais bien lui parler.

— Le sergent Cooper est mort. Il a été exécuté en Caroline du Nord, il y a quelques jours à peine.

Le désespoir de Tate devint presque tangible.

— Oh, mon Dieu, gémit-il en agitant la tête. J'avais juste pris une semaine de vacances. J'adore marcher et dormir à la belle étoile. Vous allez me dire que ça me rappelle l'armée, mais c'est vrai, j'ai toujours adoré ça. J'ai même été scout, à Greensboro. Je sais que ça doit vous paraître ridicule, aujourd'hui.

» Je suis divorcé depuis quatre ans. La randonnée, c'est mon seul ballon d'oxygène. Je pars deux semaines par an, et je prends aussi quelques jours de temps en temps, quand je peux.

— Quelqu'un savait-il que vous alliez faire l'Appalachian Trail ?

— Tout le monde était au courant, à l'église. Plus quelques amis, des voisins. Ce n'était pas vraiment un secret, vous vous en doutez bien.

— Et votre ex-femme, elle le savait ? demanda Sampson.

— On ne se parle pas beaucoup. Autant vous le dire tout de suite, Helene, avant le divorce, je l'ai cognée. Peut-être que c'est elle qui m'a poussé à bout, mais je l'ai cognée. C'est de ma faute. Quand on frappe sa femme, on n'a aucune excuse.

— Racontez-nous ce qui s'est passé hier, de façon aussi détaillée que possible. Et tâchez de vous souvenir de tout.

Son récit dura une bonne dizaine de minutes. Il s'était levé à 7 heures, avait vu que la montagne était plongée dans le brouillard. N'étant pas pressé, il avait pris son petit déjeuner et s'était mis en chemin vers 8 h 30. Il avait beaucoup marché, ce jour-là. Il avait croisé deux familles et un couple âgé. La veille, il avait vu une mère et ses deux filles ; il aurait aimé les rattraper, mais n'y était pas parvenu. Vers 18 heures, il avait décidé de s'arrêter et de camper sur place.

— Pourquoi avez-vous essayé de rattraper la femme et ses deux filles ? l'interrogea Sampson.

Tate haussa les épaules.

— Oh, c'était juste un petit fantasme. La mère était assez jolie, elle devait avoir une petite quarantaine d'années. Elles avaient l'air sympa, toutes les trois, et on voyait qu'elles aimaient marcher. Je m'étais dit qu'on pourrait peut-être faire un bout de chemin ensemble. Ça se fait beaucoup, sur l'AT.

— Avez-vous vu quelqu'un d'autre, ce jour-là ? demanda Sampson.

— Je ne me rappelle pas avoir remarqué quelqu'un de particulier. Il faut que je réfléchisse. Ici, ce n'est pas le temps qui me manque. Ni la motivation.

— Bien, en résumé, il y avait les deux familles, le couple d'un certain âge, la mère et ses deux filles. C'est tout ? Pas de groupes ? Des hommes ensemble ? Des randonneurs seuls ?

— Non, je ne me souviens pas avoir vu des marcheurs au comportement suspect. Et je n'ai pas entendu de bruits bizarres la nuit. J'ai bien dormi. C'est l'un des effets bénéfiques de la randonnée. Le lendemain, je me suis levé, je me suis mis en marche vers 7 h 30. Il faisait très beau, il n'y avait pas un nuage dans le ciel, et la visibilité était parfaite. Il était presque midi quand les policiers sont venus m'arrêter.

Le révérend Tate me regarda. Ses petits yeux me suppliaient de le comprendre.

— Je suis innocent, je vous le jure. Je n'ai fait de mal à personne, dans la forêt. Je ne sais pas comment j'ai fait pour qu'il y ait du sang sur mes vêtements, je ne les portais même pas le jour où ces pauvres gens ont été assassinés. Je n'ai tué personne. Il faut que quelqu'un me croie.

En entendant ces mots, j'eus l'impression qu'un épieu de glace me transperçait le corps. Le sergent Ellis Cooper avait dit la même chose, à peu de choses près.

48.

Ma dernière enquête criminelle se révélait particulièrement épineuse, et j'avais du mal à penser à autre chose.

Je n'avais toujours pas donné mon préavis. Je continuais à suivre des enquêtes à Washington, des enquêtes sans grand intérêt. Un petit dealer avait été assassiné dans une cité, mais tout le monde s'en fichait. Une jeune femme de vingt ans avait abattu son mari, qui la battait régulièrement. Pour moi, il s'agissait manifestement d'un cas de légitime défense. Ellis Cooper était mort. Et aujourd'hui, un homme du nom de Reece Tate était accusé de deux meurtres qu'il n'avait sans doute pas commis.

Le week-end, je me servis des miles accumulés au fil de mes déplacements pour obtenir un billet d'avion gratuit et me rendre à Tempe, en Arizona. J'avais pris rendez-vous avec Susan Etra, dont le mari avait été condamné et exécuté pour le meurtre de deux soldats homosexuels. Mme Etra avait porté plainte contre l'armée, persuadée que son mari était innocent et qu'elle avait de quoi le prouver. Il fallait que je sache si le lieutenant-colonel James Etra avait été, lui aussi, victime d'un coup monté. Combien étaient-ils, dans son cas ?

Mme Etra m'ouvrit la porte, l'air crispé. Derrière elle, dans le salon, j'aperçus un homme, impassible. Devinant ma surprise, elle m'expliqua qu'elle avait demandé à son avocat d'être présent. *Génial.*

Le type s'appelait Stuart Fisher, et venait de Los Angeles. Bronzé comme un surfeur, cheveux blancs lissés en arrière, beau costume anthracite, santiags noires.

— Dans l'espoir de connaître la vérité sur les circonstances qui ont amené son mari à être arrêté et condamné par erreur, Mme Etra a consenti à vous voir, inspecteur. Je suis ici pour protéger Mme Etra.

— Je comprends. Étiez-vous l'avocat du lieutenant-colonel Etra lors de son procès ?

— Non, ce n'était pas moi, répondit Fisher, toujours impavide. Je travaille pour le milieu du spectacle, mais j'ai une certaine expérience en matière d'enquêtes criminelles. J'ai fait mes classes au bureau du procureur de Laguna Beach. J'y ai passé six ans.

Et de m'expliquer que Mme Etra venait de vendre l'histoire de son mari à Hollywood. C'était à moi, désormais, de faire attention.

Susan Etra me dit ce qu'elle savait en une petite demi-heure. Son mari n'avait jamais eu de problèmes avec la justice. Et à sa connaissance, il ne s'était jamais montré intolérant à l'égard des homosexuels, hommes ou femmes. Et pourtant, à en croire les enquêteurs, il s'était rendu au domicile de deux soldats qui vivaient ensemble et les avait abattus dans leur lit. Lors du procès, l'accusation avait affirmé qu'il était éperdument amoureux du plus jeune des deux militaires.

— L'arme du crime est un revolver de service. L'a-t-on retrouvée chez vous ? Appartenait-elle à votre mari ?

— Jim avait remarqué que le revolver avait disparu quelques jours avant le meurtre. Il était très soigneux, très méticuleux, surtout avec les armes. Et comme par hasard, le revolver refait son apparition le jour où la police perquisitionne la maison.

L'avocat, me jugeant apparemment inoffensif, prit congé avant moi. Après son départ, je demandai à Mme Etra si je pouvais jeter un œil sur les affaires de son mari.

— Vous avez de la chance qu'elles soient encore là. Je ne vous dis pas le nombre de fois où j'ai failli donner tous ses vêtements à une association caritative comme Goodwill. Pour l'instant, je me suis contentée de tout mettre dans une chambre qui ne sert pas.

Elle me conduisit au bout du couloir et me laissa seul. Tout était propre, bien rangé, et j'imaginais que cet ordre reflétait la vie que Susan et James Etra avaient menée jusqu'au moment du drame qui avait détruit leur existence. Dans la pièce, les meubles en bois clair côtoyaient des antiquités d'essence plus foncée. Des miniatures en étain – soldats, canons et chars – se disputaient l'espace d'une table poussée contre le mur. Et, juste à côté, dans une vitrine fermée à clé, il y avait des armes avec leur descriptif.

REVOLVER COLT ARMY, calibre .44, canon de 8 pouces

FUSIL SPRINGFIELD À RÉPÉTITION MANUELLE UTILISÉ LORS DES GUERRES INDIENNES, AVEC BAYONNETTE ET BRETELLE D'ORIGINE – CARTOUCHE

CARABINE MARLIN À POUDRE NOIRE, fabriquée vers 1893

J'ouvris le placard. Les vêtements civils et militaires du lieutenant-colonel Etra étaient soigneusement séparés.

C'est en fouillant les tiroirs d'une commode que je tombai sur la poupée de paille.

Mon ventre se crispa. J'avais découvert le même genre de poupée chez Ellis Cooper, près de Fort Bragg.

Comme si elles avaient été achetées au même endroit. Par le tueur ?

Et dans un autre tiroir, je trouvai l'œil, l'œil aux aguets, sans paupière. Il semblait m'observer avec méfiance, en gardant ses noirs secrets.

Je respirai un grand coup, puis sortis demander à Mme Etra de me rejoindre. Je lui montrai la poupée et l'œil. Elle me jura ne les avoir jamais vus. Elle ne comprenait pas, elle avait peur.

— Qui est venu chez moi ? Je suis sûre que cette poupée n'était pas là quand j'ai enlevé les affaires de Jim. Absolument certaine. Inspecteur Cross, comment ces choses horribles ont-elles pu se retrouver dans ma maison ?

Elle m'autorisa à emporter l'œil et la poupée. Elle n'en voulait pas chez elle, et je la comprenais.

49.

L'enquête se poursuivait également sur un autre front. John Sampson, au volant de sa Mercury Cougar noire, quitta la Route 35 à Mantoloking, sur la côte du New Jersey, et se dirigea vers l'océan. On était au mois d'octobre, et à Point Pleasant, Bay Head et Mantoloking, qui se touchaient, il n'y avait quasiment plus personne.

Il se gara sur East Avenue et décida de se dégourdir un peu les jambes. Il n'avait pas lâché le volant depuis Washington.

— Voilà ce que j'appelle une plage, murmura-t-il.

Il emprunta la passerelle et arriva au sommet des dunes. Une dizaine de mètres le séparait de l'océan.

C'était une magnifique journée. Un peu plus de vingt degrés, du soleil, un ciel d'azur, un air pur et limpide. Un temps idéal pour profiter de la plage alors qu'en été, quand le bord de mer était noir de touristes, il faisait souvent extrêmement lourd.

Il contempla longuement la ligne d'horizon, puis le décor un peu suranné de la paisible localité balnéaire, et commença à se détendre. Depuis un certain temps, son travail le stressait particulièrement. L'horreur succédait à l'horreur, et il avait l'impression de ne pas progresser. La mort – le meurtre – d'Ellis Cooper l'obsédait. Oui, décidément, en ce moment, il n'allait pas bien. Et il avait suffi qu'il arrive ici, à quelques mètres des flots grondants de l'océan, pour se sentir immédiatement mieux. Il avait l'impression de voir, d'entendre avec une acuité inhabituelle.

Malheureusement, il n'avait guère le temps de savourer ce répit, car il avait promis d'aller voir Mme Houston à 15 h 30. Le mari de Billie Houston avait, lui aussi, été exécuté. On l'avait condamné pour le meurtre d'un autre soldat à Fort Monmouth, non loin de là. Là encore, la police avait retrouvé la victime le visage barbouillé de peinture blanche et bleue.

Au boulot, se dit-il en poussant le petit portail. Une allée de coquillages menait à la vaste villa ocre, tout en bois. On lui avait donné le nom de *Paradis Retrouvé*. Dans un cadre aussi enchanteur, pourquoi pas ?

Mme Houston avait dû guetter son arrivée car, dès qu'il posa le pied sur la première marche, la porte-écran s'ouvrit brusquement.

C'était une Noire, pas très grande, qui, sans être d'une beauté fracassante, dégageait un charme étonnant. Short kaki ample, T-shirt noir. Elle était pieds nus.

— Vous avez vu ce temps ? Vous avez bien choisi votre journée, dites donc.

Et elle avait un beau sourire.

— Ah bon, ce n'est pas comme ça tous les jours ? feignit de s'étonner Sampson.

Un peu troublé, il gravit les quelques marches de bois, qui grinçaient furieusement.

— En fait, il fait souvent ce temps-là. Je suis Billie Houston, mais vous vous en doutiez sûrement.

Elle tendit la main. Une petite main douce, toute chaude.

Il mit un certain temps à la relâcher, cette main, sans trop savoir pourquoi. Parce que cette femme avait énormément souffert ? Son mari avait été exécuté environ deux ans plus tôt, et jusqu'au bout, elle s'était battue pour qu'on reconnaisse son innocence. Tout cela avait un goût de déjà-vu. Ou bien parce qu'il y avait, dans ce sourire si spontané, quelque chose de réconfortant. Cette jeune femme l'impressionnait autant que le décor et ce temps de rêve. Elle lui plaisait déjà. Il ne lui trouvait, pour l'instant, aucun défaut.

— Et si on discutait en se baladant un peu sur la plage ? proposa-t-elle. Je vous conseille d'enlever vos chaussures et vos chaussettes. Vous êtes un citadin, vous, hein ?

50.

Sampson s'exécuta. Après tout, pourquoi se refuser ce petit plaisir au cours d'une enquête aussi pénible ? Ils longèrent l'immense villa avant de franchir une large et haute dune de sable blanc piquetée d'herbes qui ployaient dans la brise. En sentant le sable chaud sous ses pieds, il avait presque l'impression d'être en vacances.

— Vous avez une sacrée maison, remarqua-t-il. Elle est vraiment splendide.

— Je trouve aussi, dit-elle. Dommage qu'elle ne soit pas à moi. Moi, j'habite à deux rues du front de mer, dans l'un des petits pavillons devant lesquels vous avez dû passer en arrivant. Je garde la maison des O'Brien, qui passent l'hiver à Fort Lauderdale. Robert et Kathy O'Brien.

— Pas mal, comme plan, commenta-t-il.

— Oui, c'est plutôt sympa. (Elle s'empressa de changer de sujet.) Inspecteur, vous vouliez me parler de mon mari. Pouvez-vous me dire la raison de votre venue ? Depuis votre coup de fil, j'ai les nerfs en pelote. Pourquoi vouliez-vous me voir ? Que savez-vous sur mon mari ?

— Les nerfs en pelote ? répéta Sampson. Qui peut bien encore utiliser cette expression ?

— Moi, apparemment. (Elle riait.) C'est venu comme ça, naturellement. Maintenant, vous devez savoir où et quand je suis née, non ? Mes parents étaient agriculteurs dans l'Alabama, près de Montgomery. Ma date de naissance, je ne vous la donne pas. Bon, pourquoi êtes-vous là, inspecteur ?

Ils descendaient lentement vers l'océan. Les vagues, où toutes les nuances de vert et de bleu semblaient s'être donné rendez-vous, se fracassaient sur un tapis d'écume. Incroyable. C'était tout juste si on apercevait, au loin, un ou deux promeneurs. Seules les mouettes passaient devant toutes ces propriétés de rêve.

Ils longèrent le bord de mer. Sampson parla d'Ellis Cooper et de l'affaire de Fort Bragg, sans évoquer les autres meurtres de militaires.

— Il devait beaucoup compter pour vous, dit-elle. Apparemment, vous n'abandonnez pas facilement le combat.

— Je ne peux pas laisser tomber. C'était l'un de mes meilleurs amis. On a passé trois ans ensemble au Viêtnam. Ce type-là, c'est le premier que j'ai rencontré, dans ma vie, qui ne pensait pas qu'à lui. C'était un peu le père que je n'ai jamais eu, vous voyez.

Elle acquiesça, sans chercher à en savoir plus, ce que Sampson apprécia. Mais Dieu qu'elle était menue ! Il aurait facilement pu l'emporter sous le bras...

— Il y a autre chose, madame Houston. Je suis persuadé qu'Ellis Cooper n'a jamais commis les meurtres dont on l'a accusé. Appelez ça un sixième sens ou comme vous voudrez, mais j'en suis absolument certain. Il me l'a dit juste avant l'exécution. Et je n'arrive pas à m'en remettre.

Elle poussa un long soupir, et il lut sur son visage toute sa douleur. Bien que très éprouvée par la mort de son mari, par le calvaire qu'elle et lui avaient vécu, elle n'avait pas encore abordé son récit. Intéressant. Cette femme était manifestement d'une extrême délicatesse.

Il s'arrêta, elle fit de même.

— Qu'y a-t-il ? voulut-elle savoir.

— Vous ne parlez pas facilement de vous, n'est-ce pas ?

Elle se mit à rire.

— Oh, si. Une fois que je suis lancée, on ne m'arrête plus. Il y a des jours où je parle beaucoup trop, je vous assure. Mais ce qui m'intéressait, c'était de savoir ce que vous aviez à me dire, et de quelle manière vous alliez me le dire. Voulez-vous que je vous parle à présent de mon mari ? De ce qui lui est arrivé ? Voulez-vous que je vous explique pourquoi je suis persuadée, moi aussi, qu'il était innocent ?

— Je veux tout entendre, lui répondit Sampson. Si vous voulez bien.

— Je suis convaincue que Laurent a été assassiné, commença-t-elle. Il a été exécuté par l'État du New Jersey, mais quelqu'un d'autre a voulu qu'il meure. Je veux savoir qui a assassiné mon mari, tout comme vous voulez savoir qui a tué votre ami Ellis Cooper.

51.

Ils s'assirent sur le sable devant une immense villa qui devait bien compter une quinzaine de pièces. Elle était inoccupée, et en voyant les planches et les volets fermés, Sampson se fit la réflexion qu'il y avait là un immense gâchis, quand lui connaissait à Washington des gens qui vivaient toute l'année dans des taudis, sans fenêtres, sans chauffage et sans eau.

Une terrasse faisait le tour de chacun des deux étages de la villa et sur la dune la plus proche, un grand panneau avertissait les promeneurs : DUNES PROTÉGÉES. INTERDICTION DE SORTIR DU CHEMIN. LES CONTREVENANTS SONT PASSIBLES D'UNE AMENDE DE 300 $. Décidément, ici, on ne plaisantait pas avec l'environnement…

Billie Houston, les yeux rivés sur l'océan, entama son récit :

— Je vais vous parler de la nuit du meurtre. J'étais infirmière au centre hospitalier de Toms River. J'ai fini mon service à 11 heures et je suis arrivée chez moi une demi-heure plus tard. Laurent m'attendait, comme chaque fois, ou presque. En général, on se calait sur l'horaire de l'autre. On traînait, on regardait la télé ensemble, surtout des émissions comiques. C'était un homme assez fort, un peu comme vous, et il disait toujours qu'il aurait pu me trimballer dans sa poche.

» Ce dont je me souviens surtout, c'est que c'était vraiment un soir comme les autres, inspecteur. Laurent était en train de regarder le *Steve Harvey Show*, je me suis penchée pour l'embrasser. Il m'a installée sur ses genoux et on a bavardé un moment. Puis je me suis levée pour aller me changer.

» Quand je suis ressortie de la chambre, j'ai eu envie d'un verre de Shiraz et j'ai demandé à Laurent s'il voulait que je lui fasse du pop-corn. Il m'a répondu non. Il surveillait sa ligne, il avait tendance à prendre du poids en hiver. Il était d'excellente humeur, il faisait des jeux de mots, il était très détendu. Il n'était ni tendu, ni stressé. C'est un détail que je n'oublierai jamais.

» J'étais en train de me servir le vin quand on a sonné à la porte. Comme j'étais debout, je suis allée ouvrir. C'était la police militaire. Ils sont entrés en me bousculant et ils ont arrêté Laurent en affirmant qu'il avait commis un meurtre horrible quelques heures plus tôt.

» Je me souviens avoir regardé Laurent, je me souviens de son regard. Il avait l'air complètement abasourdi, et ce n'était pas du cinéma. Il a dit aux hommes venus l'arrêter : "Vous êtes en train de commettre une erreur. Je suis sergent, dans l'armée de terre." Et c'est là qu'un des MP l'a assommé d'un coup de matraque.

52.

J'essayais d'oublier que j'étais en train de mener une enquête. Que je me promenais avec une vilaine poupée de paille et un œil maléfique, un œil sans paupière. Que je pourchassais des assassins. Avec une détermination sans faille.

Dès mon entrée dans le hall du Wyndham Buttes Resort de Tempe, j'aperçus Jamilla. Elle était venue me rejoindre, conformément à nos plans.

Avec son chemisier de soie et son pull en camaïeu d'orange sur les épaules, ses bracelets d'or et ses fines boucles d'oreilles, elle était parfaite pour la Vallée du Soleil, ainsi qu'on surnommait la région englobant Phoenix, Scottsdale, Mesa, Chandler et Tempe.

Je courus la serrer dans mes bras.

— Je suppose que tu le sais déjà, mais tu es absolument superbe. Quand je t'ai vue, j'en ai eu le souffle coupé.

— Ah, bon ? s'étonna-t-elle. Le week-end commence bien.

— Et je ne suis pas le seul à le penser. Tout le monde, ici, est en train de te regarder.

— Maintenant, je sais que tu me fais marcher.

Elle avait pris ma main et nous étions en train de traverser le hall. Brusquement, je m'arrêtai, la fis tournoyer dans mes bras, admirai son visage et l'embrassai. Un long et doux baiser que j'avais amoureusement mis de côté.

— Tu n'es pas mal, toi non plus, me murmura-t-elle quand nos lèvres consentirent enfin à se séparer. Tu es toujours superbe. Je vais te dire un secret. La première fois que je t'ai vu, à l'aéroport de San Francisco, c'est moi qui en ai eu le souffle coupé.

Je levai les yeux au ciel, en riant.

— Bon, on ferait peut-être bien de prendre notre chambre avant que ça dégénère.

Elle m'embrassa encore une fois, à la sauvette.

— Je ne demande que ça. (Un autre baiser furtif.) Je ne fais jamais ce genre de choses, Alex. Que m'arrive-t-il ? Quelle force s'est emparée de moi ?

Encore un câlin, et direction les ascenseurs.

Depuis notre chambre, au dernier étage, nous pouvions voir les gratte-ciel de Phoenix et la cascade qui s'écrasait dans l'extraordinaire piscine, taillée dans la roche, à flanc de montagne. Au loin, on apercevait des chemins de randonnée, des courts de tennis, un ou deux parcours de golf. Je distinguais également un terrain de football qui devait être le Sun Devil Stadium.

— Je crois que c'est là que joue Arizona State.

— Je veux bien tout savoir sur Tempe et l'équipe de foot universitaire, mais peut-être pas tout de suite, me dit Jamilla.

— Bon, d'accord.

Mes doigts s'attardèrent sur la soie de son chemisier.

— C'est doux.

— Le contraire serait surprenant.

Mes mains glissèrent sur ses épaules, sur la pointe de ses seins, sur son ventre. Quand je me mis à lui masser la nuque, elle se colla contre moi en gémissant d'aise. C'était comme une danse impromptue, et nous ne savions ni l'un, ni l'autre, ce qui allait suivre. J'étais tellement heureux de la revoir.

— On ne se précipite pas, me glissa-t-elle à l'oreille. D'accord ?

— D'accord. On a tout notre temps. Tu sais, ce que tu es en train de faire, ça s'appelle de l'incitation au délit.

— Oui, j'en suis parfaitement consciente. On peut aussi appeler ça une embuscade. Tu ferais peut-être mieux de te rendre.

— C'est bon, je me rends, inspecteur principal.

Le monde avait cessé d'exister. Nous n'étions plus que tous les deux. Je n'avais pas la moindre idée de la tournure qu'allait prendre cette aventure, mais j'apprenais petit à petit à me laisser faire, à profiter de chaque instant sans trop me préoccuper de ce qui se passerait par la suite. Je n'avais pas eu de liaison sérieuse depuis tellement longtemps...

— Tu es si doux, me murmura-t-elle. C'est incroyable. Ne t'arrête pas.

— Je te trouve extrêmement douce, toi aussi.

— On dirait que ça te surprend.

— Un petit peu, admis-je. Sans doute parce que j'ai remarqué que tu pouvais être assez dure, quand on a travaillé ensemble.

— Et c'est un problème ?

— Non, pas du tout. J'aime bien aussi ce côté-là, tant que ce n'est pas moi qui en fais les frais.

Immédiatement, elle me poussa sur le lit et se jeta sur moi. Je couvris son visage de baisers. Elle sentait bon, sa peau avait un goût merveilleux, je sentais battre son sang. *On ne se précipite pas.*

— Quand j'étais gosse, à Oakland, me dit-elle, j'étais un vrai garçon manqué. Je jouais au base-ball, au softball, et je tapais fort. Je voulais que mon père et mes frères soient fiers de moi.

— Et c'était le cas ?

— Oh, oui. Tu veux rire ? En base-ball et en course à pied, j'étais imbattable.

— Ils sont toujours fiers de toi ?

— Je pense que oui. Mais mon père est un peu déçu que je ne fasse pas partie de l'équipe des Giants. (Elle éclata de rire.) Il est persuadé que j'aurais donné du fil à retordre à Barry Bonds.

Jamilla m'aida à enlever mon pantalon tandis que je dégrafai sa jupe. Je frissonnais. C'était plus fort que moi. *On a tout notre temps.*

53.

Lorsque Billie Houston eut fini de répondre à ses questions, Sampson se rendit compte qu'il était trop tard pour rentrer à Washington. L'atmosphère du littoral lui plaisait bien. Il décida donc de passer la nuit sur place. Billie lui conseilla le Conover's Bay Head Inn, un bed & breakfast.

Il venait d'entrer dans sa chambre, au deuxième étage, quand le téléphone sonna. Qui pouvait bien l'appeler ici ?

— John Sampson.

Un silence.

— C'est Billie. Madame Houston.

Il s'assit sur le rebord du lit, agréablement surpris.

— Euh, re-bonjour. Comment ça va, depuis tout à l'heure ? Avez-vous oublié de me dire quelque chose ?

— Non. Enfin, je veux dire, si. Vous êtes venu ici, pour Laurent, et moi, je ne fais absolument rien pour rendre votre séjour plus agréable. Puis-je vous inviter à dîner à la maison – enfin, chez mes amis –, ce soir ? Je suis déjà en train de cuisiner, alors soyez gentil de ne pas refuser. Qu'avez-vous à perdre ? Je tiens à préciser que je ne me débrouille pas mal, aux fourneaux.

Sampson hésita. Était-ce vraiment une bonne idée ? Non que la perspective de dîner en compagnie de Billie Houston fût désagréable, mais la situation pouvait se révéler inconfortable. Il pouvait y avoir conflit d'intérêts.

Cela dit, étant donné la manière dont elle lui avait présenté les choses, avait-il vraiment le choix ? Que risquaient-ils ?

— C'est une très bonne idée, finit-il par répondre. Je serais ravi de venir dîner. À quelle heure voulez-vous que j'arrive ?

— À l'heure qui vous conviendra. Ce sera un repas en toute simplicité, inspecteur, pas de la grande cuisine. J'allumerai le gril quand vous serez là.

— Si on disait dans une heure ? Est-ce que cela vous convient ? Au fait, mon prénom, c'est John, pas « inspecteur ».

— Je crois que vous me l'aviez précisé. Vous savez que moi, c'est Billie, et si ça ne vous gêne pas, je préfère Billie à « Madame Houston ». On se voit dans une heure, alors ?

Elle raccrocha. Sampson, lui, conserva le combiné en main quelques secondes encore. À bien y réfléchir, ce dîner avec Billie Houston n'était pas une si mauvaise idée que ça. Il avait hâte de s'y rendre. Il se déshabilla et prit sa douche.

Un repas en toute simplicité. Voilà qui était extrêmement alléchant.

54.

Il fit une courte halte au marché de Bay Head pour acheter un petit bouquet et une bouteille de vin rouge et, en arrivant à la villa, il se demanda s'il n'en faisait pas un peu trop. *Des fleurs ? Du vin ? Où on va, là ?*

Culpabilisait-il parce que le mari de cette femme avait peut-être été assassiné ? Parce qu'elle était décidément trop jeune pour être veuve ? Un rapport avec Ellis Cooper ? Ou bien devinait-il simplement un problème de compatibilité entre elle et lui ?

Il contourna la maison et tambourina doucement sur le cadre de bois de la porte-écran qui permettait d'accéder directement à la cuisine.

— Ohé ! Billie ?

Billie ? Devait-il être aussi familier, même si elle le lui avait demandé ?

Inexplicablement, il s'inquiétait pour elle. Pourquoi ? Qui irait s'attaquer à elle maintenant ? Et pourtant, quelque chose le tracassait. Les tueurs couraient toujours. Comment savoir s'ils n'étaient pas dans le New Jersey en ce moment même ?

— C'est ouvert, entrez ! lança-t-elle. Je suis sur la terrasse.

Il traversa la cuisine et vit Billie en train de préparer une petite table face à la mer. Pour un dîner en tête-à-tête, l'endroit était idéal. Il y avait des fauteuils en bois naturel, et un rocking-chair en osier peint en bleu marine, comme les volets.

Juste au-dessus des dunes et des herbes qui ondulaient dans la brise, on voyait l'océan.

Billie avait passé une chemise blanche fraîchement repassée, un jean délavé, et elle était toujours pieds nus. Elle avait noué sa chevelure en queue-de-cheval, et mis un soupçon de rouge à lèvres.

— Bonsoir. J'ai pensé que nous pourrions manger ici. Il ne fait pas trop froid pour vous, dites-moi ?

Elle avait accompagné sa question d'un clin d'œil.

Sampson s'avança sur la vaste terrasse en teck. Le petit vent qui soufflait du large était tout à fait supportable, et aux senteurs océaniques se mêlaient des parfums d'asters et de lavande de mer.

— C'est absolument parfait, dit-il.

Il ne mentait pas. Il faisait bon, la table était magnifique, et la vue sur l'océan époustouflante. Rien à voir avec le décor des rues de Washington, qui lui était si familier.

— Je peux faire quelque chose ?

— Bonne idée. Vous pouvez couper les légumes et terminer de préparer la salade. Ou alors vous vous occupez du gril.

Sampson arbora un grand sourire.

— On dirait que je n'ai pas le choix. Je vais faire la salade. Non, je plaisante. Je me ferai un plaisir de surveiller les grillades. Enfin, à condition que je ne sois pas obligé de porter une toque ou un tablier avec un jeu de mots ridicule dessus.

— Je n'ai pas ça en magasin. En venant de la cuisine, vous êtes passé devant un lecteur de CD. J'ai sorti quelques disques. Choisissez ce que vous voulez.

— C'est un test ?

— Non, non, s'esclaffa-t-elle, vous avez déjà réussi l'examen de passage. C'est pour cela que je vous ai invité à dîner. Arrêtez de vous angoisser pour nous deux. On tiendra le coup. Nous allons passer une bonne soirée. Meilleure que vous ne le pensez.

55.

Elle avait vu juste : ce fut une belle soirée. Sampson se surprit même à oublier Ellis Cooper durant quelques heures, et s'en trouva vaguement honteux. D'ordinaire, il s'exprimait peu, sauf s'il connaissait très bien la personne qui lui tenait compagnie. C'était en partie une question de timidité, sa grande taille lui ayant toujours interdit de passer inaperçu dans un groupe, mais il aurait aisément reconnu qu'il n'aimait pas perdre son temps avec des gens qui ne l'intéressaient pas, et que ce n'était pas près de changer.

Billie n'était pas une femme comme les autres, et il s'en était rendu compte dès qu'elle lui avait adressé la parole. Le plus surprenant, c'était qu'il avait envie de l'écouter sur tous les sujets. Son train-train quotidien à Mantoloking ; ses deux grands enfants, Andrew, qui venait d'entrer en fac, et Kari, en dernière année de lycée ; les marées et leur influence sur la pêche au bar depuis le rivage, et mille autres choses. Elle exerçait toujours son métier d'infirmière, à temps complet, dans un service de traumatologie adulte. Elle avait déjà accompagné des blessés évacués par hélicoptère vers des centres plus importants, comme ceux de Neward ou de Philadelphie. Et il lui était même arrivé de travailler dans des hôpitaux de campagne, avec l'armée.

Sampson attendit la fin du dîner pour lui parler de son mari. L'air avait fraîchi, et ils s'étaient repliés dans le séjour. Billie avait allumé un feu, qui avait rapidement réchauffé la pièce, dans un joyeux concert de craquements. Ils s'étaient installés sur un petit sofa, près de la cheminée.

— Vous voulez bien qu'on parle encore un peu de Laurent ? Si ça vous ennuie, on peut faire ça plus tard.

— Non, non, pas de problème. Je vous assure. C'est pour ça que vous êtes venu.

Soudain, quelque chose accrocha le regard de Sampson. Il se leva, s'approcha d'un petit coffret de verre posé sur la tablette de cheminée. Et prit la poupée de paille qui se trouvait à l'intérieur.

Il l'examina soigneusement. C'était la même, il en avait la certitude, que celle qu'il avait vue chez Ellis Cooper. Que faisait cette horreur ici, chez Billie Houston ?

— Qu'est-ce que c'est ? voulut savoir Billie. C'est quoi, cette poupée sinistre ? C'est la première fois que je la vois. Il y a un problème ? Vous avez l'air si sérieux, brusquement.

— J'ai vu la même poupée chez Ellis Cooper, répondit-il. Elle vient du Viêtnam. J'en ai vu beaucoup dans les villages, là-bas. Elles sont censées représenter les mauvais esprits et les morts. Ces poupées-là servent à jeter des sorts.

Elle se leva pour le rejoindre.

— Je peux regarder ?

Elle s'approcha à son tour.

— Il est possible que Laurent ait rapporté ça à la maison, dit-elle, perplexe. Un souvenir de guerre. Mais je crois bien que c'est la première fois que je la vois ici.

Bizarre... Ça me rappelle que l'autre jour, dans le même coffret, j'ai trouvé un œil. Un gros œil horrible. Je l'ai trouvé tellement... sinistre que je l'ai jeté.

— Curieuse coïncidence. Vous souvenez-vous avoir déjà entendu votre mari parler du sergent Ellis Cooper ?

L'inquiétude commençait à se lire sur le visage de Billie.

— Non. Il parlait rarement de la guerre, vous savez. C'est une expérience qu'il a détestée, et plus encore quand il est rentré et qu'il a eu le temps de repenser à toutes les scènes de combat qu'il avait vécues.

— Je le comprends. À mon retour du Viêtnam, j'ai d'abord été affecté deux mois à Fort Myer, à Arlington. Un samedi, je rentre chez moi, en tenue. Quand je descends du bus, en plein Washington, une fille blanche en sandales et jean à pattes d'éléphant vient vers moi et crache sur mon uniforme en me traitant de tueur de bébés. Jamais je ne l'oublierai. J'étais tellement furax que je suis parti aussi vite que j'ai pu. Cette petite hippie n'avait aucune idée de ce qui se passait là-bas, de ce que pouvait ressentir un type qui se fait tirer dessus, qui perd des potes, qui se bat pour son pays.

Elle noua les doigts de ses mains, se balança d'avant en arrière.

— Je ne sais que vous dire de Laurent. Je pense qu'il vous aurait plu. Tout le monde l'aimait bien. Il était très responsable, et c'était un bon père. Il m'adorait, il était toujours attentionné. Avant sa mort, vingt minutes avant qu'on l'exécute, je suis restée un peu avec lui. Il m'a regardée dans les yeux et il m'a dit : « Ce n'est pas moi qui ai tué ces deux hommes. Il faut que les enfants le sachent. Je compte sur toi, Billie. »

— Ellis Cooper a dit la même chose, ou presque.

Le silence s'installa dans la pièce, un silence un peu gêné. Sampson reprit l'initiative.

— Je suis ravi que vous m'ayez appelé, Billie. C'était une belle soirée, merci. Maintenant, il faut que je rentre. Il se fait tard.

Elle était à côté de lui, comme figée sur place. Il se pencha pour lui faire la bise. Comme elle était menue...

— Je crois que je vais craquer, dit-elle. Non, ça va aller, ajouta-t-elle en souriant.

Elle le raccompagna à sa voiture. Ils évoquèrent la beauté du ciel, histoire d'échanger encore quelques mots, puis Sampson monta dans sa Cougar et Billie rebroussa chemin. En la regardant s'éloigner, il eut comme un pincement. Il aurait aimé que la soirée se prolonge. Sans doute ne reverrait-il jamais cette jeune femme. Il se faisait du souci pour elle. Comment la poupée de paille avait-elle atterri dans la maison dont elle avait la garde ?

Arrivée devant sa porte, la main sur la rambarde du perron, Billie s'immobilisa et, comme si elle avait oublié quelque chose, revint vers la voiture.

— Je... euh...

Pour la première fois, elle lui parut nerveuse, sur la défensive.

Sampson prit ses mains et lui dit :

— Je me demandais si je pouvais prendre encore une tasse de café.

Elle eut un petit rire, secoua la tête d'un air un peu incrédule.

— Êtes-vous toujours aussi galant ?

Sampson haussa les épaules.

— Non. C'est la première fois de ma vie que je suis comme ça.

— Bon, venez.

56.

Il était presque minuit, et nous étions dans l'eau jusqu'au cou. De notre piscine, dos à la montagne, nous avions une vue imprenable sur le désert, et sur l'agglomération de Phoenix qui se profilait dans le lointain. Les vaguelettes miroitaient sous un océan de ciel bleu. Là-bas, un gros porteur venait de décoller, et je ne pus m'empêcher de penser à la tragédie du World Trade Center. Était-il encore possible, aujourd'hui, de voir un avion prendre l'air sans songer au 11 septembre ?

— Je ne veux plus sortir de l'eau, murmura Jamilla. Je veux rester ici. Je suis trop bien. Le ciel du désert est extraordinaire, on a l'impression de contempler l'infini.

Je la serrais contre moi, et je sentais son cœur battre contre ma poitrine. La fraîcheur du vent du soir rendait l'eau encore plus agréable.

— Moi non plus, je n'ai pas envie de sortir.

— Peux-tu m'expliquer, dans ce cas, pourquoi on continue à mener cette vie de fous ? À vivre en ville, dans le bruit et dans la pollution ? À pourchasser des tueurs ? À travailler comme des brutes pour un salaire de misère ? À ne plus penser qu'aux meurtres sur lesquels on enquête ?

Je l'observais en me disant que j'aurais aimé me noyer dans ses grands yeux bruns. Jamilla avait raison. Je m'étais posé les mêmes questions des dizaines de fois, et plus encore ces derniers mois.

— Chaque fois qu'on y pense, on se dit effectivement qu'il vaudrait mieux changer de vie. Mais là, tout de suite, j'aurais du mal.

— Crois-tu qu'un jour, tu pourrais tout laisser tomber ? Te passer de toutes ces montées d'adrénaline ? Du besoin de sentir que ce que tu fais est important ? Moi, je ne suis pas sûre d'en être capable, Alex.

J'avais révélé à Jamilla que j'allais sans doute bientôt quitter la police. Elle avait acquiescé, en me disant qu'elle comprenait, mais j'avais des doutes. Combien de fois s'était-elle retrouvée face à un tueur ? Avait-elle déjà vu l'un de ses collègues se faire abattre sous ses yeux ?

— Bon, on a fait le tour de la question. Donne-moi franchement ton avis, Alex. Je parle de nous deux. Est-ce que deux flics comme nous ont une chance de s'en sortir ?

— Je crois qu'on ne se débrouille pas trop mal. Cette opinion n'engage que moi, bien entendu.

— Je suis d'accord avec toi. Il est un peu tôt pour affirmer quoi que ce soit. En tout cas, on s'amuse bien, non. Je n'ai pas pensé à mon boulot de toute la journée. Je crois bien que c'est la première fois que ça m'arrive.

Je déposai un baiser sur sa bouche mouillée.

— Moi non plus, je n'y ai pas pensé. Et s'amuser, c'est important. Je ne prends pas assez de bon temps.

Elle me tira à elle en souriant.

— Si tu es content, je le suis également. Chaque chose en son temps. Je suis ravie d'être ici. Ce soir, je me régale. Et j'ai confiance en toi, Alex.

Je buvais du petit-lait.

Il était presque minuit, et nous étions là, au milieu des rochers, face au désert majestueux.

— Moi aussi, je te fais confiance, lui répondis-je tandis que le Boeing d'American Airlines glissait silencieusement au-dessus de nos têtes.

III

LE FANTASSIN

57.

Dimanche soir, à 23 heures, j'étais de retour à Washington, sautillant, et le visage barré d'un grand sourire. Le temps d'un week-end, grâce à Jamilla, j'avais oublié les rigueurs de mon enquête.

Nana m'attendait dans la cuisine. Sans sa tasse de thé, sans son livre. Voilà qui était insolite. Dès qu'elle m'aperçut, elle me fit signe de venir et me serra dans ses petits bras tout frêles.

— Bonsoir, Alex. Ton voyage s'est bien passé ? Tu as salué Jamilla de ma part ? Tu as intérêt à ne pas avoir oublié.

Il y avait dans son regard un fond de tristesse qu'elle ne parvenait pas à masquer.

— Il y a un problème.

La peur était déjà en moi. Nana était malade. Était-ce grave ?

Elle s'empressa de me rassurer :

— Non, pas vraiment, mon chéri. Je n'arrive pas à dormir, c'est tout. Raconte-moi ton voyage. Comment va Jamilla ?

Son œil brillait. Elle l'aimait bien, Jamilla, et ça se voyait.

— Oh, elle est en pleine forme et elle te donne également le bonjour. Elle dit qu'on lui manque. J'espère que je réussirai à la faire revenir ici, mais tu sais, elle ne jure que par la Californie.

— J'espère qu'elle reviendra. Elle a du tempérament. Tu as trouvé une femme à ta mesure. Bon, d'accord, elle est de la côte Ouest, mais je ne lui en veux pas. Et puis, à mon avis, Oakland, ça ressemble déjà plus à Washington que San Francisco. Tu ne crois pas ?

— Oh, absolument.

Je continuais à la dévisager, sans comprendre. Elle ne me harcelait pas comme elle le faisait d'habitude. Que se passait-il ? Il y eut un silence d'une ou deux minutes. Un silence inhabituel. D'ordinaire, nous nous étripons joyeusement jusqu'à ce que l'un des deux jette l'éponge.

— Tu sais, me dit-elle, j'ai quatre-vingt-deux ans. Je ne les sentais pas, mes soixante-dix, mes soixante-quinze, ou même mes quatre-vingts ans. Mais aujourd'hui, brusquement, mon âge, je le sens. J'ai quatre-vingt-deux ans, Alex. À peu de choses près.

Elle prit ma main et la serra de toutes ses forces. Dans son regard, la tristesse était de retour, et je devinais également un soupçon de peur. Ma gorge se noua. Nana avait des soucis. Pourquoi refusait-elle de m'en parler ?

— Ces temps derniers, reprit-elle, j'ai comme une douleur dans la poitrine. Je respire mal. Je dois avoir une angine, ou je ne sais quoi. C'est pas bon signe.

— As-tu vu le Dr Rodman ? Ou bien Bill Montgomery ?

— J'ai vu Kayla Coles. Elle était dans le quartier, elle était venue donner des soins à quelqu'un, à une cinquantaine de mètres de chez nous.

Je ne comprenais pas.

— Qui c'est, Kayla Coles ?

— Elle fait des visites à domicile à Southeast. Elle a créé une association qui regroupe une douzaine de médecins et d'infirmières. Ils viennent sur place, dans tout le quartier, pour aider ceux qui en ont besoin. C'est un excellent médecin, et quelqu'un de formidable, Alex. Elle fait beaucoup de bien à Southeast. Je l'apprécie énormément.

Ma réaction ne fut pas des plus enthousiastes.

— Nana, tu n'es pas un cas social. On a de l'argent, tu peux aller consulter le médecin de ton choix.

Nana ferma les yeux.

— S'il te plaît, laisse-moi parler. Et écoute bien ce que je vais te dire. J'ai quatre-vingt-deux ans et je ne vais pas vivre éternellement, à mon grand regret. Jusqu'à maintenant, j'ai fait les choses à ma manière, et j'ai bien l'intention de continuer. J'aime bien Kayla Coles, je lui fais confiance. Le médecin de mon choix, c'est elle.

Elle se leva lentement de table, m'embrassa sur la joue et partit se coucher en trottinant. La guérilla avait repris et ça, c'était plutôt bon signe.

58.

Un peu plus tard, je montai au grenier pour travailler un peu. Tout le monde dormait. Il n'y avait pas un bruit dans la maison. Les conditions idéales.

Il ne me fallut que quelques minutes pour me replonger dans mon enquête. Cette histoire me rendait fou. Quel rapport entre les corps maculés de peinture, les étranges poupées de paille, ces yeux sans paupières encore plus sinistres, et ces soldats innocents exécutés par erreur ?

Combien d'autres militaires, condamnés à tort, eux aussi, attendaient dans les couloirs de la mort ?

Si nous parvenions à établir un lien entre ces exécutions, ne fût-ce qu'une partie d'entre elles, l'armée allait devoir affronter un scandale sans précédent dans son histoire.

Il fallait que je fasse des recherches sur l'œil et la poupée. Je décidai de me connecter sur le site Lexis-Nexis, qui suivait la presse locale, nationale et internationale. Les enquêteurs négligent trop souvent les quotidiens et les périodiques. Moi, j'ai déjà résolu des affaires grâce à des renseignements communiqués à la presse par d'autres collègues.

Je trouvai plusieurs articles consacrés à un ex-soldat de première classe accusé, à Hawaï, d'avoir tué cinq hommes au cours de séances sadomasochistes, entre 1998 et 2000. Il attendait actuellement son exécution.

Un capitaine de l'armée de terre avait tué deux sous-officiers à San Diego, un peu moins de trois mois plus tôt. Reconnu coupable, il n'avait pas encore été condamné. Sa femme avait interjeté appel. Sa responsabilité avait été établie grâce à l'analyse ADN.

Peut-être devrais-je aller l'interroger, me dis-je.

Je fus soudain interrompu dans ma lecture par un bruit de pas dans l'escalier menant au grenier.

Quelqu'un montait, à toute vitesse.

Mon sang ne fit qu'un tour. J'ouvris un tiroir, pris le pistolet qui s'y trouvait.

Damon fit irruption dans mon bureau, en sueur, l'air hagard. Nana m'avait assuré qu'il dormait. Et il n'était même pas à la maison, apparemment.

— Damon ? Où étais-tu ?

— Viens avec moi, papa, je t'en supplie. C'est mon copain, Ramon. Il est malade. Papa, je crois qu'il est en train de mourir !

59.

Pendant que nous courions à la voiture, Damon m'expliqua ce qui était arrivé à son camarade. Ses mains tremblaient.

— Il a pris de l'ecstasy, papa. Depuis plusieurs jours.

L'X était l'une des drogues à la mode dans la capitale, surtout parmi les lycéens et étudiants de George Washington et de Georgetown.

— Il n'est pas allé en classe ?

— Non. Il est pas rentré chez lui non plus. Il est resté dans une maison abandonnée, près de l'Anacostia.

Je connaissais le coin. Je mis la sirène et le gyrophare. J'avais déjà rencontré le petit Ramon, et je savais que ses parents, musiciens, étaient de gros consommateurs de stupéfiants. Ramon jouait au base-ball avec Damon. Il avait douze ans. Damon avait-il touché, lui aussi, à cette saloperie ?

Quelques minutes plus tard, nous étions devant le squat. Une baraque de deux étages, aux fenêtres presque toutes obstruées.

— Tu es déjà venu ici ? demandai-je à Damon.

— Ouais, je suis déjà venu. Pour aider Ramon. Je pouvais pas le laisser comme ça, hein ?

— Il était conscient quand tu es reparti ?

— Oui, mais il serrait les dents, et il vomissait. Il saignait du nez, aussi.

— Bon, on va voir ça. Suis-moi.

Dans l'immense couloir plongé dans l'obscurité flottaient des effluves de détritus et une odeur de brûlé. Un incendie récent...

Et là, surprise, dans une pièce, deux secouristes et un médecin, une femme, étaient déjà à l'œuvre. Je vis les baskets noires de Ramon et son pantalon large au bas retroussé. Le gamin ne bougeait pas.

Le médecin agenouillé au-dessus de Ramon se releva. C'était une jeune femme grande et massive. Elle avait un joli visage. Je ne la connaissais pas. Mon insigne ne sembla pas l'impressionner outre mesure.

— Inspecteur Cross. Comment va le gamin ?

Elle me dévisagea.

— Je suis Kayla Coles. On s'occupe de lui. On ne peut rien dire pour l'instant. Quelqu'un a appelé les secours. C'est toi ?

Elle regarda Damon, et je compris alors que c'était elle, le médecin dont Nana m'avait parlé.

— Oui, madame, répondit Damon.

— Tu as pris de la drogue, toi aussi ?

Damon me regarda avant de répondre.

— Je prends pas de drogue. C'est nul.

— Mais tes copains, oui ? Tu as des copains nuls ?

— J'ai essayé de l'aider, c'est tout.

Au regard sévère du Dr Coles succéda un acquiescement rassurant.

— Tu as sans doute sauvé la vie de ton ami.

Nous attendîmes, dans la puanteur de cette pièce lugubre, qu'on nous annonce que Ramon était tiré d'affaire. Pour cette fois. Kayla Coles resta jusqu'au bout, penchée sur l'enfant comme un ange gardien. Damon put dire quelques mots à son copain avant que l'ambulance ne l'emmène. Je le vis lui prendre les mains. Il était presque 2 heures du matin quand nous ressortîmes de l'immeuble abandonné.

— Ça va ?

Damon opina, puis il se mit à trembler de tout son corps, et il fondit en larmes contre mon bras.

— Tout va bien, lui murmurai-je. Tout va bien.

Je le pris par l'épaule, et nous rentrâmes à la maison.

60.

Thomas Starkey, Brownley Harris et Warren Griffin prirent trois vols différents au départ de Raleigh-Durham, direction New York. Simple précaution. Ils se savaient les meilleurs, mais ne pouvaient pas se permettre de commettre la moindre erreur, surtout à ce stade.

Starkey prit le vol de 17 heures. Il devait retrouver ses deux comparses au Palisade Motel de Highland Falls, à deux pas de l'académie militaire de West Point, dans l'État de New York. Ils allaient y commettre un meurtre. Un double meurtre.

Ce serait le point final de leur longue mission.

Que disait encore le supérieur de Martin Sheen dans *Apocalypse Now* ? « Souvenez-vous d'une chose, capitaine. Il n'y a pas de mission. Il n'y a jamais eu de mission. » Starkey se faisait la réflexion que c'était un peu ainsi qu'ils fonctionnaient depuis le début de la campagne. Chaque opération exigeait un montage complexe. Starkey en était à son quatrième déplacement à New York en deux mois, et il ne savait même pas pour qui il travaillait. Il ne l'avait jamais vu, ce salopard.

Il se sentait malgré tout confiant quand son vol Delta décolla, ce soir-là. Il parla à l'hôtesse, mais en évitant de flirter innocemment comme il l'aurait fait en d'autres circonstances. Et pour ne pas se faire remarquer, il se colla le nez dans le thriller de Tom Clancy qu'il avait acheté à l'aéroport. Il avait une préférence marquée pour les personnages de Jack Clark et John Patrick Ryan, auquel il s'identifiait instinctivement.

Quand l'avion eut atteint son altitude de croisière, les boissons une fois servies, Starkey passa en revue les détails de l'opération finale. Il avait tout en tête. Comme Harris et Griffin, d'ailleurs. Il fallait espérer que ces deux numéros ne feraient pas de conneries avant son arrivée. Il y avait une boîte à strip-tease assez mal famée tout près du motel, à New Windsor, mais ils avaient promis de rester dans leurs chambres.

Pour finir, Starkey s'adossa confortablement, ferma les yeux et refit une dernière fois ses calculs. C'était un rituel réconfortant, surtout aujourd'hui, alors qu'ils étaient près du but.

100 000 $ pour chacun des trois premiers contrats
150 000 $ le quatrième
200 000 $ le cinquième
250 000 $ pour West Point
500 000 $ de prime une fois le travail fini.

C'était presque fini.

Et Starkey ignorait toujours le nom du commanditaire, et ses raisons.

61.

Starkey aperçut les falaises familières, ces véritables murailles de granit qui surplombaient l'Hudson. Il connaissait bien la région de West Point. Il traversa le centre de Highland Falls, avec ses motels, ses vendeurs de pizzas et ses stands de souvenirs, puis franchit la porte Thayer, avec sa guérite à tourelle et son MP au visage de marbre. *Un double meurtre à West Point, rien que ça.*

Starkey oublia sa mission quelques instants de plus pour s'immerger dans les impressions et les souvenirs. Il avait été élève-officier ici, il avait été un petit bleu, comme ces deux jeunes qu'il voyait rentrer à la caserne au pas de course. Et en son temps, bien mille fois il avait hurlé la devise des cadets : « Toujours à la dure, sergent ! »

Dieu qu'il aimait cet endroit : ce style de vie, ce goût de la discipline, cette mise en valeur des qualités physiques.

Perchée dans les hauteurs, face à la Plaine, la chapelle des Cadets tenait à la fois de la cathédrale médiévale et de la forteresse, et le campus était hérissé d'énormes bâtiments en grès sombre, comme autant de châteaux forts. Un décor impressionnant, d'où se dégageait un sentiment de solidarité et de pérennité. *Sentiment qui n'allait pas tarder à voler en éclats.*

Harris et Griffin l'attendaient sur place. Une heure durant, ils se relayèrent pour surveiller la maison des Bennett située dans le Bartlett Loop, une zone de West Point réservée aux officiers et à leurs familles. C'était une villa de brique rouge, aux murs liserés de blanc et presque noyés sous la vigne vierge. Un serpentin de fumée s'échappait paresseusement de la cheminée de pierre. C'était une belle demeure – quatre chambres, deux salles de bain – que la carte de logement désignait sous l'appellation de Quartier 130.

Vers 21 h 30, les trois tueurs effectuèrent une reconnaissance à partir du fairway du dix-septième trou du golf de West Point. Le parcours accidenté bordait l'académie militaire. À l'ouest, il y avait la Route 9W.

— Ce sera peut-être plus facile que nous ne le pensions, estima Warren Griffin. Ils sont tous les deux à la maison, en train de se détendre. Garde baissée.

Starkey lui lança un regard désapprobateur.

— Je ne suis pas de ton avis. Ici, la devise, c'est « Toujours à la dure, sergent ». Ne l'oublie pas. Et n'oublie pas que Robert Bennett faisait partie des Forces spéciales. Ce n'est pas un architecte BCBG qui joue les randonneurs pour se changer les idées.

Griffin se reprit.

— Excusez-moi, colonel. Cela ne se reproduira plus.

Juste avant 22 heures, ils se frayèrent un chemin au milieu des ronciers et des arbres qui délimitaient le jardin du Quartier 130. Starkey écarta doucement une branche de sapin qui s'obstinait à lui barrer le chemin, et vit enfin la maison.

Il aperçut le colonel Robert Bennett dans sa cuisine.

Héros de guerre, père de cinq enfants, marié depuis vingt-six ans, ancien membre des Forces spéciales au Viêtnam.

Bennett, qui tenait à la main un gobelet de vin rouge, semblait diriger la préparation du repas. Barbara Bennett apparut. C'était elle qui faisait tout le travail. Elle but une gorgée de vin dans le gobelet de son mari, qui déposa un baiser sur sa nuque. Ils ont l'air de beaucoup s'aimer pour un couple qui est ensemble depuis si longtemps, songea Starkey. *Dommage.*

— Allons-y ! ordonna-t-il. Le dernier élément de l'énigme.

Car il s'agissait bien d'une énigme, même pour les tueurs.

62.

Robert et Barbara Bennett venaient de s'asseoir quand les trois hommes lourdement armés firent irruption dans la cuisine, par la porte de derrière. Le colonel Bennett vit les armes, les treillis, puis les visages, et il comprit alors que le pire était arrivé.

— Qui êtes-vous ? bredouilla Barbara. Robert, qui sont ces gens ? Qu'est-ce que cela signifie ?

Malheureusement, le colonel Bennett craignait de savoir précisément qui étaient ces hommes, et même qui les avait envoyés. Sans en être sûr, il pensait avoir reconnu l'un d'eux. Cela remontait à très longtemps. Un nom lui revenait en mémoire – Starkey. Oui, Thomas Starkey. *Seigneur Dieu, pourquoi maintenant ? Après toutes ces années ?*

L'un des intrus tira d'une main les rideaux chamarrés des deux fenêtres de la cuisine. De l'autre, il débarrassa brutalement la table. Vaisselle, poulet et salade s'écrasèrent sur le carrelage dans un fracas de verre brisé. Bennett comprit que ce geste avait pour but de faire monter la tension.

Un autre homme colla le canon d'une arme automatique sur le front de Barbara Bennett.

Dans la cuisine, on n'entendit plus un bruit.

Le colonel Bennett regarda sa femme, et crut que son cœur allait se briser. Elle tremblait de tout son corps, et ses grands yeux bleus étaient écarquillés.

— Tout va bien se passer, lui dit-il d'un ton aussi calme que possible.

— Ah, bon, c'est ce que vous pensez, colonel ? répliqua Starkey.

Il fit un signe au troisième homme, qui empoigna le corsage de laine blanc de Barbara et l'arracha sans ménagement. L'épouse du colonel eut un hoquet de surprise ; elle voulut couvrir sa poitrine. L'homme arracha alors son soutien-gorge. C'était pour l'effet, bien entendu, mais il en profita malgré tout pour reluquer ses seins.

— Laissez-la tranquille ! aboya Bennett comme s'il s'agissait d'un ordre, comme s'il était en position de force. Ne lui faites pas de mal !

L'homme en qui il avait reconnu Starkey le frappa avec la crosse de son pistolet. Bennett s'écroula, persuadé d'avoir la mâchoire brisée. Il était à deux doigts de perdre conscience. Le carrelage, contre sa joue, lui paraissait glacial. Il fallait qu'il trouve une idée, un plan, même désespéré.

Starkey le regarda, gisant au sol. Et la situation devint délirante. Il lui parla en vietnamien.

Le colonel Bennett comprenait certains des mots. Il avait mené bien des interrogatoires pendant la guerre, et avait recruté plusieurs éclaireurs-interprètes tant au Viêtnam qu'au Laos – les *Kit Carson scouts*, comme on les surnommait.

Puis Starkey s'adressa à lui en anglais.

— Vous devriez avoir peur, colonel. Ce soir, vous allez souffrir. Et votre femme aussi. Vous avez des péchés à expier. Vous savez lesquels. Ce soir, votre femme va découvrir, elle aussi, votre passé.

Le colonel Bennett feignit de s'évanouir, et lorsque l'un des hommes se pencha vers lui, il se redressa brusquement pour lui prendre son automatique. Il n'avait plus qu'une idée en tête : s'emparer de cette arme. Et il y parvint !

Mais aussitôt, une pluie de coups s'abattit sur son crâne, ses épaules, son dos, tandis qu'on lui hurlait quelque chose en vietnamien. Il vit l'un des agresseurs frapper sa femme en plein visage, sans la moindre raison.

— Arrêtez. Ne lui faites pas de mal, je vous en supplie.

— *May se nhin co ay chet !* cria Starkey.

Maintenant, tu vas pouvoir la regarder mourir.

— *Trong luc tao hoi may.*

Pendant que je t'interrogerai, espèce de porc.

— *May thay canh nay co quen khong,* Robert ?

Cela ne te rappelle rien, Robert ?

Puis Starkey enfonça le canon de son arme dans la bouche du colonel Bennett.

— Vous souvenez-vous de ça, colonel ? Vous souvenez-vous de ce qui se passe ensuite ?

63.

Sampson m'accompagnait, comme d'habitude. Nous arrivâmes à West Point le jeudi après-midi, un peu après 17 heures. L'académie était en pleine ébullition.

Ron Burns, au FBI, m'avait envoyé un message urgent. Il y avait eu, semblait-il, un meurtre suivi d'un suicide dans l'enceinte de la prestigieuse institution militaire. Washington trouvait l'affaire suspecte. D'après les premières constatations, un colonel plusieurs fois médaillé avait tué sa femme avant de se donner la mort.

Arrivés à l'aéroport Stewart de Newburgh, nous louâmes une voiture. West Point était à une trentaine de kilomètres. Nous dûmes nous garer et parcourir à pied les quelques centaines de mètres qui nous séparaient du quartier des officiers.

Un périmètre de police avait été mis en place, et les rues étaient interdites à la circulation. La police militaire tenait les journalistes, venus en nombre, à l'écart. Les cadets eux-mêmes cachaient mal leur curiosité et leur inquiétude.

— Dis donc, toi et le FBI, c'est une affaire qui marche, observa Sampson. Burns t'aide beaucoup.

— Il s'est mis dans la tête que j'avais peut-être envie de travailler pour eux.

— Et c'est vrai ?

Pour toute réponse, je me bornai à sourire.

— Je croyais que tu voulais laisser tomber les enquêtes criminelles, ma poule. N'était-ce pas ton grand projet ?

— En ce moment, je ne sais pas trop. Regarde, je vais sur une scène de crime avec toi, et je m'attends au pire. C'est toujours la même histoire.

— Moi, je vois que tu es toujours accro, Alex. Comme avant, hein ?

— Non, je ne suis pas accro, John. Je te donne un coup de main, ce qui n'est pas pareil. Tu te souviens comment cette enquête a débuté ? Tu te souviens de la revanche que nous avons promise à Ellis Cooper ?

— Oui, n'empêche que tu es tout de même accro. Tu n'arrives pas à résoudre l'énigme, et ça t'énerve, ça excite ta curiosité. Tu es comme ça, Alex. Tu es un chasseur.

— Bon, si c'est toi qui le dis...

64.

Un autre périmètre avait été installé autour de la villa des Bennett. Le MP qui montait la garde examina nos insignes. Il avait l'air excessivement nerveux. Contrairement à moi, c'était sans doute la première fois qu'il était confronté à ce genre de situation.

Après avoir enfilé des chaussons en papier, nous fûmes autorisés à franchir les trois marches de pierre et à pénétrer à l'intérieur de la maison. Nous cherchions un officier de la CID nommé Pat Conte. L'armée nous offrait « sa coopération » à cause des autres affaires. Elle avait également autorisé la venue de plusieurs techniciens du FBI, pour témoigner de sa bonne foi.

Le capitaine Conte se trouvait dans le petit couloir séparant le séjour de la cuisine où les meurtres avaient, semblait-il, eu lieu. Une nuée de techniciens était en train de relever les empreintes et de photographier la scène sous tous les angles.

Conte nous serra la main et nous expliqua ce qu'il savait, ou du moins croyait savoir.

— Pour l'instant, je ne peux vous donner que mes premières impressions. Il s'agirait d'une dispute qui aurait mal tourné. Le colonel Bennett et sa femme s'engueulent. On en arrive aux coups, de part et d'autre, jusqu'au moment où il prend son revolver de service et tue sa femme d'une balle dans la tempe. Puis il se suicide. D'après les amis, c'était un couple très soudé, mais qui se querellait souvent, et parfois violemment. Comme vous pouvez le constater, les faits se sont déroulés dans la cuisine. Hier soir, à une heure encore non déterminée.

— Selon vous, c'est ce qui s'est passé ? demandai-je.

— Pour l'instant, telle est ma version.

Je sentis l'irritation me gagner.

— On m'avait dit qu'il pouvait y avoir un lien entre ces morts et les autres crimes et que, par conséquent, nous pouvions compter sur votre coopération.

Le capitaine Conte opina.

— Vous venez de l'avoir, ma coopération, pleine et entière. Maintenant, si vous voulez bien m'excuser, j'ai du travail.

Et il s'éloigna.

— D'une certaine manière, je le comprends, commenta Sampson, que je trouvais bien philosophe. Moi non plus, je n'aimerais pas que deux zigotos comme nous viennent piétiner ma scène de crime.

— Viens, si c'est comme ça, on va fourrer notre nez partout.

Peut-être les techniciens du FBI – ou ERT, pour Evidence Response Team – pourraient-ils m'en dire un peu plus. Ils s'affairaient dans la cuisine, avec le sérieux qu'on leur connaît. Quand on sait l'aversion que suscite le FBI en général, le respect dont jouissent les ERT a quelque chose d'étonnant. Enfin, pas tant que ça. Ils sont très, très forts.

Deux types de l'ERT étaient en train de prendre des Polaroïds dans la cuisine. Un autre, vêtu d'une combinaison blanche surnommée « le costume de lapin », recherchait fibres et cheveux à l'aide d'une lampe à ultraviolets. Tout le monde portait des gants et des chaussons en papier. Le responsable s'appelait Michael Fescoe ; je l'avais déjà vu au moment de l'enquête sur le crime dans les Appalaches.

— Vous aussi, vous bénéficiez de l'entière coopération de la CID ?

Il se gratta le crâne.

— Je vais vous donner ma version, et elle diffère un peu de celle du capitaine Conte.

— Faites donc.

— Les auteurs ont parfaitement préparé leur coup, et nettoyé derrière. Ce n'est pas la première fois qu'ils opèrent de cette manière. Ils sont professionnels jusqu'au bout des ongles. Tout comme les tueurs de Virginie.

— Combien sont-ils ? voulus-je savoir.

Fescoe déploya trois doigts.

— Trois hommes. Ils ont surpris les Bennett au moment du dîner. Et ils les ont abattus. Ces hommes sont capables d'utiliser la force sans le moindre état d'âme. Vous pouvez me citer.

65.

L'heure était à la fête ! La guerre était finie. Starkey, Harris et Griffin commandèrent de gigantesques entrecôtes, bleues et garnies de grosses crevettes. Sparks, sur la Quarante-Sixième Rue East, était le restaurant le plus réjouissant de New York. Pour qui en avait les moyens.

— Trois ans, mais on a fini par en voir le bout ! s'exclama Harris en levant son quatrième verre de cognac.

— Sauf si notre mystérieux bienfaiteur change d'avis, ajouta prudemment Starkey. Ce qui n'est pas impossible. Un contrat supplémentaire, ou une complication imprévue. Ce qui ne doit pas nous empêcher de nous éclater ce soir.

Brownley Harris acheva son cheesecake et se tamponna la bouche avec sa belle serviette.

— Demain, on rentre chez nous, à Rocky Mount. On retrouve notre petite vie sympa. Il ne faut pas se plaindre. On a fini le match, on a gagné et on n'a pas laissé un seul point à l'adversaire. Maintenant, on est intouchables.

Warren Griffin se contenta de sourire d'un air béat. Il commençait à être sérieusement fait, tout comme Harris. Ce qui n'était pas le cas de Starkey, qui annonça :

— Ce soir, en tout cas, on fait la fête. On l'a bien mérité. Comme dans le bon vieux temps, à Saigon, à Bangkok, à Hong Kong. Il est encore tôt, et nous sommes prêts à faire tous les mauvais coups. (Il se pencha vers ses amis.) Ce soir, j'ai envie de viol et de pillage. C'est notre droit.

Ils quittèrent le restaurant et marchèrent tranquillement jusqu'à la Cinquante-Deuxième, entre First et York Avenue. Le vieil immeuble devant lequel ils s'arrêtèrent avait connu des jours meilleurs. Trois étages, pas d'ascenseur, pas de portier. Starkey le surnommait la Maison de l'Asie.

Il sonna et attendit devant l'interphone. Il était déjà venu.

Une femme répondit, d'une voix excessivement suave :

— Bonsoir. Puis-je avoir votre code, messieurs ?

Starkey le donna en vietnamien. *Silver. Mercedes 11.*

La serrure bourdonna.

— *Cac em dang cho,* fit la voix. *Em dep het xay.*

Les demoiselles vous attendent, et elles sont superbes.

— Nous aussi ! s'esclaffa Thomas Starkey.

Les trois hommes empruntèrent l'escalier au tapis rouge. Sur le premier palier, une porte grise s'ouvrit.

Une magnifique Asiatique qui ne devait pas avoir plus de dix-huit ans les attendait dans l'entrée, les mains sur les hanches, tout de noir dévêtue. Soutien-gorge, slip, porte-jarretelles et talons-aiguilles. Le grand jeu.

— Bonsoir, leur dit-elle en anglais. Je m'appelle Kym. Bienvenue. Vous êtes beaux garçons. Nous allons bien nous amuser, nous aussi.

— Toi aussi, Kym, tu es très belle, lui répondit Starkey en vietnamien. Et ton anglais est parfait. (Sur quoi il dégaina un revolver et le pointa entre ses deux yeux.) Ne dis pas un mot de plus, ou tu es morte. Je t'abats ici même, là, tout de suite, Kym. Il y aura ton sang sur le tapis et sur les murs, partout.

Il poussa la jeune fille jusque dans un salon où trois autres très jeunes Asiatiques, toutes très jolies, se serraient sur deux petits sofas. Elles portaient des négligés de soie lavande, rouge et rose, et des bas et escarpins à talons hauts assortis. Des panoplies de parfaites séductrices qui semblaient venir directement de chez Victoria's Secret.

Starkey les menaça de son arme, l'une après l'autre.

— On ne parle pas, mesdemoiselles. Pas un mot.

— Chut, insista Brownley Harris, le doigt sur les lèvres. Comme ça, pas de bobo. On n'y tient pas, d'ailleurs. Faites-moi confiance, mes petites poupées chinoises.

Starkey ouvrit brutalement une porte, au fond de la pièce, et surprit une femme d'âge mur – sans doute celle qui avait répondu à l'interphone – ainsi qu'un videur à la carrure impressionnante, en short et T-shirt noir sur lequel on pouvait lire CRUNCH. Ils étaient en train d'engloutir des plats chinois à emporter comme si c'était leur dernier repas.

— On ne fera de mal à personne, déclara Starkey en vietnamien tout en refermant la porte derrière lui. Les mains en l'air !

L'homme et la femme levèrent lentement les mains, et Starkey les abattit avec son revolver équipé d'un silencieux. Puis il se dirigea vers le magnétoscope et enleva la cassette. La caméra de surveillance de l'entrée avait filmé leur arrivée, bien entendu.

Il laissa sur place les corps affalés couverts de sang et retourna dans le salon. La petite fête avait commencé sans lui. Brownley Harris était en train d'embrasser et de tripoter la jolie Kym, qui leur avait ouvert la porte. Il l'avait soulevée et il avait plaqué sa petite bouche contre la sienne. Elle était trop terrifiée pour lui opposer la moindre résistance.

— *May cai nay moi dem lai nhieu ky niem!* s'exclama Starkey, avec un sourire qui s'adressait autant aux jeunes femmes qu'à ses amis.

Voici ce qui fait les souvenirs.

66.

Ils avaient souvent fait cela, et pas seulement à New York. Ils avaient « fêté » des victoires à Hong Kong, à Saigon, à Francfort, à Los Angeles, et même à Londres. Tout avait commencé au Sud-Viêtnam, quand ils n'étaient que de grands gamins âgés d'à peine vingt ans, ou moins. C'était la guerre, partout régnait la folie, et Starkey avait lancé l'expression « la soif du sang ».

Les quatre petites Asiatiques étaient terrifiées, et c'était bien cela qui plaisait à Starkey. La peur qu'il lisait dans leur regard l'excitait au plus haut point. Il imaginait que c'était le cas pour la plupart des hommes, mais peu étaient prêts à l'admettre.

— *Bon tao muon lien hoan!* hurla-t-il.

Maintenant, on veut s'amuser!

— *Chi lien hoan, the thoi.*

Nous avons quelque chose à fêter.

Starkey apprit que les filles s'appelaient Kym, Lan, Susie et Hoa. Elles étaient toutes jolies mais Kym, elle, était vraiment belle. Mince, les traits fins, des petits seins – les Chinois, les Français et les Indiens étaient sans doute passés par là, et de cet héritage génétique complexe, elle n'avait gardé que le meilleur.

Harris découvrit dans une petite cuisine des bouteilles de whisky et de champagne. Il les fit circuler et força les filles à boire également.

L'alcool contribua à les calmer, mais Kym ne cessait de demander ce qu'était devenue sa patronne. De temps à autre, quelqu'un sonnait, en bas. Kym, qui parlait mieux l'anglais que ses camarades, fut chargée de répondre que les filles étaient occupées, qu'il y avait une soirée privée. « Revenez une autre fois, merci. »

Griffin emmena deux des filles à l'étage du dessus. Starkey et Harris échangèrent un regard et levèrent les yeux au ciel. Heureusement pour eux, il avait laissé Kym et Lan, les deux plus jolies.

Starkey demanda à Kym de danser avec lui. La petite Asiatique ne portait plus que ses talons-aiguilles, et ses yeux en amande brillaient comme des pierres précieuses aux reflets violets. Une vieille chanson des Animals passait à la radio. En dansant, Starkey se souvint que la taille des Vietnamiennes, pour les Américains, avait un avantage. Ou bien était-ce le contraire ?

Harris s'adressait à Lan en anglais. Il lui tendit une bouteille de champagne.

— Bois. Non, bois par le bas, ma jolie.

La fille comprit soit les mots, soit les gestes. Elle haussa vaguement les épaules, se jeta sur le canapé et introduisit la bouteille entre ses cuisses. Elle versa le champagne, puis fit mine de s'essuyer la bouche.

— J'avais soif ! dit-elle en anglais.

Elle fit rire tout le monde, ce qui détendit un peu l'atmosphère.

— *Ban cung phai uong nua,* ajouta la fille.

Il faut que tu boives, toi aussi.

Harris, hilare, passa la bouteille à Kym, qui l'inséra en elle en se contentant de soulever une jambe, sans même s'accroupir. Elle la garda pour danser avec Starkey. Le champagne éclaboussait la moquette et ses escarpins, dans l'hilarité générale.

Kym finit par s'asseoir sur le sofa. Elle dit à Starkey :

— Les bulles, elles piquent. Ça chatouille, à l'intérieur. Tu veux me gratter ?

Le couteau à cran d'arrêt surgit comme par enchantement. Kym le brandit au visage de Starkey sans le frapper, en hurlant :

— Tu t'en vas, maintenant ! Tu pars tout de suite, ou je fais très mal !

Starkey avait déjà dégainé son arme, avec le plus grand calme. Il éteignit la radio. Un silence de mort s'installa. La tension qui régnait dans la pièce était devenue presque palpable, mais le visage de Thomas Starkey ne laissait rien paraître.

— *Dung, dung!* implora Kym. *Hay dep sung ong sang mot ben di bo!*

Non, non, pose cette arme!

Starkey s'approcha de la frêle Kym, nullement impressionné par son couteau, comme s'il savait que ce n'était pas ainsi qu'il mourrait. Il lui tordit la main pour lui faire lâcher prise, puis colla le canon de son arme sur sa tempe.

Il effaça du pouce les larmes qui glissaient sur les joues si lisses de la jeune fille. Kym releva la tête, esquissa un sourire, et chuchota :

— *Hay yeu toi di, anh ban.*

Fais-moi l'amour, soldat.

Starkey était physiquement présent, mais en pensée, il était de retour au Viêtnam. Kym tremblait, et il adorait ça. Le pouvoir absolu dont il jouissait, le mal dont il était capable, la charge électrique qui décuplait ses sensations.

Il lança un regard à Harris, qui avait lui aussi sorti son arme. Il avait compris.

Ils firent feu simultanément.

Les deux filles, plaquées contre le mur par l'impact, glissèrent lentement. Kym, encore agitée de quelques spasmes, murmura simplement : « Pourquoi ? »

Starkey haussa les épaules.

Au-dessus d'eux, ils entendirent le bruit sourd de deux corps s'écroulant. Warren Griffin s'était chargé de Susie et de Hoa. Il les avait attendus. Il avait compris.

Comme dans la vallée d'An Lao, au Viêtnam.

Là où cette folie avait commencé.

67.

En ressortant de chez les Bennett, nous prîmes des chambres à l'hôtel Thayer, qui avait l'avantage d'être situé sur le domaine de l'école militaire. Comme Sampson, je broyais du noir. Les trois tueurs avaient sévi une fois de plus, et une fois de plus ils s'étaient volatilisés. Pas de peinture bleue cette fois, et une mise en scène destinée à accréditer la thèse du drame conjugal, mais nous sentions bien que les auteurs étaient les mêmes. Des types capables d'utiliser la force sans le moindre état d'âme, selon les mots de l'agent Frescoe.

Sampson me retrouva au petit déjeuner, le lendemain matin. La salle de restaurant dominait l'Hudson, dont les flots majestueux, presque gris acier, étaient frangés d'écume. La conversation tourna évidemment autour de l'affaire Bennett.

— Cette équipe a peut-être encore d'autres meurtres à son actif.

Je partageais l'avis de Sampson, et cela ne me rassurait pas.

— Il faut que je passe quelques coups de fil, et on se tire d'ici. Je veux savoir si la police locale fait bien son boulot. Ces trois hommes, quelqu'un a bien dû les apercevoir, soit dans le périmètre de West Point, soit à Highland Falls.

Quand ce fut fait, j'appelai Burns au siège du FBI. Il n'était pas là, et je lui laissai un message. J'avais envie d'appeler Jamilla, mais il était encore trop tôt en Californie, et je dus me contenter de lui envoyer un long e-mail.

J'avais moi-même reçu du courrier électronique. Le premier message émanait de Damon et Jannie, qui m'en voulaient de m'être une nouvelle fois absenté, même une seule nuit. Quand allais-je rentrer ? Allais-je leur rapporter un beau souvenir de West Point ? Pourquoi pas une belle épée tout étincelante pour chacun d'entre eux, y compris Alex Junior ?

Le second message était beaucoup plus énigmatique.

Inspecteur Cross. Pendant que vous êtes à West Point, vous devriez voir le colonel Owen Handler. Il enseigne les sciences politiques. Il pourra peut-être vous donner quelques réponses. C'était un ami des Bennett. Peut-être sait-il même qui les a tués.

J'essaie simplement de rendre service. Mon aide ne sera pas de trop.

Le Fantassin

68.

En marchant vers le Thayer Hall, nous vîmes un certain nombre de cadets s'entraînant à la parade, sur la Plaine. Un détail me fit sourire : des plots de bois fichés en terre leur indiquaient très précisément les endroits où ils devaient effectuer leurs impeccables quarts de tour. Tant de choses, dans la vie, n'étaient qu'illusion, et peut-être était-ce aussi le cas des « éléments » que je m'évertuais à rassembler dans cette enquête.

— Que penses-tu de ce Fantassin qui t'envoie des e-mails énigmatiques et dit vouloir t'aider ? me demanda Sampson. Moi, ça ne me plaît pas, Alex. C'est trop facile. On nous sert des infos sur un plateau. Toute cette affaire sent le coup fourré.

— C'est vrai, nous n'avons aucune raison d'accorder un quelconque crédit aux renseignements qui nous sont donnés, mais puisque nous sommes sur place, pourquoi ne pas aller voir le professeur Handler ? Nous n'avons rien à perdre.

— Espérons-le.

Juste après avoir pris connaissance du courrier électronique de mon bienfaiteur anonyme, j'avais appelé le département d'histoire. Handler donnait un cours de 11 heures à midi, ce qui nous laissait une vingtaine de minutes. Le temps de faire un tout petit peu de tourisme et d'admirer Washington Hall, une gigantesque cantine aux allures de bunker capable d'accueillir sur deux étages la totalité du Corps des cadets, les casernes Eisenhower et MacArthur, la chapelle des Cadets, et quelques superbes panoramas, avec l'Hudson en toile de fond.

Chemise grise et cravate noire, pantalon gris à bande noire, la boucle de ceinturon bien briquée, tous les cadets que nous croisions marchaient d'un pas extrêmement rapide. L'effet était contagieux.

Le Thayer Hall était un immense bâtiment gris, quasiment aveugle. À l'intérieur, toutes les salles paraissaient identiques, avec leurs tables disposées en fer à cheval pour permettre à chaque élève d'assister aux cours dans les meilleures conditions.

Nous attendîmes dans un couloir désert que le cours de Handler s'achève.

Les cadets sortirent enfin de la salle, dans un silence et un ordre impressionnants. Tous ces jeunes gens affichant une telle détermination, une telle rigueur, cela faisait plaisir à voir. Pourquoi avait-on, dans nos universités, perdu le sens de la discipline ?

Le professeur Handler fermait le peloton. Un grand et solide gaillard, avec des cheveux poivre et sel et la traditionnelle coupe en brosse. Il avait fait deux campagnes au Viêtnam, avait décroché une licence à l'Université de Virginie et un doctorat à Penn State. Ces renseignements figuraient sur le site web de West Point.

— Inspecteurs Cross et Sampson, lui dis-je. Pourrions-nous vous parler un instant ?

Il eut une grimace.

— De quoi s'agit-il, messieurs ? L'un de nos cadets a-t-il des ennuis ?

— Non, non, je ne pense pas que nous ayons quoi que ce soit à reprocher à vos élèves.

Un sourire se dessina lentement sur son visage.

— Oh, vous seriez surpris, inspecteur. Ils vous paraissent irréprochables, mais ce n'est qu'une apparence. Bon, si cela ne concerne pas les jeunes gens dont nous avons la charge, de quoi voudriez-vous me parler ? De Robert et Barbara Bennett ? Le capitaine Conte, de la CID, m'a déjà interrogé à leur sujet. Je pensais que c'était la CID qui gérait l'enquête.

— C'est le cas, lui répondis-je, mais l'affaire n'est peut-être pas aussi simple qu'il n'y paraît.

Je lui parlai aussi succinctement que possible des autres affaires de meurtres sur lesquels Sampson et moi enquêtions, sans faire mention du courrier électronique qui nous avait menés jusqu'à lui. Dans la salle contiguë, un professeur, armé d'un seau d'eau et d'une éponge, était en train de nettoyer lui-même le tableau noir avant le début de son prochain cours. Dans toutes les salles, il y avait le même seau, la même éponge. Sacré système...

— Nous pensons que cette affaire est liée à des événements dramatiques qui se sont produits au Viêtnam, repris-je. Les meurtres ont peut-être commencé là-bas.

— J'ai servi en Asie du Sud-Est, déclara Handler. Deux fois. Au Viêtnam et au Cambodge.

— J'ai effectué deux services, moi aussi, fit Sampson.

Soudain, sans raison apparente, le colonel Handler nous parut nerveux. Son regard inquiet balaya le couloir. Les cadets avaient tous disparu ; sans doute s'étaient-ils déjà tous précipités au Washington Hall pour déjeuner.

— Je peux vous parler, lâcha-t-il enfin, mais pas dans l'enceinte de West Point. Passez me prendre chez moi ce soir. Quartier 98. On ira ailleurs. Venez à 20 heures précises.

Il nous lança un bref regard, pivota sur lui-même et s'éloigna. Au pas accéléré.

69.

J'avais le sentiment que nous allions bientôt faire une découverte importante. Une lueur indéfinissable avait surgi dans le regard du colonel Handler dès qu'il avait été question du Viêtnam. *Les meurtres ont peut-être commencé là-bas...*

Handler avait réservé une table dans un restaurant de Newburgh, Il Cenacolo, spécialisé dans la cuisine du nord de l'Italie. « C'est un trou perdu », avait-il précisé. On s'y rendait par la Storm King Highway, une véritable route pour amateurs de montagnes russes qui offrait, à certains endroits, d'extraordinaires vues plongeantes sur l'Hudson.

— Pourquoi avoir choisi un lieu aussi éloigné ? voulus-je savoir.

— Deux de mes meilleurs amis ont été assassinés à West Point, répondit simplement Handler.

Il alluma une cigarette, cracha un panache de fumée. Dehors, il faisait nuit noire, et aucun éclairage ne balisait la route en lacets.

— Vous pensez que les Bennett ont été assassinés ?

— Je le sais.

— Savez-vous pourquoi ?

— Peut-être. Vous savez, à propos de la police, on parle toujours d'un « mur bleu », d'un mur de silence. Dans l'armée, c'est pareil, si ce n'est que cette muraille est grise. Elle est plus haute, plus épaisse, et elle est là depuis très, très longtemps.

Une autre question me démangeait.

— Êtes-vous le Fantassin, colonel ? Si c'est le cas, nous avons besoin de votre aide.

Handler ne parut pas comprendre.

— Le Fantassin ? De quoi parlez-vous ?

Je lui expliquai qu'un mystérieux informateur m'avait contacté à plusieurs reprises et qu'il m'avait donné son nom.

— Peut-être avez-vous jugé qu'il était temps de vous montrer à visage découvert...

— Non. Il est possible que je puisse vous communiquer des informations, mais si je le fais, c'est uniquement pour Bob et Barbara Bennett. Je ne suis pas votre Fantassin, je n'ai jamais pris contact avec vous. C'est vous qui êtes venus me voir, vous vous en souvenez ?

Il me semblait convaincant, mais je ne savais pas si je devais le croire. Il me donna quelques noms, des Américains et un couple de Sud-Vietnamiens susceptibles de pouvoir m'aider.

— J'ignore qui est votre mystérieux contact, ajouta-t-il, mais je ne suis pas sûr qu'il faille prendre ses messages comme argent comptant. En ce moment, je vous conseillerais de vous méfier de tout le monde.

— Y compris de vous, colonel ?

— Surtout de moi ! répondit-il en riant. N'oubliez pas que je suis prof de fac.

Je vis des phares se rapprocher dans le rétroviseur. Jusqu'à cet instant, c'était tout juste si nous avions croisé quelques véhicules.

Sampson haussa le ton.

— Pourquoi ne nous dites-vous pas ce qui se passe, colonel ? Combien d'autres morts vous faut-il ? Que savez-vous de ces meurtres ?

C'est alors que j'entendis une détonation et un bruit de verre brisé. La voiture dont j'avais aperçu les phares nous avait rattrapés. Derrière le conducteur, un homme armé avait sorti le bras.

— Couchez-vous !

D'autres détonations claquèrent. Je donnai un violent coup de volant à gauche. La voiture traversa la double ligne jaune et rasa la paroi rocheuse.

— Attention ! glapit Handler, terrorisé.

À la faveur d'une grande ligne droite, je pus enfin enfoncer l'accélérateur. Mais impossible de semer nos poursuivants. Ils se placèrent à notre hauteur, sur ma droite. Je roulais maintenant à contresens.

Sampson avait sorti son arme pour riposter. D'autres balles frappèrent notre voiture.

Les autres refusaient de décrocher. Je roulais à plus de cent quarante sur une route sinueuse où la vitesse était normalement limitée à quatre-vingt-dix. Je risquais à tout moment de mordre le bas-côté et de percuter le flanc de la montagne. Et de l'autre côté, c'était le ravin, avec l'Hudson en contrebas.

Coup de freins. La voiture dérapa et partit en tête-à-queue. Je réussis à redémarrer pied au plancher, direction West Point.

Deux véhicules arrivaient en sens inverse, et j'eus droit à un concert de coups de klaxon. Je roulais beaucoup trop vite, et presque au milieu de la chaussée. Les autres devaient s'imaginer avoir affaire à un conducteur ivre ou déséquilibré, voire les deux.

Quand je fus certain que nous n'étions plus suivis, je m'autorisai à ralentir.

— Handler ? Colonel ?

Pas de réponse. Sampson se retourna.

— Il est touché, Alex.

Je me rangeai sur le bas-côté et allumai le plafonnier.

— C'est grave ? Il vit toujours ?

Handler avait pris une balle dans l'épaule. Et une autre au niveau de la tempe.

— Il est mort, me répondit Sampson. C'est fini.

— Toi, ça va ?

— Oui. Ce n'était pas moi qu'on visait, et je peux te dire que le type qui a tiré n'était pas un amateur. Sa cible, c'était Handler. On vient de perdre notre premier vrai témoin.

Avions-nous également perdu le Fantassin ?

70.

Rien de tel qu'une tentative de meurtre pour vous éclaircir les idées et vous fouetter le sang.

Même si cela ne servait plus à rien, nous fonçâmes jusqu'aux urgences de l'hôpital de West Point. Le colonel Owen Handler fut déclaré officiellement mort vers 9 heures, mais pour moi, il avait déjà cessé de vivre dans la voiture. Abattu par un tueur professionnel qui tirait redoutablement bien.

La police locale nous interrogea, avant de passer le relais à des officiers de la CID. Le capitaine Conte lui-même vint nous voir, en nous répétant qu'il s'inquiétait pour notre sécurité, alors que ses questions insidieuses pouvaient laisser croire qu'il nous considérait comme suspects. Il m'informa que le général Mark Hutchinson, qui commandait l'académie militaire de West Point, avait décidé de superviser lui-même l'enquête.

Il se déplaça en personne. Je le vis s'entretenir avec le capitaine Conte, puis parler à d'autres officiers au visage grave regroupés dans les couloirs de l'hôpital. Il ne jugea pas utile, cependant, de venir nous voir. Pas un mot de condoléances, pas un mot de sympathie.

Quel manque de tact ! Une attitude aussi incompréhensible qu'insupportable. C'était le mur de silence dont parlait Owen Handler. Le général Mark Hutchinson repartit de l'hôpital sans même nous avoir adressé un regard. Je n'étais pas près de l'oublier.

J'étais secoué par le meurtre du colonel Handler, et j'étais furieux.

Qui avait lancé ces tueurs à nos trousses ? Qui avait abattu Handler, et pourquoi ? Au combat, l'impensable se produisait parfois. Les tragédies étaient inévitables. L'armée essayait-elle d'étouffer un scandale ? Un autre My Lai déclenché, là encore, par la peur et la colère ?

En arrivant à notre hôtel, nous eûmes la surprise de découvrir que le général Hutchinson avait jugé bon de placer deux hommes de la police militaire en faction à notre étage, pour notre sécurité. Cette mesure me paraissait inutile. Si les hommes armés qui avaient pris notre véhicule pour cible avaient voulu nous éliminer, ils ne nous auraient pas laissés rebrousser chemin aussi facilement.

Toutefois, un détail me perturbait : les tueurs n'étaient que deux.

À Fort Bragg et dans l'affaire Bennett, nous en recherchions trois.

Finalement, j'appelai Jamilla pour la tenir au courant. Confidences de collègues, confidences d'amis. L'attitude de l'armée, et plus particulièrement celle du général Hutchinson, la révoltait.

Après lui avoir parlé, je me sentis nettement mieux.

Peut-être fallait-il que je le fasse plus souvent. Tous les soirs, par exemple.

Et c'est sur cette pensée que je finis par trouver le sommeil.

71.

Le lendemain matin, à la une de toute la presse new-yorkaise, nous apprenions que quatre call-girls, une proxénète et un videur avaient été tués dans l'East Side. Les jeunes femmes et leur patronne étant vietnamiennes et thaïs, je pris l'initiative d'appeler le collègue de Manhattan chargé de l'enquête. La police new-yorkaise ne disposait pour l'instant d'aucun élément lui permettant d'avancer la moindre thèse. Je me serais bien rendu sur place, mais j'avais d'autres problèmes plus urgents à régler.

Je n'avais pas encore exploré sérieusement une piste importante, celle du Fantassin. Pourquoi me contactait-il toujours par courrier électronique ? Quel message essayait-il de me transmettre ?

Owen Handler m'avait donné quelques noms. Ron Burns accepta de faire plancher ses hommes. On me rappela très vite pour me communiquer le résultat des recherches.

Le dossier le plus intéressant était celui de Tran Van Luu, un ancien soldat de l'armée régulière du Sud-Viêtnam recruté comme éclaireur par les Américains.

Il vivait actuellement aux États-Unis.

Petit détail, mais qui avait son importance : il séjournait dans le couloir de la mort d'une prison de Florence, dans le Colorado. On l'avait reconnu coupable du meurtre de neuf personnes à Neward et à New York. Je connaissais un peu la prison fédérale de Florence, j'y étais même allé un jour. Deuxième détail : c'était dans cet établissement qu'était détenu ma némésis, ma bête noire, Kyle Craig. Condamné à la peine capitale, lui aussi.

Le centre pénitentiaire de Florence était classé ADX. Trente-six États s'étaient déjà dotés de ce type d'établissement à ultrahaute sécurité. Les cellules des condamnés à mort se trouvaient dans un quartier distinct, véritable prison à l'intérieur de la prison. Un bâtiment rectiligne, couleur sable, sous très haute sécurité, aussi bien à l'intérieur qu'à l'extérieur. Ces précautions me rassuraient, car je connaissais le mépris de Kyle Craig pour le système carcéral.

Deux gardiens lourdement armés m'escortèrent jusqu'au quartier des condamnés à mort. Dans les couloirs déserts, noyés sous un éclairage fluorescent glacial, je n'entendis pas les clameurs et le tumulte habituels de la prison. De toute manière, j'avais l'esprit ailleurs.

J'étais arrivé dans le Colorado vers midi. Tout se passait bien à la maison, et avec un peu de chance, je pouvais être de retour à Washington dans la nuit. Juste avant mon départ, Nana, qui n'en loupait pas une, m'avait obligé à m'asseoir et m'avait infligé une des paraboles dont elle avait le secret. Elle l'avait baptisée l'Histoire des Mille Billes.

— J'ai entendu ça à la radio, sur une station publique. C'est une histoire vraie, Alex. Je te la raconte comme ça, tu en fais ce que tu veux. Donc apparemment, il y a ce type qui vivait en Californie du Sud, dans la région de San Diego, je crois. Il a une famille, une famille sympa, et il travaille beaucoup. Il rentre tard le soir, il est souvent absent le week-end. Ça ne te rappelle rien, dis ?

— Je suis sûr qu'il y a beaucoup de gens dans ce cas-là, contrai-je. Des hommes comme des femmes. Vas-y, Nana, continue. Ce type qui travaille comme un malade, qui a une famille géniale, près de San Diego. Que lui est-il arrivé ?

— Enfin, bref, cet homme a un grand-père très gentil qui l'adore et qui adore sa famille. Il a remarqué que son petit-fils travaille beaucoup trop, et c'est lui qui lui raconte l'histoire des billes. Il lui explique que l'espérance de vie moyenne, chez l'homme, est de soixante-quinze ans. Ce qui correspond à trois mille neuf cents samedis, des samedis faits pour jouer quand on est enfant et pour être avec sa famille quand on est plus grand et plus raisonnable.

— Ou bien pour jouer quand on prend de l'âge. Voire pour faire la morale à une victime consentante.

— Chut, Alex. Écoute-moi bien. Le grand-père calcule que son petit-fils, qui a quarante-trois ans, a encore mille six cent soixante samedis devant lui. Enfin, statistiquement. Alors, voilà ce qu'il fait : il achète deux grands pots et il les remplit de belles billes, des agates. Il les donne à son petit-fils, et il lui dit de retirer une bille, une seule, chaque samedi, pour qu'il se souvienne que ses samedis sont comptés et qu'ils sont extraordinairement précieux. Pense à ça, Alex. Si tu trouves le temps.

Et moi, j'étais là, dans ma prison ultrahaute sécurité, un samedi. Je n'avais absolument pas l'impression d'être en train de perdre mon temps, mais le message de Nana était passé.

C'était ma dernière enquête criminelle. La der des der. Le bout de la route pour l'inspecteur Alex Cross.

Mais il fallait que je reste concentré. J'allais bientôt rencontrer Tran Van Luu dans sa cellule, et j'espérais que ce rendez-vous vaudrait bien une bille.

72.

Tran Van Luu avait cinquante-quatre ans. Il m'informa qu'il parlait couramment le vietnamien, le français et l'anglais. Son anglais était effectivement excellent, et avec ses petites lunettes et son long bouc grisonnant, je trouvais qu'il ressemblait davantage à un prof de fac qu'à un détenu condamné pour plusieurs meurtres. Tout semblait lui inspirer une réflexion philosophique. Mais était-il le Fantassin ?

Sa minuscule cellule ne comprenait qu'un lit, un tabouret et une tablette. On ne pouvait même pas parler de mobilier, puisque le tout était en ciment, afin de décourager les tentatives de démontage.

— Officiellement, je suis bouddhiste, me dit-il en guise de préambule. Je vous propose un petit retour en arrière, pour que vous saisissiez mieux mon parcours.

— Bonne idée.

— Je suis né dans un village appelé Son Trach, dans la province de Quang Binh, juste au nord de la zone démilitarisée de l'époque. C'est l'une des provinces les plus pauvres du pays, même si elles sont toutes relativement pauvres. J'ai commencé à travailler dans les rizières familiales à l'âge de cinq ans. Nous avions tous faim. Nous faisions un seul vrai repas par jour, généralement des ignames ou du manioc, car tout notre riz, paradoxalement, allait au propriétaire. On était loyal à sa famille, aux ancêtres, à un bout de terre, et au village. Le nationalisme n'existait pour ainsi dire pas, c'était une notion occidentale importée par Ho Chi Minh.

» En 1963, ma famille est partie s'installer dans le sud, et je me suis engagé dans l'armée. C'était ça ou crever de faim, et on m'avait d'ailleurs élevé dans la haine des communistes. Je me suis révélé être un excellent éclaireur, et j'ai pu entrer, sur recommandation, à la MACV Recondo School, le centre d'entraînement mis en place par les Forces spéciales américaines. C'est là que, pour la première fois, j'ai côtoyé des Américains. Je les ai trouvés sympas, au début.

— Qu'est-ce qui fait que ça a changé ?

— Un certain nombre de choses. J'ai notamment fini par me rendre compte que les Américains nous méprisaient. En dépit de leurs promesses répétées, ils ont évacué Saigon en m'abandonnant sur place. J'ai fui le pays comme des millions d'autres boat people.

» Je suis arrivé aux États-Unis en soixante-dix-neuf et je me suis retrouvé à Orange County, en Californie, où il y a une importante communauté vietnamienne. Pour survivre, nous devions recréer la structure famille-village de notre pays natal. C'est ce que j'ai fait au sein d'un gang, les Ghost Shadows. Nous nous sommes développés, d'abord en Californie, puis dans la région de New York, y compris Newark. On m'accuse d'avoir assassiné des membres de gangs rivaux dans l'État de New York et celui du New Jersey.

— Est-ce vrai ?

— Bien sûr, mais c'était justifié. *Nous étions en guerre.*

Il s'interrompit et me dévisagea.

— Et maintenant, vous voilà ici, dans une prison haute sécurité. La date de votre exécution a été fixée ?

— Non. Ce que je trouve assez comique. Votre pays a peur d'exécuter des hommes qui ont été condamnés pour meurtre…

— Comique, à cause de ce que vous avez pu voir au Viêtnam ?

— Bien entendu. C'est ma grille de référence.

— Des atrocités commises au nom de l'action militaire.

— C'était la guerre, inspecteur.

— Au Viêtnam, avez-vous connu ces hommes : Ellis Cooper, Reece Tate, James Etra, Robert Bennett, Laurence Houston ?

Il haussa les épaules.

— C'était il y a longtemps, il y a plus de trente ans. Et il y a tant de noms de famille américains à retenir.

— Le colonel Owen Handler ?

— Je ne le connais pas.

— Moi, je crois que si. Le colonel Handler dirigeait le centre d'entraînement des éclaireurs au moment de votre formation.

Pour la première fois, je vis Luu sourire.

— Croyez-moi si vous voulez, inspecteur, mais généralement, les éclaireurs n'étaient pas amenés à rencontrer le responsable du camp.

— Pourtant, vous avez bel et bien rencontré le colonel Handler. Il se souvenait encore de vous quelques heures avant de mourir. Pouvez-vous m'aider à mettre un terme à ces meurtres ? Vous savez ce qui s'est passé là-bas, n'est-ce pas ? Pourquoi avez-vous accepté de me parler ?

Il eut un nouveau geste d'indifférence.

— J'ai accepté de vous parler… à la demande d'un bon ami. Il s'appelle Kyle Craig.

73.

Je n'avais plus qu'un gouffre à l'emplacement du cœur, et il y régnait un froid glacial. Non, c'était impossible, Kyle Craig ne pouvait pas être à l'origine de toute cette affaire. C'était moi qui l'avais fait mettre derrière les barreaux, ici, à Florence, pour tous les assassinats qu'il avait commis, et il avait trouvé le moyen de me forcer à venir lui rendre visite.

— Salut, Alex. Je croyais que tu m'avais complètement oublié.

Nous étions dans la petite salle d'interrogatoire, près de son quartier, et j'essayais de ne pas succomber à une crise de paranoïa aiguë. Ces retrouvailles avaient-elles été méditées de longue date ? Non, il ne pouvait pas avoir manigancé toute cette affaire. C'eût été impossible, même pour lui.

Kyle avait tellement changé, physiquement, qu'il ressemblait maintenant à l'un de ses frères aînés, voire à son père. Alors que je le traquais, j'avais eu l'occasion de rencontrer toute sa famille. Il avait toujours été mince, mais en prison, il avait encore perdu, selon moi, une bonne dizaine de kilos. Il s'était rasé le crâne, et sur le côté, il portait maintenant un tatouage. Un animal, mi-dragon, mi-serpent. Kyle avait bien l'air d'un tueur, désormais.

— Assieds-toi, Alex. Tu m'as manqué, tu sais, bien plus que je ne l'aurais cru. Assieds-toi, je t'en prie. On va bavarder un peu, se raconter les dernières nouvelles.

— Je vais rester debout, merci. Je ne suis pas venu pour faire la causette, Kyle. Que sais-tu au sujet de ces meurtres ?

— Toutes ces affaires ont été *résolues* par la police ou par l'armée, Alex. Les coupables ont été condamnés, et dans certains cas, exécutés. Tout comme je le serai un jour. Pourquoi perdre ton temps avec ces minables ? Je suis cent fois plus intéressant qu'eux. C'est mon cas que tu devrais étudier, Alex.

Le ton était aimable, mais les mots me firent l'effet d'une violente décharge électrique. Kyle était-il l'élément qui nous manquait ? Il ne pouvait pas être le cerveau de l'opération, puisque les meurtres avaient commencé bien après son arrestation. À moins que...

— Bon, si tu ne sais rien qui puisse m'intéresser, je m'en vais. Salut, Kyle. Amuse-toi bien.

Il leva la main.

— Je serais ravi de pouvoir t'aider, Alex. Je te le dis très franchement. Comme dans le bon vieux temps. Ça me manque, la chasse à l'homme. Et si jamais je pouvais t'aider, Alex ?

— Si tu peux, fais-le. Et tout de suite. Après, on verra.

Il se radossa et finit par esquisser un sourire. Se moquait-il de moi ?

— Tu sais, il faut que je te dise une chose : ici, en prison, c'est bien mieux que ce que je pouvais espérer. Crois-moi si tu veux, mais je suis presque une star. Et pas seulement pour mes camarades. Même les gardiens les plus teigneux se mettent en quatre pour moi. J'ai beaucoup de visites. Je suis en train d'écrire un livre, Alex. Et bien entendu, j'étudie un moyen de sortir. J'y arriverai, fais-moi confiance. Ce n'est qu'une question de temps. Il y a un mois, j'ai failli réussir. J'étais à ça de me retrouver dehors. Je serais passé te voir, évidemment. Toi, Nana et tes jolis petits bambins.

— Et Luu, est-ce qu'il sait quoi que ce soit ?

— Oh, oui, il sait beaucoup de choses. Il est très cultivé, il parle couramment trois langues. J'aime beaucoup Luu. Nous sommes d'excellents amis. J'aime aussi Ted Kaczynski – tu sais, le fameux « Unabomber » ; Yu Kikimura, le terroriste japonais ; et Ramon Matta, qui faisait partie du cartel de Medellin. Ce sont des détenus intéressants, qui ont eu une vie fascinante, mais ils sont plus réacs que je ne l'aurais imaginé. Sauf Ted, bien sûr.

Je n'en pouvais plus. Kyle Craig, Luu, cette prison high-tech me débectaient.

— Je me tire, fis-je en m'éloignant.

— Tu reviendras, me dit-il à mi-voix. Ou ce sera peut-être moi qui viendrai te rendre visite, la prochaine fois. Quoi qu'il en soit, je te souhaite bonne chance dans ton enquête. Une affaire criminelle aussi passionnante, ce n'est pas si courant.

Je me retournai.

— Tu vas passer le restant de tes jours ici, Kyle. J'espère que ce ne sera pas trop long.

Tandis que le gardien s'apprêtait à le reconduire dans sa cellule, Kyle Craig éclata de rire. Il avait toujours eu le don de me mettre mal à l'aise, mais apparemment, il avait encore fait des progrès.

74.

Sur la route de Bay Head, New Jersey, John Sampson sentit son moral grimper, et cette délicieuse euphorie le faisait sourire. Cela devenait presque une habitude, ces temps derniers. Et s'il continuait sur cette voie, il risquait d'écorner sérieusement son image de dur.

Il passa devant de gigantesques villas qui faisaient face à l'océan, traversa le grand marché, admira de part et d'autre de la route quelques charmantes églises blanchies à la chaux. Il appréciait le calme, la sérénité, l'indéniable beauté de cette partie de la côte du New Jersey, magnifiquement préservée. Il roulait vitres baissées, et une petite brise océane venait le rafraîchir. De chaque côté de la route, des géraniums et des roses manifestement plantés par les habitants du village embaumaient l'air.

Qu'aurait-il pu trouver à redire ? Il était heureux de revenir.

Rien à voir avec Washington, songea-t-il. Et ce n'est pas plus mal. Un petit changement de rythme, pour oublier tous ces meurtres. Provisoirement.

Pendant le trajet, il avait tenté de se persuader que cette escapade jusqu'au Jersey Shore avait pour seul motif l'enquête dans laquelle il s'était lancé depuis l'exécution d'Ellis Cooper, mais à la vérité, il avait fait le déplacement pour Coop, bien entendu, mais aussi pour Billie Houston.

Il ne cessait de penser à elle. Quel sort lui avait donc jeté ce petit brin de femme ?

Oh, la réponse, il la connaissait déjà, du moins en partie. Dès qu'il avait vu Billie, il s'était senti à l'aise. Elle était l'amie qu'il avait si longtemps rêvé de connaître. Il aurait été bien en peine de décrire ce qu'il ressentait, mais cela ne lui était encore jamais arrivé. Il devinait en elle la femme à laquelle il pouvait confier des choses qu'il avait si longtemps gardées pour lui, il lui faisait déjà confiance. Avec elle, il pouvait se livrer, il parvenait à sortir de la carapace qu'il s'était forgée pour ne plus souffrir.

Il n'en restait pas moins que John Sampson n'avait jamais réussi à vivre une relation durable. Il ne s'était jamais marié et n'avait jamais sérieusement songé à le faire. Il n'était donc pas question, non plus, de se leurrer, de se faire tout un cinéma de bons sentiments. Il avait de bonnes raisons d'être venu ici. Il fallait qu'il pose à Billie quelques questions de plus, quelques questions concernant le service de son mari au Viêtnam. Owen Handler avait fourni des indications qu'il s'agissait de recouper. John allait résoudre cette affaire. D'une manière ou d'une autre, tôt ou tard.

Ce petit exercice d'introspection cynique avait fini par refroidir ses ardeurs quand il l'aperçut soudain au loin, sur East Avenue.

Eh oui, c'était bien elle !

Billie sortait de sa décapotable vert clair, les bras chargés de provisions. Il l'avait appelée pour la prévenir : il risquait de débarquer.

Pourquoi avait-elle fait toutes ces courses ? Comptait-elle le garder à dîner ? Oh, il fallait qu'il se calme.

Ne t'emballe pas. Tu es en train de bosser, c'est tout. Tu fais ton boulot de flic.

Puis Billie, voyant la Cougar, lui fit un grand signe de la main, et il se retrouva accoudé à la portière, hurlant à l'autre bout de la rue : « Salut, ma petite ! » *Salut, ma petite ?*

Qu'était donc devenu le fameux John Sampson, toujours courtois, classe, réservé ? Que lui arrivait-il ?

Et pourquoi se sentait-il aussi bien dans sa nouvelle peau ?

75.

Billie avait compris qu'ils devaient discuter du meurtre de son mari. Sans doute était-ce pour cette raison, et uniquement cette raison, que l'inspecteur était revenu la voir. Elle prépara une cruche de thé glacé sucré, et ils sortirent s'installer sur la terrasse, face à la mer. Autant se mettre à l'aise. Essaie de ne pas te ridiculiser, songea-t-elle.

— Encore une journée parfaite au paradis, fit Sampson avec un grand sourire.

Malgré elle, Billie dévisageait le policier. Bien bâti, plutôt bel homme, il lui décochait de temps à autre un sourire ravageur. Pourquoi ne souriait-il pas plus souvent ? Qu'avait-il vécu au cours de son enfance, à Washington ? Quelles épreuves avait-il dû traverser dans sa vie d'adulte, dans sa vie professionnelle ? Elle avait envie de tout savoir sur lui, elle retrouvait une curiosité naturelle qui lui avait tant fait défaut depuis la mort de Laurent.

Ne commence pas à t'imaginer des choses. Il est inspecteur de police, il enquête sur un meurtre. C'est tout. Et toi, tu craques bêtement pour lui.

— Une journée normale au paradis, corrigea-t-elle en riant, avant d'ajouter, très sérieusement : Vous vouliez qu'on reparle de Laurent. Il s'est encore passé quelque chose, n'est-ce pas ? C'est pour cela que vous êtes revenu.

— Non, si je suis revenu, c'est pour vous voir.

Toujours ce sourire infernal.

Elle balaya l'air de la main.

— Comme si j'allais vous croire... Bref, où en est cette enquête ?

Il lui raconta dans quelles circonstances le couple Bennett avait été tué, puis la fusillade qui avait coûté la vie au colonel Handler. Il lui parla de la théorie qu'Alex et lui avaient échafaudée, selon laquelle les auteurs de la plupart des crimes auxquels ils s'intéressaient étaient au nombre de trois.

— Toutes les pistes nous conduisent au Viêtnam. Il a dû se passer quelque chose d'horrible, là-bas, pendant la guerre, et cet événement épouvantable est à la source de tous les meurtres. Il est possible que votre mari y ait été mêlé, à un titre ou à un autre. Sans même le savoir, si ça se trouve.

— Il n'aimait pas trop parler de ce qu'il avait fait là-bas, répondit-elle, répétant ce qu'elle lui avait déjà confié la première fois. Je n'ai jamais cherché à lui faire dire ce qu'il n'avait pas envie de raconter, je respectais son choix. Mais il s'est passé quelque chose de bizarre, il y a deux ans. Il a rapporté à la maison des livres sur la guerre. Il y avait notamment *Rumeurs de guerre*, si je me souviens bien. Et il a loué la cassette de *Platoon*, alors qu'il s'était toujours juré de ne jamais regarder ce film. Mais il refusait toujours de parler du Viêtnam. Avec moi, en tout cas.

Billie se renfonça dans le rocking-chair et contempla la mer. Quelques mouettes flottaient au-dessus des hautes dunes. Une vraie carte postale. Au loin, elle distinguait la silhouette floue d'un paquebot.

— Il a toujours bu, mais ces années-là, il a bu davantage. Des alcools forts, du vin. Il n'a jamais été violent, mais je le sentais partir à la dérive.

» Un soir, à la tombée de la nuit, il est allé le long de la plage avec sa canne à pêche et un seau. C'était début septembre, et il y avait du bluefish en pagaille. Il aurait pu en prendre rien qu'avec le seau.

» J'attendais qu'il rentre. Au bout d'un moment, j'ai fini par aller à sa recherche. Après le dernier week-end d'août, la plupart des villas sur la plage sont inoccupées. C'est comme ça, ici. J'ai peut-être fait un kilomètre ou deux à pied, je commençais à avoir un peu peur.

» J'avais emporté une lampe de poche et au retour, je me suis rapprochée des dunes et des maisons. C'est comme ça que j'ai trouvé Laurent.

» Il était vautré dans le sable, à côté de sa canne à pêche et de son seau. Il avait vidé toute une bouteille de whisky. On aurait dit un clodo qui s'était perdu et était allé dormir sur la plage.

» Je me suis allongée à côté de lui, je l'ai pris dans mes bras, je lui ai demandé de me dire pourquoi il était aussi triste. Il n'a pas pu. J'étais malheureuse comme une pierre. Il m'a juste dit "on ne peut pas échapper à son passé". On dirait qu'il avait raison.

76.

Ils parlèrent donc du Viêtnam et des affectations de Laurent après la guerre, jusqu'au moment où Sampson demanda grâce. Billie, elle, ne se plaignit jamais. Vers 16 heures, ils firent une pause et admirèrent la marée montante. Que cette immense plage pût être désertée à ce point par une aussi belle journée laissait Sampson songeur.

— As-tu apporté un maillot de bain ? lui demanda-t-elle.

— Oui, j'en ai un dans la voiture. Je l'avais pris au cas où.

— On va se baigner ?

— D'accord. Ce serait sympa.

Ils se changèrent et se retrouvèrent sur la terrasse. Elle avait mis un maillot une pièce noir. Elle devait nager régulièrement, ou faire du sport. Elle était menue, mais n'avait plus l'air d'une jeune fille. Elle avait sans doute franchi le cap de la quarantaine.

— Bon, je suis à peu près présentable. (Elle virevolta sur elle-même.) Toi aussi. Maintenant, on se jette à l'eau avant que tu ne te dégonfles.

— Me dégonfler, moi ? Tu sais que je suis de la criminelle ?

— Et alors ? L'eau est à 18 degrés, aujourd'hui.

— Ah bon ? Et c'est froid, 18 degrés ?

— Tu le sauras bientôt.

Ils escaladèrent la dune puis, arrivés au sommet, s'élancèrent vers l'océan. Sampson riait tout seul. Il n'avait pas l'habitude de faire ce genre de choses...

Ils couraient dans le ressac à grandes enjambées, tels des enfants en vacances, en oubliant la fraîcheur de l'eau.

— Tu sais nager ? lui demanda Billie.

Une grosse vague arrivait sur eux. Billie crut voir John acquiescer.

— John ?

— Oui, je sais nager. Et toi ?

Ils plongèrent dans la vague lorsque celle-ci culmina au-dessus d'eux, et refirent surface beaucoup plus loin. Billie nagea jusqu'au-delà des rouleaux et constata avec délice que Sampson, solide nageur, n'avait aucune peine à la suivre.

— Parfois, les gosses des villes n'apprennent pas à nager, lui dit-elle. C'est pour cela que je te posais la question.

Leurs têtes se balançaient comme des bouchons à la surface de l'eau.

— C'est vrai. Je pense à mon meilleur ami. Quand on était mômes, à Washington, sa grand-mère nous emmenait régulièrement à la piscine municipale pour nous forcer à apprendre. Elle nous disait : « Ou vous nagez, ou vous vous noyez. »

Sur quoi, il prit Billie dans ses bras. De l'index, elle chassa les gouttelettes d'eau qui perlaient sur son visage. Elle avait la peau si douce, le regard si tendre. Quelque chose était en train de se passer, et il se demanda s'il était prêt.

— Quoi ? fit Billie.

— J'allais simplement dire que je te trouve surprenante à bien des égards.

Elle ferma les yeux une seconde, hocha la tête, rouvrit les yeux.

— Tu es toujours là. Bien. Je suis très contente que tu sois revenu. Même si c'est pour m'interroger.

— Je t'ai déjà dit que j'étais revenu pour te voir.

— Comme tu voudras, John.

Seuls Alex et Nana l'appelaient John.

Ils rebroussèrent chemin et jouèrent un moment dans l'écume du ressac. Le soir approchait, mais ils décidèrent de se promener un peu. Ils marchèrent vers le sud, en longeant d'autres belles villas déjà fermées en prévision de la morte saison. Et ils trouvèrent rapidement un rythme très agréable : ils s'arrêtaient pour s'embrasser devant chaque maison.

— Tu es en train de devenir fleur bleue, le taquina Billie. Tu te dévoiles, John Sampson. Au fond, tu es un tendre.

— Oui, c'est possible.

Ils dînèrent sur la terrasse, comme la première fois. Sampson alluma la radio. Le repas terminé, ils se pelotonnèrent l'un contre l'autre sur le canapé, et Sampson s'étonna encore : Dieu qu'elle était menue ! Ce qui ne l'empêchait pas de s'adapter parfaitement à ses formes.

En entendant les premières mesures de *One Night with You* de Luther Vandross, il lui proposa de faire quelques pas avec lui. Il n'en revenait pas. *Je viens de demander à Billie de danser avec moi sur la terrasse...*

Il la serra contre lui. Leurs corps s'adaptaient très bien debout aussi. Ils évoluaient avec une parfaite aisance, et leurs mouvements étaient synchronisés. Il écoutait sa respiration, sentait les battements de son cœur.

Ils dansèrent également sur le morceau suivant, un vieux Marvin Gaye. Sampson avait l'impression de flotter, comme dans un rêve. Tout cela était si inattendu...

Et ce sentiment s'amplifia lorsque, vers 10 h 30, ils montèrent dans la chambre de Billie. Une lune aux trois quarts pleine chatouillait la crête argentée des vagues. Au large, un voilier glissait paresseusement sur l'océan.

— Ça va ? lui demanda-t-elle.

— Je me sens extraordinairement bien. Et toi, Billie ?

— Oui. Je crois que j'attendais ça depuis l'instant où je t'ai vu. C'est la première fois, pour toi ?

Il adorait son petit sourire espiègle lorsqu'elle se moquait gentiment de lui de cette manière.

— C'est la première fois. J'ai toujours voulu rester pur pour la femme de ma vie.

— Bon, on va voir si tu as bien fait de m'attendre.

Il lui arrivait de brûler les étapes, ce qui ne posait pas de problème, de foncer comme on le faisait à Washington, mais pas ce soir. Ce soir, il voulait explorer le corps de Billie, découvrir ce qu'elle aimait. Il l'effleura partout, l'embrassa partout. Tout, chez elle, lui paraissait délicieux. *Que m'arrive-t-il ? Je suis venu voir cette femme pour lui poser des questions au sujet d'une série de meurtres. Pas pour lui faire l'amour au clair de lune !*

Il sentait ses petits seins se soulever et retomber, se soulever et retomber. Il s'était mis au-dessus d'elle, en retenant des bras tout le poids de son corps.

— Tu peux te coucher sur moi, lui chuchota-t-elle, tu ne me feras pas mal.

— Non.

Je ne te ferai pas mal, j'en serais incapable. Et je ne laisserai personne te faire du mal.

Elle se dégagea en riant et se glissa au-dessus de lui.

— Et maintenant ? Tu préfères, comme ça ?

Il lui caressa le dos, puis les fesses, tandis qu'elle fredonnait *One Night with You*. Ils ondulèrent ensemble, d'abord très lentement, puis plus vite, et plus vite encore. Billie se redressait et retombait sur lui, elle adorait ça.

Lorsqu'ils finirent par rendre les armes, heureux et exténués, elle le regarda dans les yeux.

— Pas mal pour une première fois. Tu t'amélioreras, tu verras.

Un peu plus tard dans la nuit, Sampson se réveilla. Billie s'était blottie contre lui. Billie, toute menue, avec son petit visage, ses petites mains, ses petits pieds, ses petits seins. Et à cet instant, stupéfait, il se rendit compte qu'il se sentait en paix pour la première fois depuis bien des années. Peut-être même pour la première fois de sa vie.

77.

En rentrant de la prison de Florence, ce soir-là, j'avais hâte de retrouver Nana et les enfants. Il n'était que 19 heures et j'envisageais d'emmener tout le monde au cinéma IMAX voir un film sur écran géant, ou à l'ESPN Zone, où on pouvait manger et jouer dans un décor entièrement voué au monde du sport.

En gravissant les marches du perron, j'aperçus un mot coincé dans le grillage de la contre-porte, et qui flottait dans le vent du soir.

Oh, oh.

Quand on me laisse un message à la maison, j'ai toujours un pincement d'angoisse. Ces dernières années, il y a eu trop de mauvaises nouvelles.

Je reconnus aussitôt l'écriture de Nana :

« *Alex, on est allés chez ta tante Tia. On rentre vers 9 heures. Tu nous manques. J'espère qu'on te manque aussi. J'en suis sûre, même si tu ne le montres pas. Nana et les enfants.* »

J'avais remarqué que depuis un certain temps, Nana se montrait étonnamment sentimentale. Elle soutenait qu'elle se sentait mieux, qu'elle avait retrouvé sa pêche d'antan, mais je me demandais si elle ne me cachait pas quelque chose. Peut-être aurais-je dû parler à son médecin, mais je n'aimais pas trop me mêler de ses affaires. Elle se débrouillait très bien toute seule.

En allant me chercher une bière fraîche, je vis un dessin humoristique que Jannie avait collé sur la porte du réfrigérateur. Une cigogne enceinte. Et brusquement, je me sentis très seul. La magie des enfants, c'est qu'ils comblent votre vie, qu'ils lui donnent un peu de sens – enfin, je parle pour moi et pour un certain nombre de personnes – même s'il leur arrive de vous taper sur les nerfs. Ils vous font souffrir, mais ça en vaut la peine. Enfin, chez nous...

Le téléphone sonna. C'était sans doute Nana.

— Chic, tu es rentré ! fit une délicieuse voix.

C'était Jamilla, et je me sentis déjà un peu mieux. J'imaginais son visage, son sourire, son regard étincelant.

— Chic, c'est toi ! Je viens de rentrer, effectivement, et figure-toi que la maison est vide. Nana et les enfants m'ont lâchement abandonné.

— Ne te plains pas, Alex, ça pourrait être pire. Moi, je suis encore au bureau. J'ai écopé d'une méchante affaire, vendredi. Un touriste irlandais qui s'est fait tuer dans le quartier chaud. Peux-tu me dire ce qu'un prêtre de Dublin, âgé de cinquante et un ans, faisait dans une des rues les plus mal famées de San Francisco, à 2 heures du matin ? Et pourquoi on l'a étranglé avec une paire de collants grande taille ? À moi de le découvrir.

— En tout cas, tu as l'air de bien t'amuser.

Ce n'était évidemment pas ce meurtre sordide qui m'égayait, mais l'enthousiasme avec lequel Jamilla abordait les missions qu'on lui confiait.

— Disons qu'une bonne énigme, de temps en temps, c'est motivant. Comment se déroule ton enquête ? Sale affaire, vraiment. J'y repense quand j'ai un peu de temps libre. Éliminer des officiers en leur collant sur le dos des crimes qu'ils n'ont pas commis, il faut le faire…

Je la mis au courant des derniers développements, de collègue à collègue, puis la conversation s'orienta vers des sujets plus agréables, tels que les quelques jours que nous avions passés ensemble dans l'Arizona. Jusqu'au moment où Jamilla m'annonça qu'elle allait devoir raccrocher. Son enquête l'attendait. Elle adorait son boulot de flic, et ne s'en cachait pas. Moi aussi, mais je commençais à me poser des questions.

Je pris une autre bière avant de monter dans ma chambre, la tête encore pleine d'images de Jamilla et de notre week-end idyllique. Rien que du ciel bleu, comme dans la chanson…

Et en entrant dans la pièce, surprise.

Sur mon lit, il y avait deux grands et beaux vases en verre. Anciens, peut-être.

Remplis d'agates. Il devait bien y en avoir douze cents.

Je pris l'une des grosses billes, la fis rouler entre le pouce et l'index. Oui, je sentais bien là quelque chose de précieux.

Les samedis qu'il me restait.

Comment comptais-je les utiliser ?

C'était peut-être celle-ci, la plus formidable des énigmes.

78.

Au fil de mes déplacements dans Washington, les jours suivants, j'eus l'impression d'être suivi. Observé. Je ne pus, pourtant, prendre quiconque sur le fait. Ou ces types étaient très forts, ou j'étais en train de perdre les pédales.

Je repris le travail lundi matin et jusqu'à la fin de la semaine, je réussis à m'acquitter de mon temps de service sans jamais resquiller. Le soir, je passais quelques heures avec les enfants, et j'allais ensuite travailler au grenier. Au Pentagone, un colonel du nom de Daniel Boudreau avait accepté de m'aider en m'envoyant des archives militaires de la guerre du Viêtnam. Des kilos et des kilos de paperasse auxquels personne, semblait-il, ne s'était intéressé depuis de nombreuses années. Il me suggérait de prendre contact avec les services de l'ambassade vietnamienne, qui disposaient également d'archives.

Chaque soir, je parcourais les vieux dossiers jusqu'à en avoir la migraine, et je luttais contre le sommeil.

J'essayais désespérément de trouver un lien entre Ellis Cooper, Reece Tate, Laurence Houston, James Etra, Robert Bennett et même Tran Van Luu et les meurtres, sans le moindre succès. Comment était-ce possible ?

Ces hommes ne s'étaient pas côtoyés en Asie du Sud-Est.

Tard dans la soirée, je reçus un nouvel e-mail du Fantassin. J'avais désormais la preuve qu'il ne s'agissait pas d'Owen Handler. Qui se cachait derrière ce pseudonyme ? Kyle Craig, grand manipulateur devant l'Éternel ? Comment aurait-il pu envoyer ces messages depuis une cellule où on le surveillait vingt-quatre heures sur vingt-quatre ?

Étais-je, moi aussi, victime d'un coup monté ?

> *Inspecteur Cross,*
>
> *Votre manière de procéder me déçoit un peu. Vous trouvez la bonne piste, puis vous l'abandonnez. Revenez sur vos pas. Toutes les réponses sont dans le passé. N'en est-il pas toujours ainsi ?*

Le message était signé « le Fantassin », mais une petite icône, en bas de page, me mit très mal à l'aise. Elle représentait une poupée de paille, semblable à celles que nous avions découvertes chez certaines des victimes.

Le mercredi, ma journée terminée, je me rendis à l'ambassade du Viêtnam, dans la Vingtième Rue, à l'autre bout de la ville. Le FBI avait pris rendez-vous pour moi. Peu avant 6 heures, je fus accueilli au troisième étage par une traductrice nommée Thi Nguyen. Quatre grosses boîtes d'archives étaient posées sur son bureau, dans une pièce relativement exiguë. Au mur, le portrait de Ho Chi Minh lorgnait sur une plaque : AMBASSADE DE LA RÉPUBLIQUE SOCIALISTE DU VIÊTNAM.

Visiblement contrariée de faire des heures supplémentaires, sans doute ordonnées par sa hiérarchie, la jeune femme piochait dans ses documents poussiéreux, vieux de plus de trente ans. Elle sortait un dossier, m'en traduisait un passage.

— Il n'y a rien, là-dedans, inspecteur. Rien de nouveau.

Je lui demandais de continuer. Elle soupirait bruyamment, rajustait ses curieuses lunettes à montures noires puis, d'un geste très solennel, sortait un autre document. Et des heures durant, elle m'infligea cet insupportable rituel.

Vers 21 heures, elle releva la tête, très étonnée.

— Ah, voilà quelque chose. C'est peut-être ce que vous cherchiez.

— Traduisez-moi tout, s'il vous plaît. Mot pour mot.

— C'est toujours ce que je fais, inspecteur. D'après ces archives, des attaques sauvages ont eu lieu dans des petits villages de la vallée d'An Lao. Des civils auraient été tués. Cela s'est produit une demi-douzaine de fois. Quelqu'un devait être au courant, chez vous, même à un niveau assez élevé.

— Dites-moi tout ce qu'il y a, si vous voulez bien, sans rien omettre.

L'expression du visage de la traductrice avait subitement changé. La lassitude et l'exaspération avaient laissé place à une attention mêlée d'un soupçon de peur. Ce qu'elle était en train de lire la perturbait.

— Il y a toujours des incidents malheureux au cours d'une guerre, m'expliqua-t-elle, très doctorale. Mais ce qui s'est passé dans la vallée d'An Lao, c'est différent. Il semblerait que ces gens aient été tués délibérément, de façon méthodique. Cela rappelle les tueurs en série qu'on trouve ici, aux États-Unis.

— Il y a aussi des tueurs en série en Asie, lui fis-je remarquer.

Elle n'apprécia guère ma réflexion.

— Voyons. Des plaintes officielles ont été faites auprès de votre gouvernement et de l'armée américaine par des officiers de l'armée régulière sud-vietnamienne. Le saviez-vous ? Il y a également une succession de plaintes déposées par Saigon, comme on l'appelait à l'époque. Une affaire de meurtre, d'après l'armée du Sud. Des civils innocents, parmi lesquels des enfants, ont été assassinés. Des hommes, des femmes, des enfants. Des villageois qui n'avaient rien fait. Et souvent, on a retrouvé de la peinture sur les corps.

— Rouge, blanc, bleu, dis-je. C'était la carte de visite des tueurs.

Thi Nguyen me regarda, affolée.

— Comment le savez-vous ? Vous étiez déjà au courant ? Quel est votre rôle dans cette histoire ?

— Je vous l'expliquerai quand nous aurons fini. Ne vous arrêtez pas maintenant, s'il vous plaît. C'est peut-être ce que je recherchais.

Une vingtaine de minutes plus tard, elle tomba sur un document que je lui demandai de relire.

— Une équipe de Rangers a été envoyée dans la vallée d'An Lao. Ce n'est pas très clair, mais apparemment, ces Rangers avaient pour mission d'enquêter sur ces meurtres. Je suis désolée, inspecteur, mais ce rapport ne précise pas s'ils ont réussi ou pas.

— Avez-vous des noms ? lui demandai-je. Qui faisait partie de cette équipe ?

Je sentais déjà mon taux d'adrénaline monter en flèche.

Thi Nguyen me fit signe, en soupirant, qu'elle n'avait pas la réponse. Elle finit par se lever de son bureau.

— Il y a d'autres archives au quatrième étage. Suivez-moi, inspecteur. Vous dites que des gens se font encore tuer, aujourd'hui ?

Je la suivis. En haut, il y avait un mur entier de dossiers. Nous descendîmes plusieurs cartons.

Nos recherches se poursuivirent tard dans la soirée. Le lendemain, ce fut pareil. Et nous nous retrouvâmes également vendredi, à l'heure de la pause-déjeuner. Thi Nguyen semblait prendre l'affaire très à cœur, elle aussi. Nous finîmes par apprendre que certains des Rangers envoyés dans la vallée d'An Lao étaient des spécialistes des missions d'élimination. Malheureusement, les dossiers n'étaient pas classés chronologiquement. On les avait entassés pêle-mêle, persuadé que personne ne les relirait jamais.

Vendredi, en début d'après-midi, nous ouvrîmes d'autres cartons bourrés de documents relatifs à l'enquête de la vallée d'An Lao.

Thi Nguyen me regarda.

— Voilà, j'ai les noms des exécuteurs. Et je crois que j'ai trouvé le nom de code de l'opération. C'était, apparemment, Trois Souris vertes.

IV

PAS DE SOMMATIONS

79.

J'avais désormais trois noms. Trois Rangers dépêchés dans la vallée d'An Lao pour mettre un terme à des meurtres de civils. L'information était à manier avec précaution, et il me fallut toute une semaine, avec l'aide de Sampson, pour retrouver la trace de ces hommes et recueillir tous les renseignements nécessaires sur leur compte.

Ron Burns m'apporta l'ultime confirmation : le FBI soupçonnait ces trois hommes de deux autres exécutions commanditées, celle d'un homme politique, à Cincinnati, et celle de l'épouse d'un dirigeant syndicaliste, à Santa Barbara, Californie.

Thomas Starkey
Brownley Harris
Warren Griffin
Les Trois Souris vertes

Ce même vendredi, après le service, Sampson et moi repartions pour Rocky Mount, Caroline du Nord.

Rocky Mount, c'était la campagne, la vraie. Il y avait tout autour d'immenses exploitations agricoles, et les fermiers vendaient leurs produits à toutes les intersections. Nous traversâmes une première fois la ville, puis nous fîmes demi-tour, en passant devant l'aéroport de Rocky Mount-Wilson, l'hôpital Nash et surtout les bureaux de la société Heckler & Koch, pour laquelle travaillaient Starkey, Harris et Griffin. Ils étaient attachés commerciaux, et couvraient un secteur comprenant plusieurs bases militaires, dont Fort Bragg.

Il était presque 18 heures lorsque nous débarquâmes au Heels, un bar pour amateurs de sport fréquenté aussi bien par des pilotes de course que par des basketteurs des Charlotte Hornets. Blancs et Noirs se côtoyaient donc, et nous passions parfaitement inaperçus. Dans le brouhaha général, nous entendions à peine le son des douze téléviseurs géants, surélevés, répartis dans tout l'établissement.

Le bar se trouvait à moins de deux kilomètres des bureaux de la filiale américaine de Heckler & Koch, le célèbre fabricant d'armes allemand, et nous étions sûrs d'y rencontrer certains de ses employés. H & K était l'un des principaux employeurs de la ville, juste derrière les laboratoires Abbott et Consolidated Diesel. Je me demandais s'il pouvait y avoir un lien entre la société et les meurtres, mais cela me paraissait improbable.

Au comptoir, je n'eus aucune peine à aborder un chef de fabrication de chez H & K. La conversation s'amorça avec la désastreuse saison des Carolina Panthers, puis nous fîmes en sorte de l'aiguiller en douceur vers les activités du fabricant. L'homme avait une très bonne opinion de sa société, en laquelle il voyait « une sorte de grande famille » et « l'une des meilleures boîtes de Caroline du Nord », or la Caroline du Nord était déjà, selon lui, l'un des États où l'on pouvait travailler en ayant une bonne qualité de vie. Ensuite, il fut question d'armes, et plus particulièrement du pistolet-mitrailleur MP5. Notre voisin de comptoir nous raconta que le MP5 était très prisé des Navy Seals, les commandos de marine, et des unités spéciales d'intervention de la police, les fameux SWAT teams, mais que dans les villes, les gangs avaient également réussi à s'en procurer. Cela, je le savais déjà.

Dans la conversation, l'air de rien, je glissai les noms de Starkey, Harris et Griffin.

— Vous les connaissez d'où ? me demanda-t-il, sans paraître excessivement surpris. Tom et Brownie devraient déjà être là, d'ailleurs. Ça m'étonne. D'habitude, le vendredi, ils font toujours un saut.

— On a fait le Viêtnam ensemble, lui répondit Sampson. En 1969 et 1970.

L'autre opina.

— Vous étiez aussi dans les Rangers ?

— Non, on faisait juste partie de la troupe. Fantassins.

Nous échangeâmes encore quelques mots avec d'autres employés de H & K qui, tous, semblaient très satisfaits de leur employeur. Ils connaissaient Starkey, Harris et Griffin, ils savaient qu'ils avaient été Rangers. J'avais l'impression que les trois hommes jouissaient d'une certaine popularité et qu'ils étaient peut-être même des figures locales.

Il était 19 h 15 lorsque Sampson se pencha vers moi et me glissa à l'oreille :

— La porte d'entrée. Regarde qui vient d'arriver. Trois types en costard. Ils n'ont pas l'air de tueurs.

Je me retournai lentement, je vis les nouveaux arrivants. Qui n'avaient vraiment rien de tueurs.

— Ils ont l'air d'être les types les plus sympas du bar, pour ne pas dire de toute la Caroline, et pourtant leur boulot consiste à éliminer des gens, et ils l'ont appris à l'armée.

Et nous eûmes le restant de la soirée pour observer tout à loisir nos trois tueurs.

80.

Nous étions descendus dans un Holiday Inn, près de l'autoroute. À 6 heures du matin, nous nous offrîmes dans un Denny's un petit déjeuner savoureux et tout sauf diététique – omelettes et pommes de terre sautées maison – avant de mettre au point le programme de la journée, qui s'annonçait des plus intéressantes. La veille, nous avions appris que la société Heckler & Koch organisait aujourd'hui même son grand pique-nique annuel. Nous n'étions ni clients, ni collaborateurs, mais nous comptions bien nous inviter à la fête. Avec la ferme intention de faire un peu d'esclandre si l'occasion se présentait.

Après le petit déjeuner, nous avions prévu d'aller faire un tour chez nos trois suspects. Un repérage en musique, au son d'un groupe que nous aimions bien, Maze. Joli contraste avec les échos country de la région.

Les tueurs vivaient à Knob Hill, Falling River Walk et Greystone, les quartiers huppés de Rocky Mount, où habitaient essentiellement des jeunes cadres avec enfants. C'était le Nouveau Sud. Calme, bon goût et raffinement.

— L'art de se fondre dans la population..., commenta Sampson tandis que nous passions devant la belle villa coloniale de Warren Griffin.

— Ils sont bons. Ils ne se sont jamais fait coincer. J'ai vraiment envie de leur faire un brin de causette.

Vers 8 heures, nous rentrâmes au Holiday Inn pour nous préparer. Le pique-nique devait débuter à 11 heures, et nous comptions nous y rendre vers 13 heures, quand tous les participants seraient arrivés. D'après ce que nous savions, la quasi-totalité du personnel de Heckler & Koch participerait à la fête, des coursiers aux dirigeants.

Starkey, Harris, Griffin et leurs familles seraient là.

Ainsi que Sampson et moi.

L'heure de la revanche avait sonné.

81.

Il faisait si lourd que les cuistots en tablier abandonnaient régulièrement leurs barbecues pour aller siroter une boisson fraîche à l'ombre. L'ambiance était détendue, et tout le monde savourait cette belle journée de samedi. Encore une agate perdue, me disais-je.

Sous la ramure fournie d'un vénérable chêne, nous écoutions les chants d'oiseaux en buvant du thé glacé dans des gobelets en résine si transparents qu'on aurait dit du véritable verre. Avec nos T-shirts barrés d'un grand H & K, L'ÉLITE, nous donnions vraiment l'impression d'avoir toujours fait partie de la « famille ».

Un délicieux parfum de viande grillée flottait dans l'air, et la fumée des barbecues contribuait certainement à tenir les insectes à l'écart.

— Leurs travers de porc sont vraiment à mourir, avoua Sampson.

Les travers de porc grillés, c'était également ma spécialité. Pour bien les réussir, il faut une source de chaleur indirecte et ici, on avait pris soin de mettre le charbon de bois sur les côtés. C'était Nana qui m'avait appris l'art des grillades et bien d'autres subtilités. Elle voulait que je cuisine aussi bien qu'elle. J'avais encore des progrès à faire, mais je me débrouillais déjà fort bien et j'étais capable de la remplacer lorsqu'il le fallait.

Je savais même que, dans l'univers impitoyable des barbecues, deux camps s'affrontaient : celui du « massage à sec » et celui du « bain ». La première méthode consistait à saupoudrer la viande d'un mélange de sel, poivre, paprika et sucre de canne, à la fois relevé et sucré, destiné à faire ressortir, disait-on, les vraies saveurs. La seconde voulait qu'on badigeonne les travers d'une sauce composée de cidre, d'échalotes, de petits piments mexicains, de ketchup, de sucre de canne et de pâte de tomate. Moi, j'aimais bien les deux, du moment que la viande était cuite à point, autrement dit fondante.

— Un vrai pique-nique à l'américaine, murmurait Sampson. Tout le monde a l'air de bien s'amuser. Au fait, il faudra que je te parle de Billie, dans le New Jersey.

— Billie ? Qui est-ce ?

— Pas maintenant. On a du pain sur la planche, camarade.

Pour l'instant, notre travail consistait à observer, à bonne distance, les familles Starkey, Harris et Griffin. Je vis Starkey lancer une ou deux fois un regard dans notre direction. Nous avait-il repérés ? Notre présence ne semblait pas le troubler outre mesure.

— Tu crois que ce sont eux qui ont tué le colonel Handler ? demanda Sampson. Et qu'ils savent qui nous sommes ?

— S'ils ne le savent pas, ils ne vont pas tarder à l'apprendre.

— C'est ça, ton fameux plan ? continua Sampson, imperturbable. Nous faire tuer ici, à Rocky Mount ?

— Ils ne feront rien en présence des familles.

— Tu en es sûr ?

— Non, mais ce sont des professionnels. Ils choisiront leur endroit, ne t'inquiète pas.

— Moi, m'inquiéter ? Non, je suis juste pressé d'en finir avec ces salopards.

Au fil de l'après-midi, nous eûmes l'occasion de bavarder avec d'autres employés de H & K et leurs familles. Ils étaient d'un abord facile, et nous faisions tout pour qu'on nous trouve sympathiques. Nous nous présentions comme de nouveaux collaborateurs de l'entreprise, et personne ne mettait notre parole en doute. En fait, nous ne rencontrions que des gens excessivement cordiaux et accueillants. Les habitants de Rocky Mount étaient décidément charmants. Enfin, presque tous...

Au déjeuner succédèrent des jeux d'équipes et des tournois : natation, volley, football et softball, cette version simplifiée du base-ball, qui se pratique avec une balle souple, en sept manches au lieu de neuf. Et des petits concours avaient également été prévus pour les enfants.

Starkey, Harris et Griffin finirent par se diriger vers l'un des terrains de softball tout proches.

Nous les suivîmes à distance.

Les jeux allaient commencer.

82.

Un vieux bonhomme qui portait un maillot poussiéreux des Atlanta Braves et une casquette de base-ball nous lança :

— Il nous faut encore deux gars pour compléter l'équipe. Vous avez l'air d'être des costauds, vous. Vous savez jouer ? Venez, on va se faire un petit match sans prétention.

Nous échangeâmes un regard. Sampson souriait de toutes ses dents.

— D'accord, nous sommes partants.

On nous colla tous les deux dans la même équipe, la plus hétéroclite, la plus à plaindre des deux. Nous allions pouvoir affronter Starkey, Harris et Griffin, nos estimables adversaires, en match « amical ».

— On nous a mis dans l'équipe des bras cassés, maugréa Sampson.

— Je te rappelle qu'on n'est pas venus ici pour gagner un match de softball.

— D'accord, mais on n'est pas venus pour perdre non plus.

Sous des dehors bon enfant, la partie s'annonçait très déséquilibrée. Starkey et Harris étaient sportifs, et tous les membres de leur équipe paraissaient en forme,

— Les balles faciles te font peur, à toi aussi ? me lança Warren Griffin depuis son monticule.

— Tu sais frapper ou tu te contentes d'envoyer des balles basses ? renchérit Starkey, toujours en position de shortstop.

Et derrière moi, Brownley Harris, le receveur, s'en mêla à son tour :

— Alors, la vedette, qu'est-ce que tu nous mijotes ? Ce sera quoi ?

Je me retournai.

— Faites un effort, essayez de me surprendre.

Griffin avait bien armé son bras, j'en déduisis que sa balle allait être puissante. Oh, et puis, après tout, me dis-je, ce n'est qu'un petit match amical.

La balle arriva très vite, et un tout petit peu haut, mais elle était à ma portée. Je ne pus résister. La batte claqua et la balle fusa au-dessus de la tête du lanceur, survola également celle du défenseur central. Sur le banc où se morfondaient nos bras cassés, ce fut soudain l'hystérie. L'espoir et la joie étaient enfin de retour dans notre camp.

Je m'étais élancé pour faire le tour des bases. Starkey me lança un regard quand je touchai la deuxième base et filai vers la troisième. Comme s'il savait quelque chose...

Arrivé à la troisième, je vis Sampson, en face, qui me faisait des signes. J'étais bientôt arrivé. Je ne regardais même pas ce qui se passait dans la surface extérieure. Rien ne pourrait m'empêcher d'atteindre le but.

Je frôlai la troisième base en la contournant par l'extérieur, puis accélérai. Je n'avais sans doute pas couru aussi vite depuis des années. Je donnais tout ce que je pouvais.

Brownley Harris m'attendait de pied ferme sur la plaque, mais où était la balle ? Je fonçais comme un train fou lorsque je la vis revenir dans la surface intérieure en deux passes. Elle allait malheureusement arriver avant moi.

Harris réceptionna la passe parfaite du défenseur. Il me tenait.

Je fonçais toujours droit sur lui, et son corps massif m'interdisait l'accès de la plaque de but. Si je le percutais à pleine vitesse, je pouvais lui faire perdre la balle. Il me fixait des yeux, le sourcil bas, le regard presque mauvais, prêt à encaisser le choc. Ce n'était pas un gringalet, il était en forme, et donnait l'impression d'avoir une certaine expérience des terrains de sport.

Parvenu à quelques mètres de lui, je me baissai, histoire de lui montrer ce qui l'attendait.

Puis, au tout dernier instant, je fis un écart, revins sur ma cible en plongeant et, au terme d'une glissade en crochet assez élégante, réussis à toucher la plaque de la main gauche, entre les grosses jambes de Harris.

— Sauf ! cria l'arbitre en écartant les bras.

En me relevant, j'aperçus du coin de l'œil Harris qui se précipitait sur moi. Maintenant, ça risquait de chauffer. Fini, le jeu amical.

Je vis son bras jaillir et... il me tapa dans la main.

— Bien joué. Tu nous as eus, camarade. La prochaine fois, je saurai à quoi m'attendre. Enfin, de toute façon, on fait tous partie de la même équipe, non. Heckler & Koch toujours !

Il avait vraiment l'air d'un type sympa.

Pour un tueur.

83.

— Je trouve que tu bouges encore pas mal pour un vieux flic en fin de course, me taquina Sampson.

Nous traversions le parking, une aire de terre battue où monospaces et pick-up se taillaient la part du lion. Nous avions épuisé les joies du pique-nique H & K. Après avoir sauvé l'honneur, nous avions perdu notre match de softball de cinq points. Le score aurait pu être encore plus navrant.

— Moi, au moins, je ne suis pas obligé de taper des balles basses pour gagner une base, rétorquai-je.

— Je les ai complètement pris au dépourvu, ma poule. Ça a marché, non ? Et ça les a bien énervés aussi.

— N'empêche qu'on a perdu.

— Le match, peut-être, mais pas la guerre.

— Disons, pas encore.

Je pris le volant. Arrivé dans le quartier cossu de Falling River Walk, je me garai tout près de chez Thomas Starkey, au coin de la rue. C'était une villa de brique rouge, avec des cadres de fenêtres blancs et des volets noirs, plantée au milieu d'un véritable parc agrémenté de rhododendrons, de lauriers de montagne et de sapins du Canada. Un joyeux fouillis de chrysanthèmes or masquait une petite porte, sur le côté.

— C'est comme ça qu'on va opérer ? me demanda Sampson. On entre par effraction, en plein jour.

— Ils doivent savoir qui nous sommes, et que c'est pour eux que nous sommes ici.

— Probablement. Les Rangers sont l'élite de l'infanterie légère. La plupart d'entre eux sont d'ailleurs des types bien. « Les Rangers ouvrent la voie », telle est leur devise depuis le débarquement à Omaha Beach. Ils sont la pointe de l'épée.

— Et au Viêtnam ?

— Il y en avait beaucoup sur place. Ils se chargeaient des grandes missions de reconnaissance. Le 75e d'infanterie, c'étaient des soldats exemplaires, les meilleurs. Enfin, la plupart. C'est sans doute là que se trouvaient également les meilleurs exécuteurs.

Il ne me fallut pas une minute pour forcer la porte, et me retrouver dans une petite buanderie qui sentait l'eau de Javel et la poudre à laver. Nous n'avions pas entendu d'alarme, ce qui ne signifiait pas pour autant que notre intrusion n'avait pas été décelée par un capteur.

— Se pourrait-il qu'ils fassent encore tous les trois partie de l'armée ? m'interrogeai-je. Qu'ils soient chargés de monter des opérations spéciales ?

— L'idée m'a traversé l'esprit. J'espère que l'armée n'a pas quelque chose à cacher.

C'était une demeure presque neuve, où régnaient ordre et propreté. Au rez-de-chaussée, les salons voûtés s'ornaient de deux grandes cheminées. La salle de jeu comprenait un bar et une table de billard. Cette baraque devait faire quatre cent cinquante mètres carrés et valoir autour de quatre cent mille dollars. Thomas Starkey vivait bien, pour un commercial. Griffin et Harris aussi, à en juger par le style de leurs maisons.

Tout était immaculé, bien à sa place. Même les jouets avaient été rangés sur leurs étagères. Starkey et son épouse tenaient visiblement la maisonnée d'une main de fer.

La cuisine faisait la part belle au high-tech, avec son énorme réfrigérateur à régulation électronique, ses casseroles et ses poêles en inox pendues au-dessus du plan de travail, son fait-tout géant en fonte trônant sur la gazinière.

La chambre du maître communiquait avec une petite pièce qui se révélait être son antre, son univers privé. Il y avait là beaucoup de souvenirs et de photos de l'armée, sur lesquelles figuraient parfois Harris et Griffin, mais aucun des militaires qu'ils avaient piégés. Retrouver Ellis Cooper sur une photo au domicile de Thomas Starkey aurait été trop beau, mais je pouvais toujours espérer...

Pendant que je scrutais les clichés épinglés au mur, Sampson ouvrait les tiroirs et examinait le contenu de plusieurs armoires encastrées dans le mur. Il tomba sur un placard cadenassé. Il me regarda.

— Vas-y, lui dis-je. On est venus pour ça.

— Maintenant, plus question de faire marche arrière.

Il sortit son Glock et abattit le canon de toutes ses forces sur le cadenas. Le cadenas résista, mais la fixation murale sauta. La fermeture ne servait manifestement qu'à protéger le contenu du placard des regards indiscrets.

— Des photos de cul, fit Sampson en farfouillant à l'intérieur. Des revues porno, du SM assez hard. Une avec des filles très, très jeunes. Une autre avec des femmes épilées. Beaucoup d'Asiatiques. C'est son truc, les Asiatiques. Ce sont peut-être eux qui ont buté les putes, à New York.

Sampson s'assura que le placard n'était pas équipé d'un double fond.

— Rien. Une collection de bouquins de cul, c'est tout. Ce n'est pas le mari ni le père idéal, mais ça, on le savait déjà.

J'avais beau regarder partout, je ne relevais rien de bien compromettant.

— Il a dû planquer ce qui nous intéresse ailleurs. Je crois qu'on devrait y aller. En laissant tout tel quel. Je veux que Starkey sache qu'on est venus chez lui.

— Tom risque d'avoir des petits problèmes avec sa dame, ricana Sampson.

— Tant mieux. Il devrait avoir des petits problèmes avec tout le monde, d'ailleurs.

Nous rebroussâmes chemin. Dans les arbres, les oiseaux s'en donnaient à cœur joie. C'était charmant. Un soleil tout d'or blanc glissait dans le ciel d'azur. Rocky Mount était vraiment une belle petite ville.

Il y avait un GMC Suburban bleu garé devant la maison. Starkey, Harris et Griffin nous attendaient.

Les Trois Souris vertes.

Trois contre deux.

84.

L'heure n'était plus aux subtilités. Sampson dégaina, j'en fis autant. Canon pointé vers le sol, sans viser personne. Nos trois compères ne paraissaient pas armés. *Juste un petit match amical, c'est ça ?*

— Il ne se passera rien ici ! nous lança Starkey. C'est ici que vivent ma femme et mes enfants. C'est un bon quartier, avec des gens très bien.

— C'est également ici que vous entreposez vos bouquins de cul, répliquai-je. Vos photos sado-maso. Les souvenirs de vos petites fiancées au Viêtnam.

Il eut un sourire pincé, hocha la tête.

— Également. Vous êtes inspecteurs, c'est ça ? De Washington ? Des amis du sergent Ellis Cooper. Je trouve que vous êtes drôlement loin de chez vous. Pourquoi ne rentrez-vous pas à Washington ? Croyez-moi si vous voulez, mais vous y courez moins de risque qu'à Rocky Mount.

— Nous savons ce que vous avez fait, lui dis-je. En grande partie, en tout cas. Nous ne savons pas encore pourquoi, mais nous approchons du but. La vallée d'An Lao, au Viêtnam. Que s'y est-il passé, colonel Starkey ? Une sale histoire, hein ? Un méchant dérapage. Pourquoi les Trois Souris vertes sont-elles toujours en opération ?

Starkey n'opposa aucun démenti.

— Vous ne pouvez rien nous faire. Comme je vous l'ai déjà dit, je crois que vous devriez rentrer chez vous. Considérez cela, si vous le voulez, comme une mise en garde amicale. Nous ne sommes pas des voyous. Nous ne faisons que notre travail.

— Et si nous ne sommes pas d'accord ? demanda Sampson. Si nous choisissons de poursuivre notre enquête ici, à Rocky Mount ? Vous avez tué un de mes amis.

Starkey noua ses mains, puis regarda Harris et Griffin qui, de toute évidence, n'étaient pas des spécialistes de la mise en garde amicale.

— Ne vous approchez jamais plus de chez nous.

Le regard de Starkey, assassin professionnel, avait la froideur et la dureté de l'acier.

Nous ne sommes pas des voyous. Nous sommes bien pires que cela.

Brownley s'écarta du capot du Suburban.

— Vous avez entendu ce que le monsieur vous a dit ? Hé, les deux nègres, vous écoutez bien ? Vous feriez mieux. Maintenant, dégagez et ne remettez jamais plus les pieds ici ! On vient pas chez quelqu'un pour ce genre de conneries. C'est pas comme ça que ça fonctionne, vous m'entendez ? Vous m'entendez, connards ?

Je souris.

— Ah, c'est vous, la tête pensante. Bon à savoir. Starkey est le patron. Du coup, ça vous laisse quoi, Griffin ? Vous, vous jouez du muscle ?

Warren Griffin s'esclaffa.

— Tout juste. Je joue du muscle. J'ai aussi de l'artillerie. Je suis le type qui bouffe des types comme vous au petit déjeuner.

Nous continuions à les dévisager, sans faire le moindre geste.

— Il y a une chose qui m'intrigue, Starkey. Comment savez-vous qui nous sommes ? Qui vous l'a dit ?

Sa réponse me fit l'effet d'une décharge électrique.

— Le Fantassin.

Et, avec un grand sourire, le colonel Thomas Starkey nous salua, l'index sur le rebord de la casquette.

85.

Nous reprîmes la route en fin d'après-midi. Cette autoroute commençait à me taper sur les nerfs, avec ses hordes de semi-remorques qui nous polluaient la vue, l'ouïe et l'odorat.

— Je suis ravi qu'on passe tout ce temps ensemble, même si je préférerais que ce soit en d'autres circonstances, déclarai-je à Sampson. Mais je te trouve bien silencieux. Quelque chose te tracasse. Dis-moi tout.

Il se tourna vers moi.

— Tu te souviens de la fois où je suis venu chez vous, quand j'avais onze ans, ou pas loin ? Je suis resté deux ou trois semaines avec toi et Nana ?

— Oui, je m'en souviens, et ça s'est produit plus d'une fois. Nana disait qu'on était des vrais frères, pas seulement des frères de sang. Tu étais tout le temps fourré à la maison.

— Cette fois-là, ma poule, c'était un peu spécial. Je sais même pourquoi tu ne t'en souviens pas. Je vais te rafraîchir la mémoire.

— Bon, d'accord.

— Tu vois, après l'école, je ne rentrais pas à la maison. Vu que la plupart du temps, à la maison, il n'y avait personne. Ce soir-là, j'ai dû rentrer vers 9 heures, 9 h 30.

Je me suis réchauffé un peu de hachis de bœuf, j'ai regardé la télé. À l'époque, j'étais dingue de *Mission impossible*, je passais la semaine à attendre chaque nouvel épisode. On a frappé à la porte.

» Je suis allé voir qui c'était, et c'était Nana. Elle m'a pris dans ses bras, comme elle le fait encore quand elle me voit. Elle m'a demandé si j'avais un peu de hachis pour elle aussi. Elle m'a dit qu'elle voulait bien des œufs par-dessus. Et elle s'est mise à rire. Tu sais, son rire de crécelle, là.

— Je ne me souviens pas de tout ça. Que faisait-elle chez toi à une heure pareille ?

— Cette année-là, mon père était en taule. Comme d'habitude, ou presque. L'après-midi, ma mère avait été inculpée de détention d'héroïne, avec intention de vendre. Et condamnée. Une assistante sociale était passée, mais je n'étais pas là. Quelqu'un avait appelé Nana.

» Nana est donc venue, et crois-moi si tu veux, mais elle a mangé un peu de mon hachis de bœuf, en me disant qu'il était rudement bon et qu'un jour, je deviendrais peut-être un grand cuisinier. Puis elle m'a annoncé que j'allais rester un bout de temps chez vous. Elle m'a expliqué pourquoi. Elle avait réussi à persuader les services de la protection de l'enfance, tu sais de quoi elle est capable. C'est la première fois qu'elle m'a sauvé la vie, mais pas la dernière, loin de là.

Je hochais la tête, j'écoutais. Sampson n'avait pas terminé.

— C'est elle qui m'a aidé à entrer dans l'armée après le lycée. Puis à l'école de police quand j'ai été démobilisé. C'est ta grand-mère, Alex, mais elle est plus que ma vraie mère. Et je n'ai jamais eu de père, à proprement parler. Toi non plus, d'ailleurs. J'ai toujours pensé que c'était ça, au début, qui nous liait.

Sampson n'avait pas pour habitude de s'épancher ainsi. Je me taisais. Je ne savais pas où il voulait en venir, mais ce n'était pas le moment de l'interrompre. Je voulais qu'il aille jusqu'au bout.

— J'ai toujours su que je n'étais pas fait pour être père ou mari. Je le sentais bien au fond de moi-même. Et toi ?

— Moi, avant de rencontrer Maria, j'avais des appréhensions. Et elles se sont dissipées. Enfin, presque toutes. Je savais que Maria et moi, ensemble, on serait bien. Et quand j'ai tenu Damon dans mes bras pour la première fois, mes dernières craintes se sont complètement envolées.

Sampson commença par sourire, puis se mit à rire franchement.

— J'ai rencontré quelqu'un, Alex. C'est bizarre, mais elle me rend heureux et je lui ai confié tous mes secrets. Regarde-moi, je souris jusqu'aux oreilles, on dirait une citrouille de Halloween.

Nous étions tous les deux hilares. C'était la première fois que je voyais Sampson amoureux, et Dieu sait si notre amitié remontait au déluge.

— Je vais bien trouver un moyen de tout foutre par terre, ajouta-t-il en riant.

Les rires et les plaisanteries se poursuivirent durant presque tout le trajet. Je n'en revenais pas. Sampson avait une copine.

Billie.

86.

Nana Mama disait toujours : « Il faut rire avant le petit déjeuner, et pleurer avant le dîner. » Quand on a élevé une petite famille, on sait qu'il y a un fond de vérité dans ce genre de délire.

Ce soir-là, en arrivant, je vis un véhicule de secours garé devant la maison.

Je coupai le moteur de la Porsche et sortis d'un bond.

La pluie me fouettait le visage. À demi aveuglé, je gravis les marches du perron et me précipitai à l'intérieur de la maison. Mon cœur battait trop vite, et j'entendais une petite voix me dire : « Non, non, non ! »

Des gens parlaient dans le séjour. Je m'attendis au pire.

Nana Mama et les enfants s'étaient regroupés sur le vieux sofa, et ils se tenaient la main.

Assise face à eux, il y avait une femme en blouse blanche. Je reconnus le Dr Kayla Coles, que j'avais vue le soir où Damon nous avait conduits auprès de son copain, Ramon.

— Tu as manqué le grand numéro, m'annonça Nana.

— T'imagines, papa ! renchérit Jannie. Pour une fois, c'est toi qui manques le grand numéro.

— Bonjour, docteur.

Elle souriait.

— Heureuse de vous revoir.

Je me tournai vers Nana.

— Peux-tu me dire ce que j'ai manqué ? Et d'abord, que font les secours devant ta porte ?

Elle haussa les épaules.

— J'ai cru que je faisais une crise cardiaque, Alex. En fait, ce n'était qu'un malaise.

— Nana ne se souvient pas avoir perdu connaissance, m'expliqua le Dr Coles. J'étais un peu plus bas dans la rue. Je travaille avec une association qui permet aux habitants des quartiers défavorisés comme Southeast d'accéder plus facilement aux soins. Une aide médicale personnalisée, et moins chère.

— Nana s'est évanouie ? l'interrompis-je. Que lui est-il arrivé ?

— C'est Damon qui a vu le fourgon et qui est venu me chercher. Nana s'était déjà relevée. Arythmie cardiaque, tachycardie. Le pouls était moins rapide que les battements du cœur, il pouvait y avoir un problème circulatoire. On l'a donc conduite à St. Anthony pour lui faire passer quelques examens.

Nana tenait à relativiser l'incident.

— Je suis tombée, comme ça, boum, dans la cuisine. J'ai toujours espéré que ça m'arriverait là. Damon et Jannie ont été parfaits, Alex. Il était temps qu'ils commencent à s'occuper un peu de moi, pour changer.

Et elle riait, tout comme son médecin. J'étais apparemment le seul à ne pas saisir l'humour de la situation.

— Vous êtes encore là et il est déjà plus de 21 heures, dis-je au Dr Coles.

— On s'amuse tellement que j'ai décidé de traîner un peu, me répondit-elle. J'ai encore une visite à faire, mais M. Bryant ne rentre de son travail qu'après 22 heures.

— Et vous attendiez mon retour, ajoutai-je.

— Oui, je me suis dit qu'il valait mieux. Nana m'a expliqué que vous travaillez souvent tard le soir. Pourrais-je vous parler une minute ?

87.

Nous nous isolâmes sur la terrasse côté rue. La pluie martelait l'auvent. L'air était humide, mais il faisait frais. Le bon Dr Coles s'enveloppa dans son gilet gris.

— J'ai déjà eu cet entretien avec votre grand-mère, me dit-elle. Elle m'a demandé de vous parler et de répondre à toutes vos questions. Je ne veux rien faire dans son dos, ni la traiter de manière condescendante.

— Vous avez raison, mais je peux vous dire que, de toute façon, elle ne se laisse pas faire.

— Oh, je sais ! s'exclama-t-elle en riant. J'ai eu Mme Regina Hope Cross comme prof en sixième. C'est sans doute celle qui m'a le plus inspirée. Même après, à Brandeis, puis en fac de médecine, à Tuft, je n'ai pas rencontré quelqu'un qui ait autant de charisme. Vous avez vu comme je suis douée pour glisser mon CV dans la conversation ?

— Oui, oui, je suis impressionné. Bon, de quoi souffre Nana ?

— Elle se fait vieille, Alex, soupira-t-elle. Tout simplement. Elle avoue quatre-vingt-deux ans. Nous n'aurons les résultats des examens que demain ou après-demain. Le labo m'appellera, et je rappellerai personnellement

Nana. Ce qui m'inquiète ? Elle a des palpitations depuis plusieurs semaines. Des vertiges, un manque de souffle. Elle vous l'a dit ?

Je commençais à me sentir sérieusement gêné.

— Je l'ignorais totalement. Elle m'a dit qu'elle se sentait bien. Elle a eu un matin difficile il y a deux semaines, mais depuis, je ne l'ai pas entendue se plaindre de quoi que ce soit.

— Elle ne veut pas que vous vous fassiez du souci pour elle. À l'hôpital, on lui a fait un électrocardiogramme et un échocardiogramme, et les prélèvement habituels. Comme je le disais, on a constaté de l'arythmie.

» Il y a aussi des bonnes nouvelles : aucun signe d'œdème. Ses poumons sont nets. Rien n'indique qu'elle ait fait un infarctus, même léger. Sa force musculaire, d'une manière générale, est excellente pour quelqu'un de son âge.

— Que lui est-il arrivé, selon vous ?

— Nous aurons les résultats dans les quarante-huit heures. Chose amusante, le Dr Redd, au labo, a également été l'élève de Nana. Si je devais me risquer à émettre un pronostic, je pencherais pour une fibrillation des oreillettes. Les deux oreillettes donnent l'impression de vibrer, au lieu de se contracter normalement. Un caillot risque de se former.

— Je suppose qu'elle peut passer la nuit ici. C'est une tête de mule, vous savez, et s'il vaut mieux l'hospitaliser, je ne veux pas qu'elle reste à la maison. Peu importent les frais.

Kayla Coles opina.

— Alex, je pense que, pour l'instant, elle peut rester chez elle. Elle m'a dit que sa sœur viendrait du Maryland demain, pour l'aider à s'occuper des enfants et de la maison. Sage précaution.

— C'est moi qui vais l'aider à s'occuper des enfants. Et de la maison.

Elle fronça les sourcils.

— Je crois que nous avons déjà souligné le fait que vous travaillez trop.

Je fermai les yeux en soupirant. Je commençais seulement à mesurer la portée de la nouvelle. Il fallait que je cesse de fuir la réalité : Nana avait plus de quatre-vingts ans, et elle était malade.

Kayla me tapota doucement le bras.

— Elle finira par nous quitter, mais elle est forte et elle tient à vivre le plus longtemps possible. C'est important, Alex. Elle est persuadée que les enfants et vous avez besoin d'elle.

Je parvins enfin à esquisser un sourire.

— Elle n'a pas tort.

— Pour l'instant, empêchez-la d'en faire trop.

— On a du mal à la tenir, vous savez.

— Écoutez, attachez-la, si vous ne pouvez pas faire autrement.

J'aurais aimé pouvoir plaisanter, comme elle, mais j'en étais incapable. Mes études de médecine à Johns Hopkins m'avaient permis d'apprendre pas mal de choses sur les maladies cardio-vasculaires. À partir de maintenant, j'allais surveiller Nana de près.

— Et vous, docteur Coles ? Si on parlait de vos horaires de travail ? Il est bientôt 22 heures, et vous avez encore des visites à faire.

Ma question parut l'embarrasser.

— Moi, je suis jeune, je suis forte, et je crois que les habitants de ces quartiers ont besoin d'un accès aux soins de qualité et abordables. Et c'est ce que j'essaie de leur apporter. Bonne nuit, Alex. Occupez-vous bien de votre grand-mère.

— Oh, vous pouvez compter sur moi.

— La route de l'enfer, dit-elle.

— Pavée de bonnes intentions.

Elle se dirigea vers le perron.

— Dites bonne nuit à tout le monde de ma part.

Et descendit la Cinquième Rue pour aller rendre visite à son dernier patient.

88.

Le lendemain, réfugié dans mon grenier, je fis encore quelques recherches sur les Trois Souris vertes, en collant toutes mes notes au mur, mais sans réussir à me concentrer. Comme promis, Kayla Coles appela dans l'après-midi ; elle avait reçu les résultats des examens. Nana finit par me passer le téléphone. Je pris les devants :

— Je voulais juste vous remercier pour votre aide. Excusez-moi si je me suis peut-être montré un peu brusque, hier soir.

— Un peu brusque ? Un peu inquiet, oui. Je ne pense pas que vous soyez du genre « brusque ». Bon, revenons à votre grand-mère. Elle a effectivement un problème de fibrillation des oreillettes, mais compte tenu des circonstances, il ne faut pas se plaindre.

— Soyez gentille, expliquez-moi pourquoi je devrais me réjouir.

— Non, je n'ai jamais dit que vous deviez vous réjouir, mais on va lui proposer un traitement non invasif dont le taux de succès est important. Je pense qu'on pourra procéder à une ablation par cathéter. On commencera par là. Elle rentrera chez elle le lendemain et si tout va bien, en l'espace d'une semaine, elle sera de nouveau en pleine forme.

— Quand devra-t-elle passer sur le billard ?

— C'est à elle de voir, mais il vaudrait mieux qu'elle n'attende pas trop. Une à deux semaines au maximum. Quand j'ai parlé d'hôpital, elle m'a tout de suite répondu qu'elle n'avait pas le temps, qu'elle était trop occupée. C'est une tête de mule.

— Je vais lui parler. On verra bien, je réussirai peut-être à la convaincre. En attendant, que fait-on ?

— Qu'elle prenne simplement de l'aspirine. Dosage enfant. Je suis sérieuse. Un comprimé de 81 mg par jour. Il faut aussi qu'elle limite sa consommation de caféine – le café comme le thé. Et qu'elle évite les situations stressantes. Là, vous avez du boulot.

— C'est tout ?

— Pour l'instant, oui. Veillez bien à ce qu'elle ne s'énerve pas. Je peux rester en contact régulier, si elle le souhaite.

— Elle le souhaite, croyez-moi.

Kayla Coles rit.

— C'est bien. Elle a de la jugeote, hein ? On va faire en sorte qu'elle devienne centenaire.

— J'espère que je serai encore là ce jour-là, fis-je. Donc, aucune précaution particulière avant l'hospitalisation ?

— Non, essayez juste de lui épargner les émotions fortes.

— Je ferai de mon mieux.

— Faites de votre mieux, et évitez de vous faire tirer dessus.

Elle raccrocha.

89.

Ce n'était pas en restant chez moi que je risquais de me faire tirer dessus, ou du moins le croyais-je. Deux jours après ma conversation avec le Dr Coles, je descendis comme tous les matins préparer le petit déjeuner des enfants. Nana était assise à sa place habituelle, et il y avait un grand gobelet brun fumant devant elle.

— Oh, oh ! fis-je en agitant un doigt réprobateur.

— C'est du déca. Ne commence pas, Alex.

— Non, non. Je ne me permettrais même pas de dire que tu es un peu grognon, ce matin. Tu as bien dormi ?

— À mon âge, on ne dort jamais bien. J'ai pris rendez-vous pour l'intervention. Je passe sur le billard dans exactement une semaine. Rassuré ?

— Très rassuré.

Je la pris dans mes bras, elle me serra contre elle. Kayla Coles avait raison – elle était forte pour son âge.

Un peu plus tard dans la matinée, j'eus un long entretien téléphonique avec Burns, le directeur du FBI. Personne n'avait encore réussi à identifier l'expéditeur des e-mails signés le Fantassin. Comme je m'y attendais, il me demanda si j'avais pris le temps de réfléchir à son offre. Quand allais-je rejoindre les rangs du FBI ?

— J'y songe depuis un moment. Ma vie est devenue un peu compliquée ces temps derniers. Il faudrait déjà que je boucle cette affaire, avec l'armée.

— Ils vous aident, ou ils font de l'obstruction, les militaires ?

— Un peu des deux. Je suis tombé sur quelques types sympas, mais c'est comme partout, l'armée veut laver son linge sale en famille. Ce qui se passe en ce moment est d'une extrême gravité. Ils le savent, et je le sais. Je le ressens au plus profond de moi-même. Et je crains qu'il y ait encore d'autres meurtres.

— Si je peux vous aider, je le ferai, Alex. Sans contrepartie. Je pense que l'affaire est suffisamment importante.

— J'apprécie votre offre.

Après avoir raccroché, je finis par retrouver Nana. Elle s'affairait dans la cuisine, comme d'habitude. Dans *sa* cuisine. Dans *sa* maison.

— J'ai besoin de me reposer un peu, lui dis-je. Toi aussi. Où aimerais-tu aller après ton intervention ?

Sans même sourciller, elle me répondit aussitôt :

— À Paris. Ensuite, peut-être à Rome. À Venise, bien sûr. Florence, ce serait bien aussi. Et au retour, on s'arrête à Londres pour que je puisse voir la reine. Qu'en penses-tu ? Est-ce que des gens comme nous peuvent se permettre ce genre de folies ? Tu pensais peut-être plutôt à un aller-retour à Baltimore, en train ?

Elle riait de sa propre plaisanterie. Elle était toujours aussi drôle, Nana.

— J'ai un peu d'argent de côté, lui dis-je.

— Moi aussi. Une vraie fortune. Et Jamilla ? Et ton boulot ?

— Si Jamilla pouvait prendre des vacances, ce serait génial, mais elle adore son métier.

— Tiens, c'est drôle, elle me rappelle quelqu'un. Au fait, comment se porte ta collection de billes ? Tu devrais peut-être offrir deux vases à Jamilla…

— Tu sais que je t'aime, vieille femme ? Je ne te le dis pas assez souvent, et quand je te le dis, je n'arrive pas à exprimer la passion que j'ai pour toi.

— Voilà qui est agréable à entendre. Tu sais que tu es adorable, parfois ? Moi aussi, je t'aime, et je le dis toujours en exprimant la passion que je ressens.

— Tu te sens bien ? m'inquiétai-je.

— Aujourd'hui, ça va. Demain, qui sait ? Je vais préparer le déjeuner. Ne me propose pas de m'aider, je vais très bien. Je ne suis pas encore au cimetière.

Après le repas, je décidai de remonter au grenier. Un fax m'attendait dans mon bureau. « Oh, oh », fis-je en agitant un doigt.

C'était la photocopie d'un article du *Miami Herald*. La veille, à la prison fédérale de Starke, en Floride, un homme du nom de Tichter avait été exécuté. Abraham Tichter était un ancien des Forces spéciales, au Viêtnam.

Au bas du fax, quelqu'un avait griffonné quelques lignes :

Abraham Tichter était innocent, ce n'est pas lui qui a commis ces meurtres en Floride. Il a été accusé à tort, condamné, exécuté. Ce qui fait six. Au cas où vous ne compteriez pas.

Le Fantassin

Je comptais. Je n'avais jamais cessé.

90.

Depuis que les problèmes de santé de Nana s'étaient manifestés, c'était moi qui faisais les courses, et qui me chargeais de la plupart des tâches domestiques. J'allais généralement au petit supermarché Safeway, sur la Quatrième Rue, et je prenais Alex Junior avec moi.

Ce jour-là, en tout début d'après-midi, Alex était juché sur mes épaules et je descendais l'allée pour aller prendre ma voiture.

Il gloussait, il rigolait, il gigotait, comme toujours. Il ne peut pas se taire, il est incapable de rester en place, c'est une vraie boule de nerfs, et je ne m'en lasse jamais.

Je pensais vaguement au dernier message du Fantassin, quand mon attention, je ne sais trop pourquoi, fut attirée par la Jeep noire qui descendait la Cinquième.

Elle roulait à un peu moins de cinquante kilomètres-heure, la vitesse autorisée.

Inexplicablement, le 4 × 4 capta mon regard.

Soudain, côté passager, la vitre s'abaissa et je vis surgir le canon noir d'un pistolet-mitrailleur Tec. J'eus juste le temps de me baisser et de rouler sur le côté pour ne pas écraser Alex.

J'entendis la première rafale.

Pop-pop-pop-pop-pop.

En rampant sur le ventre, protégeant mon bébé du bras gauche, je parcourus les quelques mètres de pelouse qui me séparaient de l'arbre au tronc épais.

J'avais juste eu le temps d'apercevoir les deux occupants de la Jeep, deux Blancs.

Pop-pop-pop-pop-pop.

Pop-pop-pop-pop-pop.

Les balles grêlèrent la façade de la maison, une fenêtre vola en éclat. Il fallait que j'arrête ça. Comment ? Je réussis à ramper jusqu'à la terrasse juste avant la rafale suivante.

Pop-pop-pop-pop-pop.

Inimaginable, même dans un quartier aussi difficile que Southeast.

Alex hurlait. Pauvre petit bonhomme. Je le déposai à même le sol, derrière les marches de bois, et relevai la tête pour avoir un bref aperçu de la Jeep arrêtée devant la maison.

Pop-pop-pop-pop-pop.

Je ripostai. Trois coups soigneusement ajustés pour éviter les balles perdues, puis deux autres. Oui ! Je venais de toucher le tireur. Au thorax, ou bien à la gorge. Un violent soubresaut, et il s'était affalé sur son siège. Plus de coups de feu.

La Jeep redémarra brusquement en faisant hurler la gomme, dérapa et disparut à l'angle de la rue.

J'emmenai Alex à l'intérieur et le confiai à Nana en lui demandant d'aller dans sa chambre et de se coucher par terre. Puis j'appelai Sampson, qui débarqua quelques minutes plus tard. Le choc et la peur – pour les miens, surtout – avaient fait place à la fureur. Je tremblais de colère, je ne pensais plus qu'à me venger.

— Pas mal de fenêtres cassées, quelques impacts dans les murs, pas de blessés, résuma Sampson après un rapide tour d'inspection de la maison.

— C'était un avertissement, sans quoi je crois qu'ils m'auraient abattu. Ils sont venus ici pour nous prévenir, comme ils l'ont fait quand on est allés chez Starkey, à Rocky Mount.

91.

Il était 4 heures du matin, et Thomas Starkey sortit de chez lui d'un pas guilleret. Il traversa la pelouse noyée de rosée et monta dans son Suburban bleu. Le moteur démarra au quart de tour. Starkey bichonnait son véhicule et en assurait lui-même l'entretien.

Nous étions garés au bout de la rue, dans l'ombre.

— J'aimerais bien le canarder tout de suite, cet enfoiré, maugréa Sampson. Exploser quelques-unes de ses fenêtres. Semer la terreur ici, pour changer.

— Tu auras peut-être l'occasion de le faire.

Quelques minutes plus tard, le Suburban s'arrêta à Greystone pour prendre Warren Griffin. Puis Brownley Harris monta à Knob Hill, et ils filèrent en direction de Raleigh, sur l'US 64.

— Aucun des trois n'a l'air blessé, constata Sampson. Dommage. Sur qui as-tu tiré devant chez toi ?

— Je n'en ai aucune idée. Les choses se compliquent.

Je ne les suivais pas de trop près, je pouvais même me permettre le luxe de les perdre de vue. J'avais collé sous leur véhicule un mouchard destiné à me communiquer leur position par signal radio. Ron Burns, que j'avais informé de la fusillade devant chez moi, avait décidé de m'aider par tous les moyens.

Je gardais mes distances. Le Suburban dépassa Zebulon, puis prit l'Interstate et se dirigea vers le sud. Nous laissâmes derrière nous Burlington, Greensboro, Charlotte puis Gastonia avant d'entrer en Caroline du Sud.

Sampson, assis à l'avant, s'était endormi avant la limite de l'État. Il avait travaillé la veille, il était épuisé. Il finit par se réveiller en Géorgie. Il bâilla, étira son immense corps comme il le put dans l'espace confiné de la Porsche.

— Où sommes-nous ?

— Près de Lavonia.

— Ah, voilà une bonne nouvelle. Où se trouve Lavonia ?

— Près de Sandy Cross. Nous sommes en Géorgie, toujours sur leurs talons.

— Tu penses qu'ils s'apprêtent à exécuter quelqu'un d'autre ?

— On verra.

À Doraville, nous fîmes halte pour prendre un petit déjeuner dans un restaurant de bord de route. Le mouchard fonctionnait à merveille, et il y avait peu de chance pour que les trois ex-Rangers le découvrent maintenant.

Le petit resto était charmant et de bonnes odeurs nous accueillirent à l'entrée, mais le petit déjeuner s'avéra décevant. Les portions étaient généreuses, mais l'omelette au fromage et les pommes de terre sautées n'avaient aucun goût, contrairement au jambon de pays, malheureusement beaucoup trop salé.

Sampson venait de descendre son deuxième café, et il commençait à émerger.

— Alors, tu vas suivre Burns ? Entrer au FBI ?

— Je ne sais pas trop. Repose-moi la question dans une semaine. Je suis trop cuit, là. Un peu comme la bouffe ici.

— D'accord. Je suis désolé de t'avoir entraîné dans cette histoire, Alex. Je ne sais même pas si on arrivera à les faire tomber. Ils font de la provoc', mais ils savent se montrer prudents quand il le faut.

Je partageais son opinion.

— Je pense qu'ils travaillent uniquement sur contrat, pour l'argent, mais cela n'explique pas tout. Quel événement a déclenché cette série d'assassinats ? Qui est derrière tout ça ? Qui paie la facture ?

— Starkey et ses copains ont tué pendant la guerre du Viêtnam, et ils y ont pris goût. J'ai connu des types à qui ça arrivait.

Je dus me résoudre à poser mes couverts. Impossible de finir cette omelette et ce jambon. J'avais à peine touché mes pommes de terre, auxquelles il manquait indiscutablement quelque chose. Un peu de fromage fondu, peut-être ? Des oignons, des champignons ?

— J'ai une grande dette envers toi, Alex, me déclara Sampson.

— Tu ne me dois rien du tout, mais je suis sûr que tu me renverras quand même l'ascenseur, je te connais.

Retour à la voiture. Nous suivîmes le signal pendant encore deux heures. Nous roulions depuis les premières lueurs du jour.

De l'autoroute, nous rejoignîmes l'US 41, puis l'ancienne 41, avant de nous retrouver sur une toute petite route qui serpentait dans le parc national de Kennesaw Mountain.

Je ne vis pas assez tôt l'embranchement et dus faire demi-tour. Un vautour nous guettait, perché sur son poteau. La région était très boisée, et les feuillus qui nous cernaient paraissaient presque menaçants.

Le récepteur indiquait que le Suburban s'était immobilisé.

— Il faudrait qu'on se gare par ici, qu'on planque la voiture et qu'on poursuive à pied à travers bois, suggérai-je.

— Bonne idée, mais j'ai horreur de me retrouver en pleine forêt, comme ça.

Je finis par dénicher un petit dégagement. La voiture était à l'abri des regards. Nous prîmes dans le coffre un sac marin, des armes, des munitions et des lunettes de vision nocturne. Puis nous parcourûmes un peu moins d'un kilomètre à travers bois avant d'apercevoir un petit chalet surmonté d'une cheminée de pierre d'où s'échappait de la fumée.

Charmant lieu de rendez-vous, mais pour quel genre de rencontres ?

Le chalet se trouvait sur la rive d'un petit lac alimenté par une rivière qui, à en croire ma carte, s'appelait le Jacks. Autour de la trouée s'élevait une belle et verte muraille de sapins, d'érables et de hêtres. Certains troncs faisaient plus de deux mètres de large.

À côté du Suburban bleu garé devant le chalet, il y avait un break Mercedes gris métallisé immatriculé en Caroline du Nord.

— Tiens, ils ont de la visite, s'étonna Sampson. J'aimerais savoir qui. On va peut-être avoir une bonne surprise...

La porte s'ouvrit, et nous vîmes sortir le colonel Starkey, en T-shirt vert et pantalon de treillis.

Derrière lui apparut Marc Sherman, le district attorney du comté de Cumberland. Dieu du ciel !

Le procureur qui avait poursuivi et fait condamner Ellis Cooper pour les trois meurtres qu'il n'avait pas commis.

92.

— C'est quoi, ça ? Tu le connais, ce type ?

Sampson commençait à s'échauffer.

— Je me souviens de lui. Comme tu le disais, on tombe peut-être au bon moment. Pour quelle raison Marc Sherman serait-il venu ici ?

Nous nous étions tapis derrière deux vieux hêtres, à une centaine de mètres du chalet. La forêt, plongée dans une pénombre presque inquiétante, semblait émerger de la préhistoire. Les racines des énormes arbres qui nous entouraient disparaissaient sous un tapis de petites fougères, et nous sentions encore sur nos jambes les griffures des ronces et des mûriers.

— Bon, s'impatienta Sampson, on a roulé pendant dix plombes et on est perdus au fin fond de la Géorgie. On fait quoi, maintenant ?

— Maintenant, on attend. On tend l'oreille.

De mon sac de toile, je sortis une boîte noire fixée à ce qui ressemblait à une baguette argentée. Cet appareil n'était autre qu'un micro longue portée que m'avaient aimablement confié mes nouveaux copains du FBI.

En découvrant l'objet, Sampson hocha la tête.

— Le FBI ne recule devant aucun sacrifice pour te débaucher, dis donc.

— C'est vrai. Ce micro, c'est le nec plus ultra, mais il faut tout de même qu'on se rapproche.

Nous parcourûmes une cinquantaine de mètres en rampant sous les arbres. Dans mon sac, il y avait également des fusils. Et nous avions chacun notre Glock 9 mm.

— Tiens, prends ça, dis-je à Sampson. Au cas où les lunettes infrarouges ne te conviendraient pas.

Je lui tendis une lunette de poche utilisable de jour comme de nuit. Entièrement déployée, elle ne mesurait qu'une vingtaine de centimètres. Ce petit bijou m'avait également été prêté par le FBI.

— Je trouve ça normal, après tout, chuchota Sampson. Ces types-là, dans leur chalet, je suis sûr qu'ils ont aussi pas mal d'artillerie et de gadgets.

— C'est ce que je me suis dit. Burns a été sensible à mon argument, et au fait qu'ils se soient attaqués à moi, chez moi. Il a trois gosses, il sait ce que c'est.

Sampson me jeta un regard.

— Je croyais que tu ne savais pas qui avait fait le coup, à Washington ?

— Je ne sais toujours pas, je n'ai aucune certitude, mais il fallait que je dise quelque chose à Burns. Et rien ne me garantit qu'il ne s'agissait pas d'eux.

Sampson prit un air consterné.

— Toi, mon vieux, tu vas te faire virer avant même d'avoir été engagé.

Plaqué au sol, je braquai mon micro sur le chalet et le déplaçai jusqu'à ce que les voix deviennent aussi nettes que si nous nous trouvions à quelques mètres d'eux.

Je reconnus la voix de Starkey.

— On s'est dit qu'on allait faire la fête, ce soir, monsieur le procureur. Demain matin, on va chasser le cerf dans la montagne. Vous vous joignez à nous ?

— Il faut que je rentre ce soir, répondit Marc Sherman. Je vais devoir renoncer à la chasse. Dommage...

Il y eut un court silence, puis des éclats de rire. Trois ou quatre hommes.

Brownley Harris prit la parole :

— Pas de problème, Sherman. Gardez le fric que vous avez gagné avec le sang des autres, et tirez-vous, si vous voulez. Au fait, vous connaissez la blague du diable et de l'avocat, vous qui êtes dans le business ?

— On me l'a déjà racontée.

— Elle est à mourir, Marc, je vous assure. Le diable, c'est un malin, hein, vous êtes bien placé pour le savoir, procureur ? Le diable dit au jeune avocat qui en veut : « Je vais faire de toi l'un des associés de l'étude. » Le jeune avocat lui demande : « Qu'est-ce qu'il faut que je fasse ? » Le diable lui répond : « Je veux ton âme. » Silence. « Et l'âme de tous les membres de ta famille. » Le jeune avocat s'arrête, il réfléchit, il regarde le diable d'un œil méfiant et il lui dit : « Où est le piège ? »

Même Starkey se joignit aux rires qui éclatèrent dans le chalet.

— C'est encore plus drôle la quatrième fois qu'on l'entend, fit Sherman quand tout le monde se fut calmé. L'argent que je dois encore toucher, vous l'avez ?

— Bien sûr qu'on l'a. On a été payés, et vous allez être entièrement payé. Nous tenons toujours parole, monsieur Sherman. Vous pouvez nous faire confiance. Nous sommes des hommes d'honneur.

Soudain, j'entendis un vrombissement sur notre gauche. Nous eûmes juste le temps de nous mettre à couvert. Une voiture rouge, une voiture de sport, fonçait sur le chemin de terre.

— Et ça, c'est qui ? murmura Sampson. Les types de Washington, peut-être ?

— En tout cas, ils sont pressés.

Quelques embardées plus tard, le coupé s'arrêtait dans un hurlement de freins à côté du Suburban.

La porte du chalet s'ouvrit. Starkey sortit, suivi de Harris.

Les portières de la voiture de sport s'ouvrirent simultanément, comme si la scène avait été chorégraphiée.

Deux jeunes filles aux cheveux noirs apparurent. Asiatiques et très jolies. Bustiers serrés, jupes au ras des fesses et talons-aiguilles. La conductrice brandit à l'attention de Starkey une bouteille enveloppée dans du papier d'argent.

— *Chao mung den voi to am cua chung toi!* cria Starkey.

— C'est du vietnamien, m'expliqua Sampson. Starkey leur a dit quelque chose comme « en échange, on vous fera goûter notre herbe ».

93.

Nous observions le chalet depuis plus de deux heures et le soleil était en train de sombrer derrière la montagne. L'air avait considérablement fraîchi, je me sentais ankylosé, et la route m'avait épuisé. J'avais l'impression que le vent qui sifflait, rugissait parfois entre les arbres, me transperçait littéralement.

— On va les avoir, me souffla Sampson, sans doute pour me remonter le moral. Peut-être pas ce soir, mais on les aura. Ils commettent des erreurs, Alex.

— Oui, je sais. Ils ne sont pas invincibles. Je ne suis même pas certain qu'ils soient en possession de tous les éléments. Ils ne sont qu'un rouage.

Nous ne perdions pas un mot de ce qui se disait à l'intérieur du chalet. Sherman avait apparemment décidé de rester et de prendre part aux réjouissances, et une des Asiatiques accompagnait d'une voix hésitante les lamentations rauques de Janis Joplin. On aurait dit du mauvais karaoké, mais personne ne se plaignait. Puis ce fut les Doors. En souvenir du Viêtnam, j'imagine. « *This is the end...* »

De temps à autre, une silhouette passait derrière les fenêtres. Les jeunes Asiatiques étaient seins nus. La plus grande sortit quelques instants. Elle fumait un joint sur lequel elle tirait goulûment.

Harris vint la rejoindre. Ils se parlèrent en anglais.

— J'ai bien connu ta mama-san, lui dit-il en rigolant.

— Vous plaisantez ? fit la fille, hilare, en exhalant un panache de fumée. Oui, vous dites ça pour rire, c'est sûr. Je vois. Enfin, je crois...

Elle devait avoir autour de vingt ans, et sa poitrine moulée et surdimensionnée devait plus à la silicone qu'à la nature. La fille vacillait légèrement sur ses hauts talons.

— Non, non, je l'ai vraiment connue. C'était elle qui me fournissait mon herbe. J'ai couché avec elle, et maintenant, je vais coucher avec toi. Tu ne trouves pas ça amusant ?

La fille riait toujours.

— Je trouve surtout que vous êtes défoncé.

— D'accord, t'as pas tort, ma jolie petite bridée. N'empêche que t'es peut-être ma fille.

Renonçant quelques instants à écouter la conversation, j'observai les lieux. C'était un chalet au toit en équerre, sans doute une résidence secondaire. Nous avions appris que les trois ex-Rangers s'en servaient depuis le milieu des années quatre-vingt. Ils avaient déjà fait allusion à des meurtres commis dans les environs, mais nous ignorions qui pouvaient être les victimes, pourquoi elles avaient été tuées, où pouvaient être enterrés les corps.

Jim Morrison chantait toujours *The End* et à la télé, l'équipe de football de l'Université de Géorgie affrontait celle d'Auburn. Warren Griffin défendait bruyamment Auburn et s'en prenait à Marc Sherman, qui avait choisi l'autre camp.

Dans notre fossé, à bonne distance, nous avions de plus en plus froid, et le vent qui hurlait dans les arbres commençait à nous fatiguer les tympans.

— On dirait que Starkey ne participe pas à la fête, observa Sampson. Tu as remarqué ? Que nous mijote-t-il ?

— Starkey aime bien regarder. C'est un prudent, c'est lui le chef. Je vais me rapprocher. Il y a un moment que je n'ai pas entendu l'autre fille, je commence à m'inquiéter un peu.

Au même instant, Marc Sherman donna de la voix :

— Non, pas avec le couteau ! Attention ! Posez ce couteau !

— Pourquoi pas avec le couteau ? hurla Harris. Qu'est-ce qu'elle représente, pour vous, cette fille ? Vous n'avez qu'à le prendre, vous, le couteau. Essayez-le sur elle, vous verrez, vous allez y prendre goût ! Allez-y, procureur, salissez-vous un peu les mains, pour une fois !

— Je vous préviens, Harris. Posez ce couteau.

— Vous *me* prévenez, procureur ? Elle est bonne, celle-là ! Vous voulez mon couteau ? Tenez, le voilà !

Le magistrat poussa un cri. Pour moi, on venait de le poignarder.

Les filles se mirent à hurler. Sherman gémissait atrocement. Dans le chalet, c'était la confusion la plus totale.

— *Cockadau !* s'écria soudain Harris, devenu comme fou.

— « *Cockadau* », ça veut dire « à mort », en vietnamien, m'expliqua Sampson.

94.

Nous nous étions relevés en un éclair pour nous précipiter vers le chalet, arme au poing. Nous atteignîmes la porte en même temps. Sampson passa devant.

— Police ! hurla-t-il en essayant de couvrir le rock et le bruit de la télé. Police ! Mains en l'air ! Tout de suite !

Je me trouvais juste derrière Sampson quand Starkey ouvrit le feu avec un MP5. Au même moment, à l'autre bout de la pièce, Griffin nous alignait avec un pistolet automatique. Les deux petites Asiatiques se sauvèrent par la porte de derrière, en poussant des hurlements de terreur. J'eus le temps de remarquer que la plus petite avait la joue ouverte, et le visage ensanglanté.

Marc Sherman gisait à terre. Il y avait des taches de sang sur le mur, près de lui. Il était mort.

Le pistolet-mitrailleur aboya de nouveau. Le fracas des détonations et la fumée noyèrent la pièce. J'avais mal aux oreilles.

— Tirez-vous ! hurla Starkey à ses deux complices.

— *Di di mau !* brailla Brownley Harris.

J'avais l'impression qu'il riait. Avait-il perdu la raison ? Étaient-ils tous devenus fous ?

Les trois tueurs disparurent l'un après l'autre, Warren Griffin fermant la marche. Il vida son chargeur pour couvrir leur fuite. Starkey avait manifestement voulu éviter un affrontement final à l'intérieur du chalet. Il avait d'autres projets.

Aucune de nos balles ne fit mouche. Ils avaient réussi à s'enfuir. Nous nous approchâmes lentement de la porte du fond. De l'autre côté, personne ne nous guettait. Les coups de feu avaient cessé.

Puis soudain, d'autres coups de feu se firent entendre non loin. Une demi-douzaine de détonations creuses. Et les hurlements des deux filles cisaillèrent la forêt.

Je risquai un œil. Les malheureuses n'avaient pas réussi à rejoindre leur voiture. Elles gisaient sur le chemin de terre, inertes. Elles avaient été abattues dans le dos.

Je me tournai vers Sampson.

— Ils vont revenir s'occuper de nous. Ils vont nous descendre ici, dans les bois.

— Non, pas question ! C'est nous qui allons les descendre. Dès qu'on les voit, on ouvre le feu. Pas de sommations, Alex. Pas de prisonniers. Compris ?

Quitte ou double. C'était la guerre, et non plus une opération de police. Et nous allions jouer selon leurs règles.

95.

Un calme étrange s'était soudainement installé, comme si rien ou presque ne s'était passé, comme si nous étions seuls dans ce paysage verdoyant. J'entendais le grondement lointain du torrent, et des gazouillis joyeux. Un écureuil détala et courut se réfugier dans la ramure d'un hêtre.

Rien ne bougeait. Ou du moins ne voyais-je rien bouger.

Ce silence avait quelque chose d'irréel et d'inquiétant à la fois.

Je commençais à avoir une très désagréable impression – nous étions pris au piège. Ils étaient sur leur terrain, et comme le disait justement Sampson, c'était la guerre. Nous étions dans la zone des combats, derrière les lignes ennemies. Et nous allions devoir affronter trois soldats aguerris.

— Je crois que l'une des filles bouge encore, me dit Sampson. Je vais aller voir.

— On y va tous les deux.

Mais il avait déjà quitté sa planque.

— John ?

Il ne répondit pas. Je le vis se précipiter vers les

deux corps, en baissant la tête. Les situations de combat, il connaissait.

Il avait couvert environ la moitié de la distance quand une rafale crépita sur sa droite, dans les bois.

Je ne vis que des fumerolles s'élevant dans les arbres.

Sampson, touché, s'écroula. Je ne distinguais plus que le bas de son corps gisant sur les ronciers. Une de ses jambes était agitée de tressaillements. Puis il cessa de bouger.

Il fallait que je lui porte secours, mais comment faire ? Je réussis à ramper jusqu'à un autre arbre, sur le ventre. Je ne sentais plus le poids de mon corps, j'étais dans un état second. D'autres coups de feu claquèrent. Des balles ricochaient sur les cailloux, grêlaient les troncs d'arbre. Des tirs nourris. Ces salopards m'avaient manqué de peu.

Je voyais encore la fumée laissée par les détonations, et l'air sentait maintenant la poudre.

Je me demandais comment nous allions nous en sortir, cette fois-ci. J'apercevais Sampson, qui ne bougeait pas, et je ne pouvais rien faire pour lui venir en aide. J'étais littéralement cloué sur place. *Ma dernière enquête*, m'étais-je juré. Je risquais de tenir parole, bien malgré moi.

— John ! criai-je. John, tu m'entends ?

J'attendis quelques secondes.

— John ! Essaie de bouger !

Dis quelque chose, je t'en supplie. Bouge.

Pas de réponse, pas de réaction.

Seule une autre longue rafale en provenance des bois fit écho à mes appels désespérés.

96.

C'était la première fois que je vivais cela : une véritable explosion de fureur, mêlée de peur. Et je me rendis alors compte que ma réaction était celle d'un soldat au combat. Quelle ironie ! L'histoire classique du type qui perd un copain et qui pète les plombs. Un peu, ou complètement.

Était-ce ce qui s'était passé dans la vallée d'An Lao ? J'avais des bourdonnements plein la tête, et des éclairs de couleur vive zébraient mon champ visuel. Autour de moi, tout paraissait irréel.

— John ! criai-je de nouveau. Si tu m'entends, bouge quelque chose ! Bouge une jambe, John !

Ne meurs pas sous mes yeux, John. Pas comme ça, pas maintenant.

Pas de réaction, pas le moindre mouvement. Je ne savais même pas s'il était encore en vie.

D'autres coups de feu claquèrent. J'étais toujours là, plaqué au sol, le nez dans la terre et les feuilles.

Il fallait que je me sorte Sampson de la tête si je voulais survivre. J'eus un dernier pincement en songeant à John et Billie, puis je fis le vide dans mon esprit. C'était ça, ou crever sur place.

Comment faire pour échapper à trois Rangers en pleine forêt, et dans une zone qu'ils connaissaient sans doute comme leur poche ? Ma première réflexion fut de me dire qu'ils avaient une longue expérience du combat et des missions d'infiltration, et qu'ils n'allaient donc pas prendre de risques. Pour me coincer, ils attendraient la nuit.

Ce qui me laissait peut-être une demi-heure. Une demi-heure avant de mourir ?

J'étais là, à plat ventre, derrière un gros sapin, et des pensées confuses me traversaient l'esprit. Je songeais à mes enfants, à tous ceux que je ne reverrais plus, à la fin qui m'attendait et à laquelle je n'étais pas préparé. J'y avais souvent échappé, j'avais souvent senti souffler le vent du boulet, mais cette fois, c'était vraiment fichu.

Sampson ne bougeait toujours pas.

Par deux fois, je parvins à relever la tête de quelques centimètres pour tenter de voir ce qui se passait en face, dans les fourrés.

Pas la moindre silhouette en mouvement. Je savais pourtant qu'ils étaient là, qu'ils m'épiaient, qu'ils attendaient.

Professionnels du meurtre ciblé, ils avaient déjà vécu ce genre de situation. Ils avaient tout leur temps. Ils étaient aussi patients que la mort elle-même.

Ils avaient déjà souvent tué. En temps de guerre comme en temps de paix.

Je repensais à ce que Sampson m'avait dit avant d'aller se porter au secours des deux jeunes Asiatiques. *Dès qu'on les voit, on ouvre le feu. Pas de sommations, Alex. Pas de prisonniers. Compris ?*

Compris. Parfaitement compris.

97.

Patience.

C'était un jeu de patience. J'avais au moins compris cela. Je savais aussi comment on désignait, en jargon militaire, ce que je devais faire ensuite.

EF. Évasion et fuite.

En examinant le terrain accidenté derrière moi, je vis que je pouvais me laisser glisser dans un fossé pour me mettre à couvert et me déplacer ensuite vers l'est ou l'ouest, sans que mes poursuivants le sachent.

Cela me donnerait un petit avantage.

Et en ce moment, compte tenu de ma situation, je n'avais pas intérêt à faire le difficile. J'étais quasiment un homme mort, je ne voyais pas comment j'allais me sortir de cette situation. Ce petit fossé, c'était mieux que rien.

Je repensais à ce que Sampson m'avait dit : *Pas de prisonniers*. Starkey, Harris et Griffin n'en faisaient jamais, eux.

J'entamai ma glissade en arrière. En fait de glissade, j'eus surtout l'impression de m'enfoncer dans la terre et les feuilles mortes.

J'atteignis le fond du fossé couvert de ronces, mais indemne. Personne ne semblait m'avoir vu, personne ne m'avait collé une balle dans le crâne. C'était déjà une victoire.

Une fois dans ma tranchée, lentement, je parcourus une quinzaine, une vingtaine de mètres en rampant, le nez dans le compost.

Je tendis l'oreille.

Pas de craquements de branches ou de brindilles. Je ne percevais que le sifflement du vent.

Je collai mon oreille contre le sol, pour mettre toutes les chances de mon côté. Cela ne changea rien.

J'attendis encore un peu.

Patience.

Sampson m'avait raconté un certain nombre de choses sur les Rangers qui me revenaient maintenant à l'esprit. Dans le désordre. Pour chaque homme perdu, le Viêt-công en avait perdu cinquante-cinq, disait-on. Et leur solidarité était légendaire. Au cours du conflit vietnamien, un seul Ranger avait été porté disparu. Tous les autres avaient été retrouvés, morts ou vivants.

Peut-être avaient-ils pris la fuite, mais j'en doutais. Pourquoi me laisser ici, en vie ? Starkey ne pouvait pas accepter de prendre un pareil risque.

Je m'en voulais d'avoir laissé Sampson, mais il fallait que je pense à autre chose. Je m'occuperais de lui plus tard. Si j'étais encore vivant...

Dès qu'on les voit, on ouvre le feu.

Pas de sommations, Alex.

Compris ?

Je repris ma progression, au jugé, vers ce qui, pour moi, devait être le nord-est. Étaient-ils en train de manœuvrer, eux aussi, pour m'encercler ?

Je m'arrêtai, décidai d'attendre. Chaque minute en paraissait dix. Soudain, quelque chose bougea, à une vingtaine de mètres de moi. Je retins ma respiration. C'était un lynx, occupé à manger ses propres excréments. Il était dans son petit monde, et je ne l'intéressais pas.

Je n'eus pas le loisir de l'admirer longtemps. Quelques secondes plus tard, j'entendis quelqu'un, tout près.

Pourquoi ne l'avais-je pas entendu s'approcher ?

Putain, il était juste au-dessus de moi !

98.

M'avait-il entendu, lui aussi ?

Savait-il que j'étais là, à quelques mètres de lui ?

Je n'osais plus respirer. Ni même battre des paupières.

Il se déplaça de nouveau.

Lentement, prudemment, en bon professionnel qu'il était.

Je ne bougeais plus.

Patience.

Pas de prisonniers.

Il était tout près, il avait presque atteint le fossé dans lequel je m'étais réfugié. Il me traquait. Il savait où j'étais, forcément.

Qui était-ce ? Starkey, Griffin ou Harris, Harris que j'avais renoncé à percuter de plein fouet pendant le match de softball ? Allait-il m'abattre maintenant ? Ou était-ce moi qui allais le tuer ?

Dans moins d'une minute, l'un de nous deux allait mourir.

Il fallait que je me retourne si je voulais voir mon assaillant. Il avait l'habitude de ce genre d'opérations. Moi pas.

Je surveillais le haut du talus en retenant mon souffle, les yeux grand ouverts. La sueur qui se formait à la racine de mes cheveux m'inondait la nuque et le dos. Elle me frigorifiait. Mes oreilles s'étaient remises à bourdonner.

Quelqu'un roula par-dessus le talus.

C'était Brownley Harris. Il écarquilla les yeux en me découvrant là, à l'affût, mon arme braquée sur son visage.

Mon doigt pressa la détente. Une seule fois. Boum. Un trou noir à la place du nez, un jet de sang au milieu du visage. Il lâcha son M-16.

— Pas de sommations, murmurai-je en m'emparant du fusil.

Les autres le suivaient-ils de près ? Je les attendais de pied ferme.

Sergent Warren Griffin.

Colonel Thomas Starkey.

Un silence étrange avait repris possession de la forêt. Profitant de l'obscurité, je me mis en mouvement.

99.

La lune était aux trois quarts pleine et je ne savais pas si je devais m'en réjouir. J'avais la certitude que les deux autres Rangers n'allaient pas tarder à se montrer. Mais ma logique était-elle la leur ?

J'étais revenu à ma position initiale, ou du moins le pensais-je.

Puis j'en eus la preuve.

En voyant le corps de Sampson immobile sous la lune, je me mis à trembler. Les larmes me montèrent aux yeux. Je commençais seulement à prendre la mesure de ce qui venait de se produire, et c'était comme si un poing s'était refermé à jamais sur mon cœur.

J'apercevais, au loin, les deux jeunes filles gisant sur le chemin. Des mouches bourdonnaient déjà autour des corps. Dans un arbre, une chouette ulula. Le lendemain, faucons et vautours viendraient peut-être festoyer.

Je fixai sur mon crâne le harnais des lunettes de vision nocturne, sans me faire d'illusions. Starkey et Griffin étaient sans doute équipés, eux aussi, de modèles très performants. Ne travaillaient-ils pas pour une société qui fabriquait du matériel de pointe ?

J'avais néanmoins réussi à éliminer Brownley Harris, ce qui me redonnait un peu confiance. Sa surprise, en me voyant ! Cette arrogance, qu'une balle avait fait voler en éclats !

Comment parvenir à surprendre Starkey et Griffin ? Ils avaient dû entendre le coup de feu. Et ils devaient savoir, à présent, que Harris était mort.

L'espace d'un instant, je me surpris à envisager de fuir, tout simplement. Fuir à toutes jambes, essayer de rejoindre la route. Mais j'avais toutes les chances d'être abattu pendant ma tentative.

Sois patient. Laisse-les venir à toi. Eux aussi se posent des questions, eux aussi doutent.

Durant quelques secondes, je ne pus que contempler le corps de Sampson au loin, impuissant, puis je me résolus à détourner le regard. Il fallait que je cesse de penser à lui, ou j'allais connaître son sort.

Je n'entendis rien venir. Des coups de feu assourdissants éclatèrent tout près de moi, entre le chalet et l'endroit où je me trouvais. Je fis volte-face. Une voix retentit dans la nuit. *Juste derrière moi.*

— Pose ton arme, Cross. Je ne veux pas te tuer. Pas tout de suite.

Warren Griffin était descendu dans le fossé. Je le distinguais, à présent. Avec ses lunettes de vision nocturne et son fusil braqué sur ma poitrine, il ressemblait à un extraterrestre.

Thomas Starkey apparut à son tour en haut du talus, avec le même équipement. Il visait ma tête avec son M-16, et un rictus triomphal lui déformait le visage.

— Il a fallu que tu t'obstines, hein, connard ? Maintenant, Brownley est mort, et ton collègue aussi. T'es content de toi ?

— Vous oubliez les deux jeunes femmes. Et le procureur.

C'était curieux, de voir les deux hommes avec mes lunettes de nuit en sachant qu'ils me voyaient de la même façon. J'avais tellement envie de les descendre que j'en avais mal. Ce n'était plus qu'un fantasme, maintenant.

— Que s'est-il passé au Viêtnam ? demandai-je à Starkey. Qu'est-ce qui a déclenché cette histoire ?

— Tous ceux qui étaient là-bas savent ce qui s'est passé, mais personne n'a envie d'en parler. Disons qu'il y a eu un dérapage.

— De quelle ampleur, Starkey ? Comment en est-on arrivé là ?

— Au début, il s'agissait d'une section incontrôlée. C'est ce qu'on nous a dit, en tout cas. On nous a envoyés dans la vallée d'An Lao pour les arrêter. Pour faire le ménage.

— Vous voulez dire pour tuer nos propres soldats. Tels étaient vos ordres, Starkey ? Qui est derrière tout ça ? Pourquoi les meurtres se poursuivent-ils aujourd'hui ?

J'allais mourir, mais je voulais néanmoins des réponses. J'avais besoin de connaître la vérité. Belle épitaphe. *Ci gît Alex Cross, mort en cherchant la vérité.*

— Le pire, c'est que je n'en sais foutre rien, siffla Starkey. Enfin, je ne sais pas tout. Et je n'ai pas l'intention de m'étendre sur le sujet. Ce que je vais peut-être faire, en revanche, c'est te découper en petits morceaux. Ça se faisait, là-bas. Je vais te montrer comment on procédait, dans la vallée d'An Lao. Tu vois ce couteau ? C'est un K-Bar. Je sais assez bien m'en servir. Je me suis entraîné récemment.

— Je sais, j'ai vu. On appelle ça de la boucherie.

Puis il se passa une chose des plus étranges.

Je regardais Starkey mais derrière lui, en arrière-plan, quelque chose avait changé. Il me fallut quelques secondes pour comprendre, et j'eus soudain l'impression que mes jambes allaient se dérober sous moi.

Sampson avait disparu !

Je ne voyais plus son corps. Ma première réaction fut de me dire que j'avais perdu le sens de l'orientation, mais très vite, je sus que ce n'était pas le cas. Son corps, qui gisait jusqu'alors près du grand hêtre, s'était bel et bien volatilisé.

Pas de sommations, Alex.

Pas de prisonniers.

Compris ?

Je l'entendais encore comme s'il était à côté de moi.

— Posez vos armes ! criai-je à Starkey et Griffin. Lâchez-les, tout de suite !

Ils me regardèrent sans trop comprendre, leurs fusils toujours braqués sur moi.

— Je vais te découper de la tête aux pieds ! proclama Starkey. Ça prendra des heures. On y sera encore au matin. Promis.

— Posez vos armes ! (Sampson surgit de derrière un arbre.) Et tu jettes ce couteau, Starkey ! Tu ne découperas personne.

Warren Griffin se retourna, mais pas assez vite. Une balle lui traversa la gorge, l'autre l'atteignit dans le haut du thorax. Il bascula en arrière, tira un coup de feu en l'air et mourut dans un ruissellement de sang artériel.

— Starkey, non ! hurlai-je. Non !

Starkey avait épaulé son arme pour m'abattre. Une première balle dans la poitrine ne suffit pas à l'arrêter. La seconde le cueillit au flanc, et il virevolta sur lui-même. La troisième lui fracassa le front. Il s'effondra. Le fusil et le couteau glissèrent dans le fossé, près de moi.

Pas de prisonniers.

Sampson me rejoignit en titubant.

— Ça va aller, ça va aller, me dit-il d'une voix presque éteinte.

Et il s'évanouit dans mes bras.

V

QUATRE SOURIS VERTES

100.

Après ce que je venais de vivre en Géorgie, Jamilla me faisait l'effet d'un don du ciel.

Elle m'appelait tous les jours, parfois deux ou trois fois, et nous parlions jusqu'au moment où elle sentait que j'allais mieux. Sampson avait été blessé, et il récupérait lentement, mais c'était moi qui, apparemment, avais le plus souffert. J'avais vu trop de gens mourir au cours de mon existence.

Un matin, de bonne heure, le Dr Kayla Coles débarqua à la maison et fonça directement vers la cuisine où Nana et moi étions en train de prendre le petit déjeuner.

— C'est quoi, ça ? fit-elle, le sourcil haut et le doigt accusateur.

— Du déca, lui répondit Nana sans se décontenancer. C'est infect. Ça fait penser au café, mais au mauvais café.

— Non, je parle de ce qu'il y a dans l'assiette d'Alex. Vous mangez quoi ?

Je lui désignai les différents ingrédients.

— Deux œufs au plat, ce qui reste de deux crépinettes, des frites maison, légèrement trop cuites, et un petit bout de pain brioché également fait maison. Un régal.

Elle regarda Nana, horrifiée.

— C'est vous qui lui avez fait ça ?

— Non, Alex a tout préparé lui-même. Depuis mon malaise, c'est lui qui s'occupe le plus souvent des petits déjeuners. Ce matin, il se fait plaisir pour fêter la fin de son enquête – vous savez, tous les meurtres dont je vous avais parlé. Et aussi parce qu'il se sent mieux.

— J'en déduis que vous ne mangez pas toujours comme ça ?

— Non, docteur, lui répondis-je en souriant. Je n'ai pas l'habitude de démarrer la journée en m'empiffrant d'œufs, de saucisses, de brioches et de patates bien grasses. Il se trouve que j'ai failli être tué en Géorgie, et que je fête ma survie. Je préfère encore mourir à table. Voulez-vous vous joindre à nous ?

— J'ai bien cru que vous ne me poseriez jamais la question. J'ai senti cette délicieuse odeur en ouvrant la portière de la voiture et je l'ai suivie jusqu'ici.

Elle ne prit qu'un œuf, un verre de jus d'orange et un tout petit bout de brioche, et me posa quelques questions sur l'enquête. Passant sur la plupart des détails de l'affaire, je dressai un portrait sommaire des tueurs, en récapitulant leurs méfaits. Leurs mobiles m'échappaient encore.

— Où se trouve Sampson aujourd'hui ? voulut-elle savoir.

— Dans le New Jersey, à Mantoloking. En convalescence. Il a une infirmière. À domicile, à ce qu'il paraît.

— C'est son amie, expliqua Nana. C'est surtout cela dont il avait besoin.

Après le petit déjeuner, le Dr Coles soumit Nana à un examen complet. Elle prit sa température, son pouls, sa tension ; ausculta sa poitrine au stéthoscope, regarda s'il n'y avait pas d'épanchements aux articulations et sous les yeux, s'assura de ses capacités visuelles et auditives, testa ses réflexes, vérifia la teinte des lèvres et du dessous des ongles. Je connaissais tout cela par cœur et j'aurais sans doute pu le faire moi-même, mais Nana adorait les consultations à domicile de Kayla Coles.

Pendant toute la séance, Nana resta assise sans bouger. On aurait dit une petite fille. Pas un mot, pas une protestation.

Elle n'ouvrit la bouche que lorsque tout fut terminé.

— Je suis toujours en vie ? Je ne suis pas dans l'au-delà, dites-moi ? Comme dans ce film qui m'a fait si peur, avec machin-truc Willis, là.

— Bruce Willis... Non, non, tu es toujours parmi nous, Nana. Et tu es en pleine forme.

Elle inspira profondément et poussa un soupir interminable.

— Bon, je crois que demain, c'est le grand jour. Mon ablation au cathéter, par fréquence radio, ou je ne sais quoi.

Le Dr Coles acquiesça.

— Vous ne ferez qu'un passage-éclair à l'hôpital. Je vous le promets.

— Et vous tenez vos promesses, vous ? fit Nana, méfiante.

— Moi, toujours.

101.

En début de soirée, Nana m'accompagna. Nous allions faire un tour en Virginie, dans ma vieille Porsche, à sa demande. Tante Tia gardait les petits à la maison.

— Tu te souviens, au début, quand tu venais d'acheter la voiture ? On allait se balader presque tous les week-ends. J'attendais ce moment toute la semaine.

Nous venions de sortir de Washington et nous étions sur l'autoroute.

— Elle a presque quinze ans, maintenant, dis-je.

— En tout cas, elle roule drôlement bien. (Elle tapota la planche de bord.) J'aime les choses anciennes qui marchent encore. Il y a très, très longtemps, tous les dimanches, avec Charles, on allait faire un tour en voiture. C'était avant que tu viennes habiter ici, Alex. Tu te souviens de ton grand-père ?

— Malheureusement, pas tant que ça. Je le connais surtout par les photos qu'il y a dans toute la maison. Je sais que vous étiez venus nous rendre visite, tous les deux, quand j'étais petit. Il était chauve et il portait des bretelles rouges.

— Oh, ses bretelles, je ne pouvais plus les voir en peinture ! Quel cauchemar ! Il en avait au moins deux douzaines. Et toutes rouges.

Elle hocha un moment la tête, puis parut se renfermer quelques minutes. Elle parlait rarement de mon grand-père, mort à l'âge de quarante-quatre ans. Enseignant, comme elle. Prof de maths. Ils s'étaient rencontrés alors qu'ils étaient tous deux en poste dans le même établissement, à Southeast.

— Ton grand-père était un homme de grande qualité, Alex. Il adorait bien s'habiller et avoir de beaux chapeaux. Ses chapeaux, je les ai encore presque tous. Quand on a traversé la grande Dépression, qu'on a vécu ce qu'on a vécu, on a envie de se faire beau de temps en temps, de se sentir bien.

Elle me lança un regard.

— J'ai quand même fait une erreur, Alex.

— Tu as fait une erreur, toi ? Attends, je vais me garer sur la bande d'arrêt d'urgence. Il faut que je me remette du choc.

— Disons que celle-là, je m'en souviens, caqueta-t-elle. Tu vois, je savais ce qu'on pouvait ressentir en tombant amoureuse. Et j'étais vraiment amoureuse de Charles. Après sa mort, je n'ai jamais essayé de retrouver l'amour. Je crois que j'avais peur de ne pas réussir. C'est désolant, Alex, tu ne trouves pas ? J'avais peur de me lancer à la recherche de la plus belle chose que la vie m'ait offerte.

Je lui donnai une petite tape amicale sur l'épaule.

— Ne parle pas comme si tu allais nous quitter.

— Oh, non, pas de danger. J'ai totalement confiance en Dr Kayla. Si c'était l'heure de faire les comptes, elle me l'aurait dit. J'ai bien l'intention de le faire, d'ailleurs.

— C'était quoi, alors, ce que tu viens de me raconter ? Une parabole, une leçon ?

— Pas vraiment. Juste une anecdote pendant cette jolie balade en voiture. Roule, jeune homme, roule. Je me régale. Nous devrions faire ça plus souvent. Pourquoi pas tous les dimanches ?

Il ne fut pas un seul instant question de l'intervention que Nana allait subir le lendemain à l'hôpital. Elle n'avait visiblement pas envie d'aborder le sujet, et je respectais son choix. Vu son âge, j'appréhendais terriblement cette journée. J'avais peur, bien plus peur que s'il s'agissait de me lancer à la poursuite d'un criminel.

De retour à la maison, je montai au grenier pour passer un coup de fil à Jamilla. Elle était à son bureau, mais cela ne nous empêcha pas de bavarder pendant une petite heure.

Puis je me mis à l'ordinateur. Pour la première fois depuis que j'étais rentré de Géorgie, je ressortis toutes les notes que j'avais prises sur les Trois Souris vertes. Une question fondamentale restait en suspens.

Qui était derrière les trois Rangers ?

Qui était le véritable assassin ?

102.

Je m'endormis sur mon clavier, me réveillai vers 3 heures du matin, descendis dans ma chambre pour dormir un petit peu. Le réveil sonna à 5 heures.

Nana avait rendez-vous à l'hôpital à 6 h 30.

Le Dr Coles voulait qu'elle passe sur le billard en tout début de matinée, à l'heure où l'équipe chirurgicale serait au mieux de sa forme. Tante Tia resta à la maison avec Alex Junior, mais j'avais décidé d'emmener Damon et Jannie à l'hôpital.

La salle d'attente aseptisée à souhait commença à se remplir vers 7 h 30. Tout le monde paraissait nerveux et inquiet, mais je crois que nous étions tombés sur les pires patients de la journée.

— Elle va durer combien de temps, l'opération, voulut savoir Damon.

— Pas longtemps. Nana ne passera pas forcément la première. Ça dépend. C'est une intervention toute simple, Damon. On envoie un petit courant électrique, un peu comme la chaleur dans un four à micro-ondes, qui interrompt le passage entre les oreillettes et les ventricules et supprime les contractions qui font que le cœur de Nana bat irrégulièrement. Tu as suivi ? En gros, c'est ce qui se passe.

— Et Nana, elle est complètement réveillée pendant l'opération ? s'interrogea Jannie.

— Probablement. Tu la connais, Nana. On lui a donné un sédatif léger et on lui a fait une anesthésie locale.

On discutait, on attendait, on s'inquiétait, on se rongeait les sangs, et tout cela me semblait anormalement long. Je m'efforçais de ne pas broyer du noir, je voulais rester en prise avec le moment présent.

En guise de prières, je décidai de faire défiler mes souvenirs, tous les bons moments que j'avais passés avec Nana. Elle représentait tellement pour moi comme pour les enfants. Si nous étions là, c'était grâce à son amour inconditionnel, grâce à sa confiance, et même grâce à ses coups de griffe si énervants parfois.

— Quand est-ce qu'elle sort ?

Jannie me regarda, et dans ses jolis yeux noisette, je lus la peur et l'inquiétude. Nana avait toujours été une mère pour nous tous.

— Elle va bien ? demanda Damon. Il se passe quelque chose d'anormal, hein ? Tu ne trouves pas que ça dure trop longtemps ?

— Elle va très bien, répondis-je aux enfants tout en partageant, malheureusement, leur angoisse.

Et nous attendîmes encore. Le temps s'écoulait lentement, si lentement. Finalement, le Dr Coles pénétra dans la salle d'attente. Je retins mon souffle, en essayant de ne rien laisser paraître de mon anxiété et de ma nervosité pour ne pas affoler les petits.

Et là, Kayla Coles sourit. C'était le sourire le plus beau, le plus éclatant qu'il m'eût été donné de voir depuis bien longtemps.

— Tout s'est bien passé ?

— À merveille, me répondit-elle. Votre Nana est une sacrée petite bonne femme. Elle vous a déjà réclamés.

103.

Nous passâmes une heure aux côtés de Nana en salle de réveil, puis on nous demanda de partir pour qu'elle puisse se reposer.

Après avoir déposé les enfants à l'école vers 11 heures, je rentrai chez moi pour reprendre mes recherches.

J'avais promis à Ron Burns de l'aider à éclaircir une curieuse et intéressante affaire impliquant des individus condamnés pour des délits et crimes sexuels. Lui, de son côté, avait réussi à me faire transmettre certaines archives de l'armée de terre que je cherchais à consulter depuis longtemps. Des documents obtenus via l'ACIRS et le RISS, deux bases de données réservées aux militaires et à la police, ou, pour la plupart, transmis directement par le Pentagone. Ils concernaient notamment les Trois Souris vertes.

Qui était derrière tous ces meurtres ? À qui obéissait Thomas Starkey ? Pourquoi avait-on ciblé telle et telle personne ?

Et surtout, pourquoi ces mises en scène destinées à tromper la justice ? Pourquoi n'avait-on pas directement éliminé les victimes ? Le but recherché était-il de les terroriser, de leur démontrer qu'elles étaient traquées, que leur vie était entre les mains de quelqu'un d'autre ?

De temps à autre, une bouffée d'angoisse m'arrachait à mon enquête. Je repensais à Nana, à son courage, j'imaginais ma détresse si les choses avaient mal tourné, ce matin-là. Je culpabilisais, je me disais que j'allais peut-être recevoir un coup de fil de Kayla Coles m'annonçant : « *Je suis désolée, Nana est décédée. On ne sait pas ce qui s'est passé, je suis vraiment désolée.* »

Mais le téléphone ne sonna pas, et je réussis à m'immerger dans mon travail. Nana serait de retour à la maison le lendemain, et il fallait que je cesse de m'inquiéter. J'avais besoin de toutes mes capacités intellectuelles.

Pour être intéressants, les dossiers militaires se révélèrent aussi déprimants que le rapport d'un contrôleur du fisc. Il y avait bien eu, manifestement, des actions incontrôlées au Viêtnam, au Laos et au Cambodge. L'armée, officiellement du moins, semblait avoir fermé les yeux sur ces opérations. Aucune instance civile n'avait, bien sûr, été chargée d'enquêter, et la presse n'avait pas pu jouer son rôle. En effet, les journalistes américains, qui ne parlaient pas ou quasiment pas le vietnamien, interrogeaient rarement les familles des victimes dans les petits villages. Pour le meilleur et pour le pire, donc, l'armée avait, dans certains cas, combattu le feu par le feu. Peut-être était-ce le seul moyen de mener efficacement une guerre de guérilla, mais je ne savais toujours pas ce qui s'était passé. Quel drame avait déclenché cette série de meurtres aux États-Unis ?

Pendant de longues et pénibles heures, je ne fis que compulser les dossiers du colonel Starkey, du capitaine Harris et du sergent Griffin. Sur le papier, tous trois avaient fait une carrière exemplaire. Leurs états de service étaient tout aussi excellents au Viêtnam – Starkey avait reçu de nombreuses médailles, Harris et Griffin avaient été bien notés par leurs supérieurs. Il n'était nulle part fait mention d'assassinats ciblés.

J'aurais voulu savoir quand les trois hommes s'étaient rencontrés, à quel moment ils avaient servi ensemble. J'avais beau chercher, je ne trouvais aucun lien. Je savais, pourtant, qu'ils s'étaient battus ensemble au Viêtnam et au Cambodge. Et rien, dans ces archives, ne l'indiquait.

Je me renfonçai dans mon fauteuil, laissai mon regard glisser sur la Cinquième Rue. La conclusion qui s'imposait ne me plaisait pas.

Les dossiers militaires avaient été falsifiés.

Dans quel but ? Et par qui ?

104.

Ce n'était pas encore fini.

Je le sentais physiquement, comme un creux au ventre. J'avais une pénible sensation de malaise, de flou, d'inachevé. Ou alors, c'était moi qui ne pouvais me résoudre à lâcher l'affaire. Qui avait pu manigancer tous ces crimes étranges, restés impunis ?

Une semaine s'était écoulée depuis les sanglants événements de Géorgie. Je me trouvais dans le bureau de Ronald Burns, au quatrième étage du siège du FBI, à Washington. L'assistant de Burns, un jeune homme à la coupe en brosse, venait de nous apporter du café dans de superbes tasses en porcelaine et quelques viennoiseries, le tout sur un plateau d'argent.

— Je vois que l'on ne recule devant rien pour me séduire, fis-je. Café, brioches, c'est le grand luxe.

— Vous avez tout compris. Vous êtes honteusement manipulé. Profitez-en.

Je le connaissais depuis des années, mais nous ne travaillions en étroite collaboration que depuis quelques mois. Pour l'instant, tout me semblait parfait, mais je m'étais déjà fait piéger dans le passé, et je devais rester vigilant.

— Au fait, comment va notre ami Kyle Craig ? lui demandai-je.

— Il est toujours dans le Colorado, répondit Burns avec un petit sourire, et nous faisons ce que nous pouvons pour rendre son séjour aussi désagréable que possible.

Craig était un ancien agent senior du FBI que j'avais aidé à mettre à l'ombre. Il avait commis au moins onze meurtres, et sans doute beaucoup plus. Comme moi, Burns avait longtemps vu en lui un véritable ami. J'avais vécu d'autres trahisons dans ma vie, mais celle-ci restait la pire.

— Il faut qu'on le mette à l'isolement presque toute la journée. Pour sa propre sécurité, bien entendu. Il a horreur d'être seul. Ça le rend encore plus fou. Il ne peut pas frimer, il n'a pas de public.

— On ne l'a pas soumis à un examen psychiatrique ?

— Non, ce ne serait pas une bonne idée. Trop dangereux pour les médecins.

— De plus, fis-je remarquer, Kyle serait ravi qu'on lui fasse cet honneur. Il ne demande que ça. Il a besoin de jouer les vedettes.

— C'est vrai.

La perspective de voir Kyle isolé dans sa cellule jusqu'à la fin de ses jours avait quelque chose d'extrêmement réjouissant, mais moi, je savais bien qu'il avait réussi à entrer en contact avec d'autres détenus de son quartier de haute sécurité, et notamment Tran Van Luu.

— Selon vous, Kyle est étranger à ces meurtres ? me demanda Burns.

— Je me suis bien renseigné. Rien ne laisse penser qu'il connaissait Luu avant d'être incarcéré à Florence.

— Alex, je sais qu'il s'y est rendu à l'époque où il faisait partie de la maison. Il est passé par le quartier de haute sécurité, il est passé par le couloir de la mort. Il peut très bien avoir rencontré Luu. Avec Kyle, on ne sait jamais.

J'avais du mal à imaginer que Kyle pût être l'auteur de scénarios criminels diaboliques, et je ne voulais même pas l'envisager. Et pourtant, ce n'était pas totalement impossible...

— Avez-vous eu le temps de réfléchir à ma proposition ? me demanda Burns.

— Je ne peux pas encore vous donner de réponse. Désolé. C'est une lourde décision pour moi et ma famille. Si ça peut vous consoler, sachez tout de même que je ne suis pas du genre à changer d'avis. Quand je dis oui, c'est oui.

— Entendu. Vous comprendrez néanmoins que je ne peux pas laisser cette offre sur la table indéfiniment.

J'acquiesçai.

— J'apprécie votre attitude. Êtes-vous toujours aussi patient ?

— Quand je peux, me répondit-il laconiquement. Il prit les deux chemises en papier Kraft qui se trouvaient sur la table basse, entre nos deux fauteuils, et les fit glisser vers moi.

— J'ai quelque chose pour vous, Alex. Jetez un œil là-dessus.

105.

— Vous voulez encore m'épater en me montrant toutes les ressources dont dispose le Bureau, lui dis-je en souriant.

— Ça, ça va vous plaire. C'est du premier choix, et j'espère que cela vous sera utile. Je veux que vous réussissiez à boucler cette affaire de meurtres de militaires. Elle nous intéresse également.

De l'une des chemises, je retirai ce qui ressemblait à un écusson de toile aux couleurs délavées, un écusson de blouson vert kaki, avec une sorte d'arbalète tissée au milieu. Il y avait également une poupée de paille. Bizarre, horrible, semblable à celle que j'avais vue chez Ellis Cooper.

— L'insigne vient du blouson d'un gamin de seize ans, membre d'un gang new-yorkais qui s'appelle les Ghost Shadows, m'expliqua Burns. Ils n'ont pas vraiment de quartier général, ils se retrouvent dans des cafétérias de Canal Street. On a coffré le jeune au cours d'une opération conjointe menée avec le NYPD. Il a balancé des renseignements pour que les flics new-yorkais lui fichent la paix, mais ce qu'il leur a donné ne leur servait à rien. Vous, en revanche, vous pourriez peut-être en tirer quelque chose.

— Comment cela?

— Il prétend vous avoir envoyé plusieurs e-mails le mois dernier. Il se serait servi des ordinateurs d'un lycée technique new-yorkais.

— Le Fantassin, ce serait lui?

Je tombais des nues.

— Non, mais il est peut-être le messager du Fantassin. Il est vietnamien. L'arbalète est un symbole issu d'un conte populaire dans lequel on racontait qu'un carreau pouvait tuer dix mille hommes à la fois. Les Ghost Shadows s'imaginent qu'ils sont très puissants. Ils adorent tout ce qui est symboles, mythologie, magie.

» Comme je vous le disais, lui et ses potes passent le plus clair de leur temps dans des cafétérias. Ils jouent au *tien len*, ils boivent du café *su da*. Le gang est né à Orange County et il s'est installé à New York. Plus de cent cinquante mille réfugiés vietnamiens se sont installés à Orange County depuis le milieu des années soixante-dix. À New York, le gang se livrait aux activités classiques du milieu vietnamien : immigration clandestine – ils appellent les gens qu'ils font venir "les têtes de serpent" –, escroquerie à la carte de crédit, détournement de logiciels et de matériel informatique. Est-ce que cela peut vous aider?

— Oui, bien sûr.

Burns me tendit une autre chemise.

— Vous trouverez peut-être là aussi des informations utiles. Elles concernent l'ancien chef du gang viet.

— Tran Van Luu.

Burns hocha la tête.

— J'ai fait le Viêtnam en soixante-neuf et soixante-dix, j'étais dans les Marines. On avait nos propres unités de reconnaissance. On les larguait en territoire hostile, comme Starkey et compagnie. C'était une guerre de guérilla, Alex, et certains de nos hommes se comportaient en guérilleros. Leur boulot consistait à semer la terreur derrière les lignes ennemies, à faire le plus de dégâts possible. Ils étaient redoutables, ils étaient courageux, mais certains, et il y en a eu un paquet, ont fini par perdre toute sensibilité. Ils avaient une morale à géométrie variable, pour parler pudiquement.

— On parle de terrorisme, là.

— Oui, opina Burns. C'est tout à fait ça.

106.

Cette fois-ci, je me rendais dans le Colorado pour le compte du FBI. Ron Burns avait décidé de prendre l'affaire à son compte. Il tenait à arrêter celui ou ceux qui avaient initié cette longue et mystérieuse série de meurtres.

Le climat du quartier d'isolement de la prison de Florence était toujours aussi oppressant. Derrière leurs baies à l'épreuve des balles, les gardiens en uniforme kaki me regardèrent pénétrer dans cet univers glacial où il n'y avait que des portes orange vif ou vert pomme, et où les couloirs nus, couleur sable, étaient hérissés de caméras de surveillance, une tous les trois mètres.

Mon rendez-vous avec Tran Van Luu allait se dérouler dans le cadre enchanteur d'une cellule ne renfermant qu'une table et deux chaises, solidement fixées au sol. Et cette fois-ci, ce furent trois gardiens en tenue anti-agression et gantés qui m'amenèrent le client. Avaient-ils eu à faire face à un problème de violence, récemment ?

Luu fut menotté et entravé. L'interrogatoire pouvait commencer.

Je sortis de ma poche l'écusson que m'avait donné Burns.

— Que signifie cet écusson ? Ne me raconte plus de conneries, cette fois.

Et Luu, dont la barbiche grise semblait avoir encore poussé, me répondit calmement :

— Les Ghost Shadows. Vous le savez déjà. L'arbalète, c'est du folklore. Un motif, c'est tout.

— Et la poupée de paille ?

Il ne répondit pas tout de suite, et je vis qu'il serrait les poings.

— Je crois vous avoir dit que j'avais été éclaireur pour l'armée américaine. Parfois, dans les villages, nous laissions des cartes de visite. L'une d'elles, je m'en souviens, représentait une tête de mort, avec comme légende *Quand on aime, on envoie ce qu'il y a de mieux*. Les Américains trouvaient ça très drôle.

— Que représente la poupée de paille ? Est-ce ta carte de visite ? On l'a retrouvée chez plusieurs soldats condamnés pour meurtre.

Il haussa les épaules.

— Peut-être. À vous de me le dire, inspecteur. Moi, je n'étais pas là quand les crimes ont été commis.

— Quelle est la signification de cette poupée de paille ?

— Elle peut en avoir plusieurs, inspecteur. La vie n'est pas si simple. La vie ne se résume pas à des petites phrases et des solutions toutes faites. Dans mon pays, la religion populaire s'est toujours voulue très souple. Nous pratiquons le bouddhisme chinois et indien, le taoïsme, le confucianisme. Au Viêtnam, le culte des ancêtres est la plus ancienne des croyances indigènes.

Mon index tambourinait sur l'écusson. J'avais hâte de voir Luu en venir au fait.

— Ces poupées de paille, on les brûle parfois au cours d'une cérémonie rituelle, pour honorer les morts, ou on les envoie dériver sur le fleuve. Les esprits maléfiques sont les spectres de ceux qui ont été assassinés ou qui sont morts sans sépulture décente. La poupée de paille est un message menaçant adressé à la personne qui a commis l'offense ; on lui rappelle que c'est elle qui devrait être à la place de la poupée.

— Dis-moi ce que je dois savoir. Je n'ai pas envie de revenir ici.

— Personne ne vous y oblige. Je n'éprouve pas le besoin de me confesser, d'avouer quoi que ce soit. C'est un concept très occidental.

— Des innocents sont morts et toi, tu n'éprouves pas le moindre remords ?

— Il y aura toujours des innocents qui mourront. Que voulez-vous vraiment savoir ? Croyez-vous que j'ai une dette envers vous parce que vous faites un superbe travail d'investigation ?

— Tu admets t'être servi de moi ?

— Je n'admets rien du tout. Pourquoi le devrais-je ? J'étais un combattant, je menais la guérilla. J'ai survécu près de six ans dans la jungle d'An Lao, et ensuite, j'ai survécu dans la jungle californienne, et dans la jungle new-yorkaise. Je me sers de ce que je trouve, j'essaie de tirer le meilleur profit de la situation. Vous en feriez autant, j'en suis sûr.

— Comme ici, dans cette prison ?

— Oh, surtout dans cette prison ! Sinon, même un homme raisonnablement intelligent deviendrait fou. Vous connaissez l'expression « traitement cruel et inhabituel ». Une cellule mesure un peu plus de deux mètres sur quatre, et vous y passez vingt-trois heures par jour. En ne communiquant que par une fente dans la porte.

Je me penchai en avant. Mon visage n'était plus qu'à quelques centimètres du sien. Le sang me martelait les tempes. Tran Van Luu et le Fantassin ne faisaient qu'un. Forcément. Tran avait toutes les réponses aux questions que je me posais. Était-il également responsable de tous ces meurtres ?

— Pourquoi as-tu envoyé le sergent Ellis Cooper à la mort ? Et les autres ? Pourquoi fallait-il qu'ils meurent ? Était-ce uniquement par vengeance ? Dis-moi ce qui s'est passé dans la vallée d'An Lao. Dis-le-moi, et je m'en vais.

Il secoua la tête.

— Je vous en ai déjà dit suffisamment. Rentrez chez vous, inspecteur. Vous n'avez pas besoin d'en entendre davantage. Oui, je suis le Fantassin. Quant aux autres réponses que vous aimeriez obtenir, sachez que les gens de votre pays ne sont pas prêts à les entendre. Laissez tomber cette enquête. Pour une fois, inspecteur, *laissez tomber.*

107.

Je ne fis même pas mine de me lever.

Tran Van Luu me regarda, impassible, puis sourit. Avait-il prévu mon obstination, mon côté tête de mule ? Ou alors, était-ce justement la raison pour laquelle il m'avait associé à ses projets, bien malgré moi ? Avait-il parlé de moi à Kyle Craig ? Que savait-il ? Détenait-il quelques-unes seulement, ou toutes les pièces du puzzle ?

— Je trouve votre périple intéressant. Je ne comprends pas les hommes comme vous. Vous voulez savoir pourquoi des choses horribles surviennent. Vous voulez qu'il y ait une justice. De temps en temps, au moins.

» Vous avez déjà eu affaire à des assassins redoutables, des Gary Soneji, des Geoffrey Shafer, des Kyle Craig, bien sûr. Votre pays a engendré tant de tueurs en série. Ted Bundy, Dahmer, tous les autres. J'ignore pourquoi ils prolifèrent ici, dans un pays aussi civilisé, aussi privilégié.

Moi non plus, je n'avais pas de réponse, mais Luu avait manifestement envie de savoir ce que ce problème m'inspirait. Avait-il posé les mêmes questions à Kyle ?

— J'ai toujours eu le sentiment que c'était lié aux attentes excessives des Américains. La plupart pensent qu'ils vont être heureux, qu'on va les aimer, et si cela ne se produit pas, certains d'entre eux deviennent fous de rage. Surtout s'ils ont souffert pendant leur enfance. S'ils ont connu la haine et les mauvais traitements au lieu de connaître l'amour. Ce que je ne comprends pas, c'est pourquoi tant d'Américains maltraitent leurs enfants.

Luu me dévisagea. Son regard fouillait le mien. Avais-je face à moi un tueur d'un nouveau genre, un aristocrate de l'exécution ? Il semblait avoir une conscience, une philosophie de la vie. Un guerrier-philosophe ? Que savait-il ? Était-ce lui qui possédait les clés de l'enquête ?

— Pourquoi a-t-on orchestré la mise à mort d'Ellis Cooper ? insistai-je. C'est une question simple. Tu veux bien y répondre ?

Il se renfrogna, mais finit par céder.

— Bon, d'accord, je vais faire ça pour vous. Le sergent Cooper a menti à votre ami Sampson comme il vous a menti à vous. Il n'avait pas le choix. Il était dans la vallée d'An Lao, même si cela ne figure pas dans son dossier. Je l'ai vu exécuter une fillette de douze ans, elle était mince, elle était mignonne, elle n'avait rien fait. Il l'a violée avant de la tuer. Je n'ai aucune raison de vous mentir à ce sujet. Le sergent Cooper était un violeur et un assassin.

» Ils avaient tous commis des atrocités, ils étaient tous des assassins : Cooper, Tate, Houston, Etra. Harris, Griffin et Starkey, aussi. Eux, c'étaient les Souris vertes. Ils étaient parmi les pires, les plus sanguinaires. C'est pour cela que je les ai choisis, moi, pour traquer les autres. Oui, inspecteur, c'était moi. Mais je suis déjà condamné à mort. Vous ne pouvez rien me faire de plus.

» Le colonel Starkey n'a jamais su la raison des meurtres commis sur le territoire américain. Il ignorait mon identité. C'était un professionnel de l'assassinat ciblé. Il voulait juste être payé.

» Je crois aux rituels et au symbolisme, et je crois à la revanche. Les coupables ont été punis, et leur châtiment sied à leurs crimes. Nos morts sans sépultures ont été vengés, et leur âme peut enfin connaître le repos. Vos soldats laissaient leur carte de visite, et j'en ai fait autant. J'ai eu tout le temps d'y réfléchir ici, j'ai eu tout le temps d'affiner mes projets. J'avais soif de revanche, une revanche que je ne souhaitais ni simple, ni facile. Comme vous dites ici, je voulais rendre à ces hommes la monnaie de leur pièce. Et j'y suis parvenu, inspecteur. Maintenant, je suis en paix.

Trompeuses apparences... Ellis Cooper nous avait menti dès le début en proclamant son innocence. Je croyais Tran Van Luu. Son récit m'avait convaincu. Il avait été témoin d'atrocités dans son pays, et en avait peut-être lui-même commis. Quel terme Burns avait-il utilisé ? Ah, oui... « semer la terreur ».

— L'armée avait une devise, dans la vallée d'An Lao, ajouta-t-il. Voulez-vous la connaître ?

— Oui, j'ai besoin de comprendre, c'est ce qui me motive.

— La devise, c'était *Si ça bouge, c'est du Viêt-công*.

— Tous nos soldats ne se comportaient pas de cette manière.

— Non, mais il y en avait quelques-uns. Ils débarquaient dans les villages les plus reculés et tuaient tout le monde. *Si ça bouge...* Ils voulaient faire peur au Viêt-công, et ils réussissaient. Ils laissaient des cartes de visite, comme les poupées de paille, inspecteur. Village après village. Ils ont détruit tout un pays, toute une culture.

Il s'arrêta un instant, comme pour me laisser méditer ses paroles.

— Ils aimaient mettre de la peinture sur le visage et le corps des gens qu'ils avaient tués. Leurs couleurs préférées étaient le rouge, le blanc et le bleu, les couleurs du drapeau américain. Ils trouvaient cela amusant. Ils n'enterraient jamais les corps, ils les abandonnaient sur place.

» J'ai retrouvé toute ma famille comme ça, le visage peint en bleu. Et depuis ce jour, leurs *ghost shadows*, leurs ombres spectrales, me hantaient.

— Pourquoi n'en avoir parlé à personne ? l'interrompis-je. Pourquoi ne pas t'être adressé à l'armée au moment où tout cela se passait ?

Il me regarda droit dans les yeux.

— Je l'ai fait, inspecteur. Je suis allé trouver mon commandant, Owen Handler, et je lui ai raconté ce qui se passait à An Lao. Il était déjà au courant. Son supérieur l'était également. Ils étaient tous au courant. Plusieurs unités s'étaient mises à faire n'importe quoi. Alors il a envoyé sur place une équipe spécialisée dans les assassinats ciblés pour faire le ménage.

— Et que fais-tu de toutes les victimes innocentes ? Ces femmes que Starkey et ses copains ont tuées pour piéger Cooper et les autres ?

— Ah, votre armée a un terme pour ça : « dommages collatéraux ».

— Encore une question.

— Posez-la. Et ensuite, je veux que vous me laissiez seul. Je ne veux plus que vous reveniez.

— Ce n'est pas toi qui as tué le colonel Handler, n'est-ce pas ?

— Non. Pourquoi aurais-je mis fin à son calvaire ? Je voulais qu'il vive avec sa lâcheté, avec sa honte. Maintenant, allez-vous-en. C'est terminé.

— Qui a tué Handler ?

— Qui sait ? Il y a peut-être une quatrième souris verte.

En voyant que je me levais, les gardiens entrèrent dans la cellule. Ils avaient peur de Luu, cela se voyait, et j'aurais aimé savoir ce qu'il avait pu faire ici. C'était un homme complexe et inquiétant, un *Ghost Shadow*. Un homme qui avait fomenté plusieurs meurtres par esprit de vengeance.

— Il y a autre chose, ajouta-t-il enfin avec un sourire horrible et grimaçant, un sinistre rictus. Kyle Craig vous donne le bonjour. On se parle, tous les deux. On parle même de vous, quelquefois. Kyle pense que vous devriez nous arrêter pendant que vous pouvez. Il dit que vous devriez nous mettre tous les deux hors d'état de nuire. (On l'emmena. Il se mit à rire.) Vous devriez nous arrêter, inspecteur.

— Méfie-toi de Kyle, répliquai-je en guise de conseil. Il n'est l'ami de personne.

— Moi non plus, fit Tran Van Luu.

108.

Dès le départ de Luu, on devait m'amener Kyle Craig. Je l'attendais de pied ferme.

— J'étais sûr que tu prendrais le temps de me rendre une petite visite, ricana-t-il, escorté par trois gardiens armés. Tu ne me déçois jamais.

— Toujours une longueur d'avance, hein, Kyle ?

Il eut un sourire presque lugubre.

— Apparemment, non. Plus maintenant.

Il était incroyablement mince et semblait avoir encore perdu du poids depuis notre dernière entrevue. Je sentais qu'à l'intérieur de ce crâne osseux, son cerveau fonctionnait à plein régime.

— Tu as été capturé parce que tu voulais l'être, lui dis-je. C'est évident.

— Oh, pitié ! Épargne-moi ta psychologie de supermarché. Si tu es venu en tant que Dr Cross, éminent psychologue, repars tout de suite. Je sens que je vais mourir d'ennui.

— Je parle en qualité d'inspecteur de la brigade criminelle.

— Ah, voilà qui est un peu mieux, je pense. Quand tu te contentes de jouer les flics donneurs de leçons, j'arrive à te supporter. Tu laisses à désirer, comme psy.

Psy, de toute façon, c'est une profession qui laisse à désirer. Les psys ne m'ont jamais été de la moindre utilité. J'ai ma propre philosophie. Tuez-les tous, Dieu reconnaîtra les siens. Analyse-moi ça.

Je ne disais rien. Kyle aimait bien s'écouter parler et lorsqu'il posait des questions, c'était souvent pour tourner en dérision les réponses qu'il obtenait. Mener son interlocuteur en bateau, jouer du sarcasme, telles étaient ses passions. Rien ne semblait avoir changé, chez lui.

Il finit par sourire.

— Oh, Alex, c'est toi, le plus intelligent, non ? Je me dis parfois avec effroi que c'est toi qui as toujours une longueur d'avance.

Je le fixais des yeux, bien décidé à ne pas me laisser prendre à son petit jeu.

— Je ne pense pas, Kyle.

— Mais tu es un vrai chien d'attaque, tu ne lâches jamais. Dis-moi si je me trompe.

— Ce n'est pas le genre de chose qui me préoccupe beaucoup. Si tu le dis, c'est sans doute vrai.

Il plissa les paupières.

— Tu es devenu condescendant. Je n'aime pas beaucoup ça.

— Tout le monde se fiche de ce que tu peux aimer ou pas.

— Ah, là, tu marques un point. Il faudra que je m'en souvienne.

— Je t'avais demandé si tu pouvais m'aider au sujet de Tran Van Luu et des affaires de meurtre dans lesquelles il est impliqué. As-tu changé d'avis ? Je crois que l'un des assassins est toujours dans la nature.

Kyle secoua la tête.

— Je ne suis pas le Fantassin. Ce n'est pas moi qui essaie de t'aider. Il y a des mystères que l'on ne résout jamais. Tu ne le savais pas ?

— Tu as raison, lui dis-je. Je ne lâche jamais. Je vais également essayer de résoudre cette énigme-là.

Il applaudit lentement, avec un bruit creux.

— Ah, je te reconnais bien là. Tu es parfait, Alex. Quel naïf. Allez, va chercher ton criminel.

109.

Sampson était toujours en convalescence sur la côte du New Jersey, avec Billie Houston, son infirmière particulière. Je l'appelais presque tous les jours. Je ne lui avais toujours pas dit ce que j'avais appris sur le sergent Cooper et les autres.

J'appelais également Jamilla quotidiennement. Plusieurs fois par jour, parfois, ou c'était elle qui m'appelait ou m'envoyait des e-mails. La distance qui nous séparait commençait à poser un réel problème, et ni l'un, ni l'autre n'avait la bonne solution. Pouvais-je envisager d'aller m'installer en Californie avec toute ma famille ? Jamilla pourrait-elle venir à Washington ? Il fallait que nous en discutions face à face, et le plus vite possible.

De retour du Colorado, je passai plusieurs jours à travailler à Washington. J'avais encore un déplacement important à faire, mais je n'étais pas tout à fait prêt. «*On peut mesurer deux fois, on ne peut couper qu'une fois*», me disait toujours Nana.

Je ne sais combien d'heures il me fallut passer devant mon écran, à écumer Lexis, l'ACIRS, la banque de données de l'armée, ou encore RISS, celle de la police. Je fis un saut au Pentagone pour y rencontrer un certain colonel Peyser et évoquer les violences commises à l'encontre de civils par certains soldats américains en Asie du Sud-Est. Quand j'eus le malheur de parler de la vallée d'An Lao, il mit brutalement fin à l'entretien. Il refusa de me revoir.

Paradoxalement, c'était plutôt bon signe. J'approchais vraisemblablement du but.

J'eus quelques échanges avec des amis qui avaient fait le Viêtnam. L'expression « si ça bouge, c'est du Viêt-công » leur était le plus souvent familière. Pour eux, elle se justifiait. Les Nord-Vietnamiens commettaient tant d'exactions... Un ancien appelé me raconta qu'il avait entendu des soldats parler d'un Vietnamien qu'ils avaient abattu, un homme âgé d'au moins quatre-vingt-cinq ans. « Demander à faire partie du Viêt-công à son âge, chapeau ! » avait plaisanté un sergent d'artillerie.

Et chaque fois que j'évoquais la vallée d'An Lao, un nom revenait.

Un nom apparaissait chaque fois que je consultais des archives.

Un nom indiscutablement lié à la plupart des événements qui m'intéressaient – ce qui s'était passé là-bas, ce qui s'était passé ici.

La quatrième souris verte ?

J'allais bientôt en avoir le cœur net.

Je pris ma voiture le jeudi matin, de bonne heure, direction West Point. Il fallait compter cinq heures de route, mais je n'étais pas particulièrement pressé. La personne que je voulais voir n'allait pas s'évanouir dans la nature puisque, selon elle, elle ne risquait rien.

J'avais garni mon chargeur de CD de disques de blues, et j'avais aussi mis le dernier Bob Dylan, que je voulais écouter au moins une fois. J'avais pris une thermos de café et des sandwiches. J'avais dit à Nana que je m'efforcerais d'être de retour dans la soirée, à quoi elle avait sèchement répliqué : « Efforce-toi, c'est ça. Autant que tu peux. Et plus souvent, tant qu'à faire. »

Durant le trajet, j'avais tout le loisir de réfléchir. En retournant à West Point, je jouais gros. Quand j'eus fini de peser le pour et le contre et de me convaincre que j'avais raison, la proposition du FBI m'accapara l'esprit. Ron Burns m'avait fait une belle démonstration des moyens susceptibles d'être mis à ma disposition. Le message était aussi clair qu'habile : *travailler pour le FBI me permettrait de donner la pleine mesure de mes talents*.

Mais je ne savais toujours pas ce que je voulais faire.

Je savais que je pouvais ouvrir un cabinet de psychologue si je le souhaitais. En quittant la police pour exercer une profession à peu près normale, peut-être réussirais-je à devenir un meilleur père ? À faire bon usage de mes billes, en savourant ces précieux samedis. À tenter l'aventure avec Jamilla, qui ne quittait jamais mes pensées.

Puis vint le moment de quitter l'autoroute pour prendre la direction de Highland Falls et West Point.

Avant d'arriver, je pris soin de glisser un chargeur dans mon Glock. Peut-être était-ce une précaution superflue, mais après le meurtre d'Owen Handler, mieux valait être prudent.

Je pénétrai à West Point par la porte Thayer, au nord de Highland Falls.

Dans la Plaine, des centaines d'élèves-officiers à la tenue impeccable s'entraînaient à la parade. Les cheminées du Washington Hall fumaient paresseusement. J'aimais beaucoup West Point, et j'admirais la plupart des hommes et des femmes que j'avais croisés à l'armée. Mais quelques brebis galeuses pouvaient faire bien des dégâts...

Je me garai devant un bâtiment de brique. J'étais venu ici pour obtenir des réponses.

Il restait un nom, sur ma liste. Un nom important. Celui d'un homme au-dessus de tout soupçon.

Le général Mark Hutchinson.

Le commandant de West Point.

Il m'avait évité le soir où Owen Handler avait été assassiné. Je n'avais pas l'intention de le laisser récidiver.

110.

Je gravis les hautes marches de pierre et entrai dans le bâtiment abritant les bureaux du commandant de l'école militaire. Tout, ici, respirait l'ordre et la propreté. L'accueil était assuré par un militaire à la coupe en brosse très réglementaire. Sur son bureau de chêne sombre trônaient une lampe de cuivre bien briquée, des piles de documents et des dossiers parfaitement rangés.

Il leva la tête, en l'inclinant sur le côté comme un écolier vif et curieux.

— Oui, monsieur ? Puis-je faire quelque chose pour vous ?

— Je suis l'inspecteur Alex Cross. Je pense que le général Hutchinson est disposé à me voir. Pourriez-vous le prévenir que je suis là ?

Il garda la tête inclinée.

— Oui, monsieur. Inspecteur. Puis-je connaître l'objet de votre visite ?

— Malheureusement, non. Je pense toutefois que le général acceptera de me recevoir. Il me connaît. (Je pris place dans un fauteuil.) Je vais l'attendre.

Le planton n'appréciait visiblement pas qu'un civil prenne des libertés avec le règlement de la maison, surtout quand celle-ci était sous les ordres du général Hutchinson. Il s'accorda une seconde de réflexion, puis décrocha un téléphone noir pour prévenir sa hiérarchie. Je n'y voyais aucun inconvénient. Sans doute fallait-il en passer par là.

Quelques minutes s'écoulèrent, puis une lourde porte de bois s'ouvrit derrière le bureau. Un officier en uniforme fit son apparition et se dirigea droit sur moi.

— Je suis le colonel Walker, le collaborateur du général. Vous pouvez partir, inspecteur Cross. Le général Hutchinson ne pourra pas vous recevoir aujourd'hui. Vous n'êtes pas dans votre juridiction.

J'acquiesçai.

— Oui, mais j'ai des renseignements importants et je pense que le général Hutchinson devrait en prendre connaissance. Cela concerne des événements qui se sont produits sous son commandement, dans la vallée d'An Lao. De 1967 à 1971, mais surtout en 1969.

— Je vous assure que le général ne tient pas à vous rencontrer ni à entendre vos récits de guerre.

— J'ai rendez-vous avec un journaliste du *Washington Post* qui prépare un article sur le sujet. J'ai pensé que le général aimerait avoir la primeur de certaines allégations.

Le colonel Walker acquiesça sans paraître excessivement impressionné ni inquiet.

— Si vous avez trouvé à Washington quelqu'un qui soit disposé à écouter votre histoire, allez la lui confier. Maintenant, vous voudrez bien quitter les lieux, sans quoi je devrai vous faire raccompagner de force.

— Inutile de déranger vos hommes pour rien, dis-je en me levant. J'ai l'habitude de me déplacer seul.

Je sortis donc par mes propres moyens et rejoignis ma voiture pour remonter lentement la belle avenue qui traversait West Point. Il fallait que j'avise. Je finis par me garer dans une petite rue bordée de grands érables et de chênes, avec une magnifique vue sur l'Hudson.

Et j'attendis.

Le général accepterait de me recevoir.

111.

Il faisait déjà nuit lorsque le Ford Bronco noir s'engagea dans l'allée de la vaste villa de style colonial. Une longue palissade blanche s'étirait autour de la pelouse plantée d'ormes.

Lorsque le général Mark Hutchinson descendit du véhicule, l'éclairage de l'habitacle illumina quelques instants son visage. Il n'avait pas l'air inquiet. Après tout, il avait déjà pris part à plusieurs conflits et toujours survécu.

J'attendis une dizaine de minutes, le temps de le laisser allumer la lumière à l'intérieur de la maison. Je savais qu'il était divorcé et qu'il vivait seul. À dire vrai, je savais à présent beaucoup de choses sur le général.

Je gravis les marches du perron de la même manière que j'avais gravi celles qui menaient à ses bureaux, un peu plus tôt dans l'après-midi. Avec une détermination inflexible. Rien ne pourrait plus m'arrêter. J'allais m'entretenir avec Hutchinson aujourd'hui, d'une façon ou d'une autre. J'avais une affaire à terminer. Après tout, c'était ma dernière enquête.

Je jouai deux fois du heurtoir, une déesse ailée en métal terni plus imposante qu'accueillante.

Hutchinson finit par venir ouvrir. Avec sa chemisette bleue à carreaux et son pantalon de toile bien repassé, il me faisait penser à un cadre supérieur surpris à son domicile par un vendeur en porte-à-porte et pas vraiment ravi d'être dérangé à une heure aussi tardive.

— Je vais vous faire arrêter pour intrusion ! me lança-t-il dès qu'il me vit.

Prévenu par son planton, il savait qui j'étais.

— Dans ce cas...

Je n'eus aucun mal à entrer. Il était large d'épaules, mais avait largement passé le cap de la soixantaine. Il ne tenta pas de m'arrêter, ne me toucha même pas.

— Ne pensez-vous pas que vous avez déjà créé suffisamment de problèmes ? Moi, si.

— Non, pas vraiment. Je n'en suis qu'au début.

Il y avait un grand salon. Je m'assis. Canapés profonds, lampadaires en cuivre, tentures aux couleurs chaudes, bleus et rouges. Une décoration sans doute choisie par l'ex-femme du général.

— Cela ne prendra pas très longtemps, général. Je vais d'abord vous dire ce que je sais sur An Lao.

Il voulut m'interrompre :

— Et moi, je vais vous dire ce que vous ne savez pas, monsieur l'inspecteur. Vous ne savez pas comment fonctionne l'armée, et vous ne savez apparemment pas grand-chose sur le fonctionnement des cercles du pouvoir. Ici, vous êtes dans le grand bassin, et vous ne savez pas nager. Allez-vous-en ! Tout de suite. Allez proposer vos salades au *Washington Post*.

— Starkey, Griffin et Brownley Harris étaient chargés d'effectuer des assassinats ciblés au Viêtnam. Ils étaient placés sous vos ordres.

Le général fronça les sourcils, prit un air perplexe, et parut se résigner à m'écouter. Il s'assit.

— Je ne sais absolument pas à quoi vous faites allusion. Je n'ai jamais entendu parler de ces hommes.

— Vous avez envoyé des équipes de dix hommes dans la vallée d'An Lao, des équipes chargées d'intimider les Vietnamiens. Vous étiez face à une guérilla, et vous avez demandé à vos hommes d'adopter les mêmes méthodes que l'adversaire. Ils ont tué et mutilé, ils ont massacré des non-combattants. En guise de signature, ils peignaient leurs victimes en rouge, blanc ou bleu. On peut parler d'un énorme dérapage, n'est-ce pas, général ?

Hutchinson osa sourire.

— Où êtes-vous allé pêcher ces conneries ? Vous avez une imagination délirante. Maintenant, fichez le camp d'ici !

Je poursuivis :

— Vous avez détruit toutes les archives qui faisaient état de la présence de ces hommes dans la vallée d'An Lao. Vous avez fait de même pour les trois exécuteurs – Starkey, Griffin et Harris –, ceux que vous avez envoyés faire le ménage. C'est ce qui m'a mis sur la voie. Eux m'ont déclaré qu'ils y étaient, mais rien ne figurait dans leurs dossiers militaires.

Le général feignait l'indifférence. Je brûlais d'envie de le démolir jusqu'à ce qu'il reconnaisse la vérité.

— Mais en fait, les archives n'ont pas été détruites, général, repris-je.

Cette fois, j'avais réussi à capter son attention.

— Que voulez-vous dire ?

— Je crois que j'ai été parfaitement clair : les archives n'ont pas été détruites. Un éclaireur sud-vietnamien nommé Tran Van Luu a porté ces atrocités à la connaissance de son chef, qui n'était autre que le colonel Owen Handler. Personne n'a voulu l'écouter, bien entendu, alors il a volé les copies des dossiers… et les a transmises aux Nord-Vietnamiens.

» Ces documents sont restés à Hanoï jusqu'en 1997. Puis la CIA en a obtenu des copies. Ceux que j'ai en ma possession m'ont été communiqués par le FBI ainsi que par l'ambassade du Viêtnam. Je sais peut-être donc deux ou trois choses sur le fonctionnement des cercles du pouvoir à Washington. Je sais même qu'en haut lieu, on songe à vous nommer chef d'état-major des armées. Mais si cette affaire éclate au grand jour, je crains que vos chances ne soient compromises.

— Vous êtes fou, souffla Hutchinson. Vous êtes complètement fou.

— Vous croyez ? Deux unités de dix hommes chacune ont commis plus d'une centaine de meurtres dans différents villages en 1968 et 1969. Les victimes étaient toutes civiles. Vous étiez le commandant, c'est vous qui donniez les ordres. Quand les équipes ont commencé à massacrer à tort et à travers, vous avez envoyé Starkey et ses hommes pour faire le ménage. Malheureusement, ils ont eux aussi tué quelques civils. Plus récemment, c'est vous qui avez donné l'ordre d'abattre le colonel Handler qui connaissait votre rôle dans cette affaire. Votre carrière était en jeu, et vous risquiez même la prison.

» Vous vous êtes personnellement rendu dans les villages reculés aux côtés de Starkey, Harris et Warren Griffin. Vous êtes allé dans la vallée d'An Lao, Hutchinson. Vous êtes responsable de toutes les exactions qui ont été commises là-bas. Vous étiez sur place. La *quatrième* souris verte, c'était vous.

Hutchinson se retourna subitement dans son fauteuil.

— Walker, Taravela, vous pouvez venir ! Je l'ai assez entendu, ce salopard.

Une porte latérale s'ouvrit et deux hommes firent irruption dans la pièce. Leurs armes étaient pointées sur moi.

— Vous ne repartirez pas, docteur Cross, m'annonça le colonel Walker. Vous ne rentrerez pas chez vous.

112.

On me menotta les mains dans le dos, on me poussa hors de la maison et on me flanqua dans le coffre d'une berline noire.

J'étais recroquevillé comme une vieille couverture, comme un tapis. Une situation extrêmement désagréable pour un homme de mon gabarit.

Je sentis la voiture quitter l'allée, franchir le caniveau et s'engager sur la chaussée.

La traversée de West Point se fit à une vitesse raisonnable. Guère plus de trente, quarante kilomètres-heure. Quand le véhicule accéléra, je compris que nous étions sortis du périmètre de l'école militaire.

J'ignorais qui se trouvait dans la voiture. Le général Hutchinson avait-il décidé d'accompagner ses sbires ? On allait sans doute me tuer bientôt, et je voyais mal comment, cette fois, j'allais pouvoir m'en sortir. Je pensais aux enfants, à Nana, à Jamilla, et je commençais à me demander pourquoi j'avais voulu risquer une fois de plus. Une fois de trop.

Au revêtement lisse de l'autoroute succédèrent les bosses et les nids de poule d'un chemin de terre. Selon mon estimation, nous roulions depuis quarante minutes environ. Combien de temps me restait-il à vivre ?

Le véhicule s'arrêta. Les portières s'ouvrirent et claquèrent. Le coffre s'ouvrit brutalement.

Le premier visage que je vis était celui du général Hutchinson. Son regard ne trahissait pas la moindre émotion, ni la moindre humanité.

Derrière lui, tout aussi impassibles, les deux autres braquaient leurs armes sur moi.

— Que comptez-vous faire ?

Ma question était idiote. Je connaissais déjà la réponse.

— Ce que nous aurions dû faire le soir où vous vous trouviez avec Owen Handler, répondit le colonel Walker. Vous supprimer.

— De la manière la plus radicale qui soit, ajouta le général.

113.

On me hissa hors du coffre, on me laissa tomber à terre sans la moindre cérémonie. Je me reçus sur la hanche. Un éclair de douleur me traversa le corps. Ce n'était que le début, je le savais. Ces enfoirés avaient l'intention de me faire souffrir avant de me tuer et moi, avec mes menottes, je ne pouvais rien faire pour les en empêcher.

Le colonel Walker déchira ma chemise tandis que son acolyte enlevait mes chaussures et mon pantalon.

J'étais nu et je frissonnais de froid, quelque part au fin fond de l'État de New York. Il ne devait pas faire plus de cinq degrés.

— Savez-vous quel est mon véritable crime ? me demanda Hutchinson. Savez-vous l'erreur que j'ai vraiment commise au Viêtnam ? J'ai donné l'ordre de rendre les coups. Ils tuaient et mutilaient nos hommes, ils pratiquaient le terrorisme et le sadisme, ils essayaient de nous intimider de toutes les manières imaginables. Moi, j'ai refusé de me laisser intimider. J'ai rendu les coups, Cross, tout comme je les rends aujourd'hui.

— Vous avez également assassiné des non-combattants, vous avez déshonoré votre commandement.

Je ne parlais plus, je crachais.

Le général se pencha vers moi.

— Vous n'étiez pas là-bas, alors ne me dites pas ce que j'ai fait et ce que je n'ai pas fait. Dans la vallée d'An Lao, c'est nous qui avons gagné. À l'époque, on disait qu'il n'y avait que deux types d'hommes dans le monde, ceux qui baisent les autres et ceux qui se font baiser. Moi, je baise les autres, Cross. Et vous, à votre avis, dans quelle catégorie on va vous mettre ?

Le colonel Walker et son complice tenaient à la main des pots de peinture et des pinceaux. Ils entreprirent de me badigeonner le corps. La peinture était glacée.

— Je me suis dit que vous apprécieriez cette délicate attention, ricana Walker. Moi aussi, j'étais dans la vallée d'An Lao. Allez-vous me dénoncer au *New York Times* ?

Et j'étais impuissant. Personne ne pouvait venir à mon secours. J'étais seul au monde, j'étais nu, et on était en train de me barbouiller de peinture. Leur signature.

Je tremblais de froid, et je voyais dans le regard des trois militaires que ma mort, pour eux, ne signifiait rien. Ils avaient déjà assassiné.

Combien de temps me restait-il à vivre ? Quelques minutes ? Quelques heures, au grand maximum, s'ils me torturaient lentement ?

Un coup de feu retentit dans la nuit, loin devant le faisceau des phares de la voiture. Que se passait-il ?

Un trou noir apparut sous l'œil gauche du colonel Walker, et un flot de sang en jaillit. L'homme bascula en arrière et son corps s'abattit sur le sol de la forêt avec un grand bruit sourd. Il lui manquait l'arrière de la boîte crânienne.

L'autre militaire voulut se coucher, mais une balle lui perfora la colonne vertébrale, entre les reins. Il poussa un grand cri et s'écroula sur moi.

Je vis des hommes surgir des bois. Une véritable armée. Ils étaient neuf, ou dix. Qui étaient mes sauveurs ?

Puis, à la faveur de la lune, je pus distinguer certains des visages. Non, je ne rêvais pas. Je ne les connaissais pas, mais je savais d'où ils venaient et qui les avait envoyés – soit pour me suivre, soit pour tuer Hutchinson.

Les Ghost Shadows étaient là.

Les hommes de Tran Van Luu.

Ils s'exprimaient en vietnamien, et je ne comprenais pas un mot. Deux d'entre eux se saisirent du général et le jetèrent au sol. Les coups de pied se mirent à pleuvoir. Dans la tête, dans la poitrine, dans le ventre, dans les parties. Hutchinson hurlait, mais ses bourreaux continuaient, comme s'ils ne l'entendaient pas.

On ne s'occupait pas de moi, mais je ne me faisais pas d'illusions. J'étais témoin de toute la scène, même si, le visage à terre, j'étais somme toute assez mal placé. Le tabassage du général Hutchinson me semblait surréaliste, et presque inhumain. Ils s'en prenaient à présent à Walker et à l'autre militaire. Ils frappaient les morts ! L'un des Vietnamiens sortit un couteau à lame crantée et porta un coup à Hutchinson, dont le hurlement déchira la nuit. De toute évidence, ils avaient l'intention de faire souffrir le général, sans le tuer. Torture et terreur.

L'un des hommes de Luu lança vers Hutchinson une poupée de paille sortie je ne sais d'où, puis lui donna un coup de lame dans le bas-ventre. Hutchinson se remit à hurler. Sa blessure au ventre n'était pas mortelle. La séance de torture ne faisait que commencer. Et tôt ou tard, tous les corps, dont le mien, finiraient couverts de peinture.

Je repensais à ce que Tran Van Luu m'avait dit en prison.

Je crois aux rituels et au symbolisme, et je crois à la vengeance.

L'un de ses hommes s'avança finalement vers moi et mon premier réflexe fut de me rouler en boule. Plus personne, désormais, ne pouvait me sauver. Je connaissais leur programme : semer la terreur, venger leurs ancêtres qui avaient été massacrés sans même être enterrés.

— Tu as envie regarder, ou partir ? me demanda le Vietnamien d'une voix étonnamment calme. Tu pouvoir partir, inspecteur.

Je le regardai dans les yeux.

— Partir.

Le Ghost Shadow m'aida à me relever, retira mes menottes et m'emmena. Il me lança quelques lambeaux de tissu pour que je puisse me nettoyer sommairement. Un autre membre du gang m'apporta mes vêtements et mes chaussures. Tous deux me traitèrent avec le plus grand respect.

Puis on me conduisit aux portes de West Point, près de la route 9W, et on me libéra, sain et sauf. Pour moi, il ne faisait aucun doute que Tran Van Luu avait donné à ses hommes des ordres très précis.

Je courus chercher de l'aide pour le général Hutchinson et ses deux complices, mais je savais qu'il était déjà trop tard.

Le Fantassin les avait tués.

114.

Ron Burns parvint à me joindre le lendemain après-midi. J'étais au grenier, dans mon bureau, debout à la fenêtre.

Dans le jardin de devant, Jannie montrait à Alex Junior comment jouer à chat. Elle le laissait même gagner, mais cela ne durerait pas.

Burns était en train de me dire :

— Alex, je viens d'avoir au bout du fil l'agent spécial Mel Goodes. Il m'appelait d'Ellenville, un patelin du nord de l'État de New York. Vous connaissez Ellenville ?

— Non, pas vraiment, lui répondis-je, mais je crois que j'étais dans le coin il n'y a pas longtemps.

— Effectivement. C'est l'endroit où ils vous ont emmené.

— Que faisait l'agent Goodes à Ellenville ?

— La police locale nous a téléphonés. Des types de la région partis chasser le cerf tôt ce matin, dans la montagne, ont découvert un vrai carnage. Les flics sont épouvantés, et ils s'interrogent.

— Il y a de quoi. Trois cadavres, une mise en scène macabre. Rituelle.

— Trois inconnus, des hommes. Les flics ont établi des barrages presque partout. Les victimes présentent des blessures par arme blanche et des brûlures d'origine électrique sur tout le corps. Selon le rapport de police initial, elles ont été « sodomisées/cautérisées ». Et on leur avait peint le visage.

— En rouge, en blanc et en bleu.

Je n'écoutais Burns que d'une oreille distraite. Jannie était maintenant en train de montrer à Alex comment jouer à chat *et perdre*. Quand le petit se mit à pleurer, elle le prit dans ses bras pour le réconforter, puis leva les yeux vers ma fenêtre et me fit un petit signe. Elle assurait. Ça, c'était Jannie. Et moi, pendant ce temps, je pensais à ces actes de torture, de terrorisme, à toutes les choses effroyables que commettait l'homme au nom de la guerre. Du Jihad, ou d'autres causes. Quand cela cesserait-il ? Jamais, sans doute, ou alors le jour où quelqu'un finirait par faire sauter notre belle planète. Quel monde de fous…

— Je me demandais si vous pouviez nous éclairer un peu sur ces meurtres, Alex ?

Je fis un signe aux enfants, puis repris place derrière mon bureau. J'avais toujours sous les yeux la photo de Maria avec Jannie et Damon, tout petits. Qu'aurait-elle pensé de tout cela ? Des enfants, de moi et Jamilla ? De ces types charcutés et peints aux couleurs du drapeau américain ?

— Deux des victimes sont sans doute le général Mark Hutchinson et un colonel du nom de Walker. Le troisième homme est un soldat de première classe de West Point. Je n'ai pas retenu son nom. Hutchinson est responsable d'un certain nombre d'atrocités commises il y a une trentaine d'années au Viêtnam. Son passé a fini par le rattraper.

Je dis à Burns ce que je savais des événements. Enfin, quasiment tout. Il savait écouter, et c'était une qualité que j'appréciais de plus en plus chez cet homme. J'en arrivais presque à lui faire confiance.

— Savez-vous qui a tué ces trois militaires ? me demanda-t-il.

Je réfléchis un instant avant de répondre par la négative. Ce qui n'était, somme toute, qu'un demi-mensonge. Burns me posa encore quelques questions, mais il se satisfaisait de mes déclarations. Ça aussi, ça me plaisait. Cela signifiait qu'il acceptait mon point de vue. Il fallait décidément que je réévalue à la hausse mon jugement sur Burns.

— Je vais travailler pour vous, déclarai-je. Oui, je vais rejoindre le FBI. Comme vous le disiez, ce sera sympa.

— Qui vous dit que mon offre tient toujours ? me rétorqua-t-il en riant.

Bon esprit, ce Burns.

Épilogue

LA JARRETIÈRE

115.

C'était la surprise de l'année : un grand et joyeux mariage, à Falls Church, Virginie. Je tenais Jamilla par la main. Le cadre était magnifique.

Il y avait un immense pré derrière la petite auberge de campagne. La balustrade du patio aussi bien que les ormes avaient été festonnés de petites lumières jaunes et blanches, et les centaines de roses, œillets et marguerites à la beauté toute simple étaient un enchantement pour l'œil.

Dans sa sobre robe de satin blanc, sans traîne ni voile, la mariée resplendissait. C'était une robe de style Empire qui seyait parfaitement à sa silhouette menue. Pour rendre hommage à ses racines afro-américaines, Billie avait choisi un collier et des pendants d'oreille en cauris de couleurs vives, ces coquillages qui servaient jadis de monnaie en Afrique. Quelques simples brins de fil blanc retenaient son chignon. Billie respirait la gaieté et le bonheur, et un sourire radieux illuminait son visage depuis le début de la matinée.

Sampson souriait tout le temps, lui aussi. Dans son costume gris perle, il avait l'air d'un prince. L'un de nos amis, le révérend Jeffrey Campbell, avait accepté d'officier devant un parterre de près d'une centaine de personnes.

Il nous demanda si nous étions prêts à faire tout ce qui était en notre pouvoir pour soutenir cette nouvelle famille au sein de la communauté.

— Oui, nous sommes prêts! clama en chœur l'assistance, avec un enthousiasme et une chaleur extraordinaires.

Au cours de la réception qui suivit, quand le champagne fut servi, je me fendis de quelques mots.

— Je connais cet imposant personnage depuis son plus jeune âge. Car il a été petit, même si je sais que c'est difficile à croire. John a toujours fait partie de notre famille, et il en sera toujours ainsi. Il est fidèle en amitié, il dit toujours la vérité, il est honorable au sens premier du terme, il est gentil et généreux. Bref, mesdames, mesdemoiselles, messieurs, que vous le vouliez ou non, c'est une crème, et ceci explique pourquoi il est et restera toujours mon meilleur ami. Quant à Billie, je ne la connais pas depuis aussi longtemps, mais je peux vous dire que je la préfère déjà à John.

» John et Billie, je vous souhaite une longue et heureuse vie ensemble. Et maintenant, musique! Dansons jusqu'à demain!

John et son épouse dansèrent sur *Let's Stay Together*, et je pris la main de Jamilla pour aller les rejoindre. D'autres couples nous imitèrent.

— Joli mariage, me chuchota Jamilla. Ils font un beau couple, tu sais. Je les adore.

Les invités commençaient à affluer autour du buffet, qui comprenait du poulet à la noix de coco farci au pain de maïs, des boulettes de pâte, du riz complet, divers légumes et salades. Tout le monde prenait des photos avec les appareils jetables mis à disposition sur les tables. La meilleure amie de Billie, sa camarade à l'école d'infirmières, interpréta merveilleusement *Our Love Is Here to Stay*. Quand l'orchestre attaqua *Sexual Healing*, John dansa avec moi. Notre prestation, parfaitement pitoyable, elle, fut également un grand succès. Les enfants crapahutaient dans tous les sens, et mon Sampson était toujours béat.

En fin d'après-midi, Damon et Jannie me prirent chacun par un bras pour m'entraîner dans le jardin.

— Je reviens ! eus-je juste le temps de lancer à Jamilla. Enfin, je l'espère.

Sur une chaise en bois, Billie tournait le dos à une demi-douzaine de malheureux célibataires, dont certains étaient même visiblement terrorisés.

— Vous n'êtes pas obligés d'attraper la jarretière, leur expliqua-t-elle. Le premier qui la touche simplement sera l'heureux gagnant.

Je me tenais sur le côté de ce pathétique club de vieux garçons, et je regardais Damon, Jannie et, bien sûr, Jamilla, en lui faisant des clins d'œil et des grimaces. Et je les vis brusquement montrer quelque chose, dans le ciel.

J'eus juste le temps de lever les yeux pour voir la jarretière violette tournoyer vers moi. Même si je l'avais voulu, je n'aurais jamais réussi à l'éviter.

Alors je la saisis au vol et la fis virevolter autour de mon index.

— Ça ne me fait pas peur, proclamai-je.

À ma gauche, je vis Jamilla au côté de Nana. Jamilla qui riait, riait, et frappait dans ses mains.

« Ça ne me fait pas peur non plus », disait son sourire.

Mon regard glissa un peu plus loin, et quelle ne fut pas ma surprise d'apercevoir le Dr Kayla Coles. Elle n'applaudissait pas, elle souriait timidement. En me voyant, elle me fit un petit clin d'œil. Qu'est-ce que cela signifiait ?

Je riais toujours, vaguement perplexe, quand apparut un autre visage qui ne m'était pas inconnu. Celui de Ron Burns, le directeur du FBI.

Mon nouveau patron me faisait signe de venir le rejoindre. Il tenait sous le bras une sorte de gros dossier que je n'avais nullement l'intention de lire ce samedi-là.

Mais ce fut plus fort que moi.